HEYNE <

Das Buch

Sam nahm ihr das Höschen ab. Seine Fingerspitzen strichen dabei über ihren Handrücken und hinterließen eine heiße Spur. Aber Naomi kämpfte ihre Lust nieder. Auf keinen Fall! Ohne sie aus den Augen zu lassen, roch er an dem Höschen. Das war ungeheuerlich! Naomi war empört. Aber praktizierte er nicht die Freiheit, nach der sie sich sehnte?

»Wenn Sie sich meinen Regeln fügen, teile ich das Doppelbett gerne mit Ihnen.«

Was meinte er mit Regeln? Sprach er von Unterwerfung? »Eher schlafe ich auf dem Boden.«

»Auch gut. Ich mag es, wenn mir die Frauen zu Füßen liegen.« Die Zweideutigkeit in seinen Worten war deutlich herauszuhören. Sein Lächeln verschwand, er wurde ernster.

Naomi schluckte den Kloß in ihrem Hals herunter. Sam war dominant. Naomi war nicht naiv, hatte aber noch nie SM praktiziert. Sie zog die Fingerspitzen schnell weg, als hätte sie sich verbrannt.

Jetzt in neuer Ausstattung und unter neuem Titel im Heyne Taschenbuch: Sandra Henkes Erfolgsroman *Der Gebieter*.

Die Autorin

Sandra Henke lebt in der Nähe von Düsseldorf. Mit ihren Romanen hat sie sich ein großes Publikum erschrieben. Eine spannende Handlung liegt der Autorin ebenso am Herzen wie ein starkes Knistern und außergewöhnlich sinnliche Erotik.

Lieferbare Titel

Die Mädchenakademie
Alphawolf
Meister der Lust

Sandra Henke

Im Schatten der Lust

Roman

WILHELM HEYNE VERLAG
MÜNCHEN

Der Roman erschien im Heyne Verlag bereits unter dem Titel
Der Gebieter.

MIX
Papier aus verantwortungsvollen Quellen
FSC® C014496
FSC
www.fsc.org

Verlagsgruppe Random House FSC-DEU-0100
Das für dieses Buch verwendete FSC®-zertifizierte
Papier *Holmen Book Cream* liefert
Holmen Paper, Hallstavik, Schweden.

Vollständige Taschenbuchausgabe 1/2013

Umschlaggestaltung: Nele Schütz Design unter Verwendung
von shutterstock/Anette Linnea Rasmussen
Satz: KompetenzCenter Mönchengladbach
Druck und Bindung: GGP Media GmbH, Pößneck
ISBN: 978-3-453-72302-3

www.heyne.de

Prolog

Samstag, 30. Juni

»Bist du auch so oft gefragt worden, wann wir endlich heiraten?« Kokett schob Naomi ihre Schultern zurück, um Chengs Aufmerksamkeit auf ihre Brüste zu lenken, sobald er zu ihr herübersah. Der pfirsichfarbene Satin spannte sich über ihren Rundungen, rutschte schließlich ein Stück herunter und zeigte ein üppiges Dekolleté. Der Spalt zwischen ihren Brüsten war deutlich und verführerisch zu sehen. Sie zog den Saum ihres Kleids höher, bis der mehrlagige Chiffon kaum noch ihren Schoß bedeckte.

Doch Cheng starrte mit seinen attraktiven Mandelaugen weiter auf die Straße, als würde der Asphalt ihn hypnotisieren. Seine Hände hielten das Lenkrad umkrampft. Bisher hatte er weder seine Krawatte gelockert noch sein Jackett oder die obersten Knöpfe seines Hemds geöffnet, dabei war es ein Temperaturschock gewesen, von den klimatisierten Räumen in die warme Juninacht zu gehen. »Die Feier bei Richter Gleason war wichtig für uns. Wenn er uns mag, teilt er uns die richtigen Aufträge zu, Aufträge, an denen wir viel verdienen, Darling.«

Naomi ließ von ihrer lasziven Pose ab und seufzte. Sehnsüchtig beobachtete sie ein Liebespaar, das hemmungslos knutschend vor einem Porno-Kino stand. Hatten sie eine Vorstellung besucht oder sich nur an den Fotos in den Schaukästen erregt? »Entspann dich endlich. Um zwei Uhr nachts an einem

Samstagmorgen darf man auch mal an etwas anderes als an die Arbeit denken.«

»Die Party eben war ein Meilenstein für uns«, sagte er euphorisch. Er schob seine Brille hoch und sah Naomi endlich an, jetzt, da sie die Haltung einer verführerischen Nymphe aufgegeben hatte und wieder die Frau war, mit der ihn eine achtjährige Beziehung verband.

Sie kannten sich in- und auswendig, Reize nutzten sich eben ab. Naomi jedoch gab sich Mühe, begehrenswert für ihn zu bleiben. Zugegeben, eine Weile hatte sie sich gehen lassen. Wahrscheinlich war der Sex deshalb nahezu eingeschlafen. Aber im letzten halben Jahr hatte sie sechs Kilo abgenommen, hatte sich blonde Highlights in ihre langen braunen Haare färben lassen und nur das Deckhaar am Hinterkopf stufig schneiden lassen, damit ihr Schopf mehr Volumen bekam.

Nichts von alldem war Cheng aufgefallen. Aber sie würde ihn schon mit der Nase darauf stoßen. Das und mehr. Sie konnte ihre Bedürfnisse nicht länger ignorieren. Und er auch nicht!

Naomi fühlte sich wohl in ihrer Haut. Sie fühlte sich sexy! Heute Nacht würden Cheng und sie in hemmungsloser Wolllust verschmelzen. Dafür würde sie schon sorgen.

Sie fuhr das Fenster ein Stück herunter und genoss es, den Fahrtwind im Gesicht zu spüren. Noch befanden sie sich in der Innenstadt. Die Straßen der Belle of the Bay, wie San Francisco auch genannt wurde, waren voll pulsierenden Lebens. Aus den Clubs drangen stampfende Beats, junge Männer fuhren in ihren aufgemotzten Wagen umher und sprachen Frauen an, nur um ein wenig zu flirten und sich dann doch eine Abfuhr zu holen. Die In-Lokale waren trotz der späten Stunde bis zum Bersten gefüllt, Althippies krochen aus den Independent-Kulturkellern zurück an die Oberfläche und sprangen in die

Cable Cars, um heimzufahren. Alle hatten ihren Spaß. Bis auf Naomi. Die Feier von Richter Gleason war sterbenslangweilig für sie gewesen, ein Geschäftstermin eben, lästig, aber notwendig. Diese steifen Veranstaltungen waren nichts für sie. Sie hätte sich lieber ins Nachtleben gestürzt, doch dafür war Cheng nicht zu begeistern. Aber vielleicht für etwas anderes, etwas, das ihr seit Tagen nicht mehr aus dem Kopf ging.

Der Chevrolet vor ihnen hupte aggressiv, weil ein Motorradfahrer ihn schnitt. Die Hupe war wie ein Startzeichen für Naomi.

Ihre Brustspitzen kribbelten sehnsüchtig. Ein heißes Prickeln floss durch ihren Körper. Wie beiläufig legte sie ihre Hand auf Chengs Oberschenkel.

»Mach bitte das Fenster zu.« Bemutternd fügte er hinzu: »Du erkältest dich noch. Du weißt doch, wie empfindlich du bist.«

Fast hätte sie gelacht. Heute waren es an die dreißig Grad gewesen. In den Straßenschluchten von San Francisco hatte die Hitze gebrannt wie in der Wüste. »Es ist Sommer! Die Luft ist doch angenehm.«

»Wenn du krank würdest, wäre das eine Katastrophe für mich. Im Büro komme ich ohne dich einfach nicht zurecht.« Sanft schob er ihre Hand fort. »Ich meine es doch nur gut mit dir.«

So leicht ließ sich Naomi nicht abschütteln. Ihre Mutter Catherine mochte Cheng, hielt ihn aber für ein wenig zu steif und konservativ. Naomi dagegen sah ihn mit völlig anderen Augen. Sein asiatisches Aussehen gefiel ihr, es erinnerte sie an exotische Leidenschaft, und es reizte Naomi, seine harte Schale zu knacken – heute besonders.

An Männern, die ihr zu Füßen lagen, fand sie keinen Gefallen. Sie brauchte die Reibung, die Herausforderung und den Kick.

Sie drehte sich zu Cheng und legte ihre Hand wieder auf seinen Oberschenkel, wobei sie ihr linkes Bein leicht anwinkelte und den Stoff ihres Kleids ein zweites Mal so weit nach oben schob, dass ihr cremefarbenes Höschen zu sehen war.

»Du lenkst mich ab. Ich muss fahren, sonst baue ich einen Unfall und der Wagen ist noch nicht abbezahlt.« Diesmal schaffte es Cheng nicht, ihre Hand fortzuschieben. »Naomi, bitte, Liebes.«

In diesem Moment fiel sein Blick auf ihre leicht gespreizten Schenkel und die feuchte Stelle auf ihrem Slip. Er schluckte, als wäre sein Mund plötzlich trocken, Naomi konnte seinen Adamsapfel hüpfen sehen.

»Hast du gedacht, ich will dich nur ärgern? Ich will Sex. Heute Nacht!« Ihre energische Stimme wurde weicher. »Und ich will dich.«

Endlich lächelte Cheng. Doch als sie über seinen Schritt streichelte, wehrte er sie ab. »Das geht wirklich nicht, Darling. Ich … ich kann mich dann nicht … konzentrieren.«

Lasziv neigte sie sich zu ihm herüber. »Dann halte eben irgendwo an«, wisperte sie in sein Ohr.

»Das ist mir zu gefährlich.« Cheng raste über eine Kreuzung, obwohl die Ampel schon dunkelorange anzeigte, denn er hatte schon immer Angst gehabt, überfallen zu werden, wenn er hielt. »Nachts sind nur noch zwielichtige Gestalten unterwegs.«

Seine Hose zeigte keine Wölbung. Langsam wurde Naomi sauer. Sie lehnte sich im Sitz zurück und verschränkte die Arme vor dem Körper, wobei sie automatisch ihren vollen Busen nach oben drückte. »Wie wir?«

»Ich werde auf keinen Fall irgendwo parken und es mit dir im Auto treiben. Du musst dich schon bis zu Hause gedulden. Dann … vielleicht … Du weißt doch, ich kann nicht, wenn du mich unter Druck setzt.« Verlegen errötete er.

Sie schwieg angesäuert. Genau das hatte sie sich vorgestellt. Es ihm während der Fahrt zu besorgen oder zu parken und von ihm gevögelt zu werden, bis ihr Hören und Sehen verging. In ihren Augen war diese Nacht genau richtig, um ihre aufgestaute Libido zu entladen. Sie hatte dieses Summer in the City-Gefühl, war losgelöst, beschwingt und voller Abenteuerlust. Leider ließ Cheng sich nicht infizieren.

»Komm schon, sei nicht sauer.« Sie zeigte keinerlei Regung, was ihn wohl nervös machte, denn er schaute immer wieder zu ihr herüber, bis er schließlich mit einem Lächeln um die Lippen sagte: »Ich werde dir die Wartezeit versüßen.«

Als er Naomis linkes Knie streichelte, brandeten bereits heißkalte Wellen durch ihren Körper. Bereitwillig öffnete sie ihre Beine und schob ihre Hände unter ihren Hintern, um ihm zu zeigen, dass ihr Körper ihm gehörte. Sie streckte ihren Busen heraus, doch er beachtete ihn nicht, sondern strich über ihren Oberschenkel.

Für Naomis Geschmack ließ er sich viel zu viel Zeit. Sie wollte endlich dort berührt werden, wo es am schönsten war. Aber seine Fingerspitzen zogen kleine Kreise auf ihrer Haut und hinterließen eine heiße Spur. Er schob ihren Kleidersaum bis zum Bauch hoch und zog seine Hand plötzlich weg, um zu schalten.

Statt dort weiterzumachen, wo er aufgehört hatte, knetete er ihren rechten Oberschenkel. Er arbeitete sich höher, doch bevor er ihr Höschen erreichte, brauchte er beide Hände zum Lenken, da er nach rechts bog.

Naomis Mitte glühte, obwohl sie bisher sträflich vernachlässigt worden war. Naomi seufzte enttäuscht.

»Ich mache ja schon weiter.« Ohne Umschweife legte er seine Hand auf ihren Slip. Er war durchtränkt mit ihrer Feuchtigkeit. »Mein Gott, bist du nass.«

Das klang wie ein Vorwurf. Aber da Cheng über ihr Höschen rieb und damit ihre Lust anheizte, schluckte Naomi ihren Unmut herunter. Ihre Schamlippen schwollen weiter an, der Stoff darüber wurde von ihnen angehoben. Cheng spreizte Zeige- und Mittelfinger und rieb über ihre äußeren Lippen.

Stöhnend wand sich Naomi im Sitz.

»Hast du eigentlich bedacht, dass man dich sehen könnte?« Prüfend schaute er in alle Richtungen, ob irgendjemand sie vom Bürgersteig oder aus einer Wohnung heraus beobachtete.

Er nahm seine Hand fort, aber Naomi packte sie und presste sie wieder gegen ihren feuchten Slip. »Wir fahren doch jetzt in eine dunkle Wohngegend. Man kann von außen höchstens Schemen erkennen. Mach weiter.«

»Du brauchst es wirklich dringend, nicht wahr?« Er erwartete keine Antwort, vielmehr war es eine Feststellung.

Forsch drängten seine Fingerspitzen unter ihr Höschen. Sie drückten ihre linke äußere Schamlippe, als würden sie Klavierspielen. Cheng konnte nur mit einer Hand den Lincoln lenken. Während er abbog, zupfte er mit seiner Rechten an den inneren Lippen, er rieb sie aneinander und suchte Naomis empfindsamste Stelle.

Doch Naomi wollte ihn in sich spüren und führte seine Hand zu ihrer feuchten Öffnung. Damit er besser hineingleiten konnte, rutschte sie auf den Rand des Autositzes vor.

»Du bist schamlos«, bemerkte er lächelnd und drang mit zwei Fingern in sie ein. Er begann, sich in ihr zu bewegen, doch das war ihr zu zaghaft, deshalb schaukelte Naomi ihr Becken zusätzlich vor und zurück.

Zuerst schien er pikiert und hielt seine Hand nur noch hin, während Naomi sie nutzte, um sich daran zu befriedigen. Doch dann streckte er seinen Daumen aus und bewies, dass der geschickte Liebhaber noch in ihm schlummerte. Problemlos fand er ihre Klitoris. Immer wieder senkte sich Naomi auf seine Finger ab, wobei nun sein Daumen über ihren Kitzler rieb und sie in den Wahnsinn trieb.

Sie nahm längst nicht mehr wahr, was um sie herum geschah. Konnte man wirklich von außen erkennen, was im Auto vor sich ging? Sie schämte sich, aber das war ein Teil des Reizes, außerdem wollte sie nicht aufhören, sondern endlich kommen.

Um einen besseren Halt zu haben, hielt sie sich am Griff und am Sitz fest. Die Bewegung ihres Beckens wurde schneller. Gieriger! Sie keuchte, als der Lustkrampf sie erfasste, und stöhnte, als sie zuckend noch einige Male zustieß. Schließlich saß sie schwer atmend im Sitz und lächelte Cheng an.

»Geht es dir jetzt besser?«, fragte er sachlich, als hätte sie Kopfschmerzen gehabt und er hätte ihr nur ein Aspirin besorgt. Nachdem er seine Hand aus ihrem Slip hervorgezogen hatte, hielt er sie hoch und spreizte die beiden Finger, die in ihr gewesen waren. Sie waren mit ihrer Feuchtigkeit glasiert. »Hast du mal ein Taschentuch?«

Naomi setzte sich auf und zog ihr Kleid herunter. »Leck es doch ab.«

»Du bist widerlich!«

Naomi verdrehte die Augen. Was hatte sie erwartet? Sie im Auto zu streicheln, hatte Cheng schon Überwindung gekostet. Immerhin war er einen Schritt auf sie zugegangen.

Naomi holte ein Taschentuch aus dem Handschuhfach und reichte es ihm, worauf er ausgiebig seine Hand abwischte. Danach öffnete er sein Fenster einen Daumenbreit.

»Erkälte dich nicht«, spöttelte Naomi.

Sie presste ihre Lippen zusammen und horchte in sich hinein. Ihr Orgasmus war kaum noch wahrzunehmen, sein Echo längst verklungen. Schade. Satt war sie noch lange nicht.

Noch immer spreizte er die beiden Finger ab, obwohl sie längst trocken waren. Allerdings verströmten sie noch immer Naomis Intimduft. Naomi fand das erregend, doch Cheng hielt seine Nase immer wieder in Richtung Fenster.

Als sie in ihr Appartement kamen, ging er als Erstes ins Badezimmer und wusch sich die Hände. Naomi legte sich schon mal unter die Bettdecke. Nackt. Um ihn zu überraschen. Noch immer vibrierte die Lust in ihr.

Doch als Cheng seine Brille auf der Nachttischkonsole ablegte und sich neben Naomi legte, schaltete er seine Lampe sofort aus.

Ihre brannte noch. Sie schlug ihre Decke zurück und präsentierte ihm ihre entblößten Rundungen.

Irritiert runzelte er die Stirn. »Du hast nicht geduscht.«

»Das kann ich nachholen«, lenkte sie ein. In Wahrheit brodelte es in ihr. Diese ständigen Kompromisse, dieses Nachgeben, die Rücksichtnahme auf seine Macken fiel ihr immer schwerer. Sie war erregt! Heute Nacht würde sie nicht eher lockerlassen, bis sie befriedigt war.

Ihre Brüste wogten auf und ab. Früher hatte Cheng ihre üppige Oberweite so sehr geliebt, dass er sein Gesicht in den Spalt gepresst hatte, bis er kaum noch Luft bekam. Inzwischen fasste er sie nur selten an.

Da ihr Busen sich in diesem Moment vor Erregung schmerzhaft zusammenzog, tat Naomi etwas, das sie noch nie getan hatte. Sie streichelte sich selbst. Ihre Nippel wurden hart. Behutsam zwirbelte Naomi sie und massierte ihre Brüste schließlich immer kräftiger in der Hoffnung, Cheng würde in ihr Spiel einsteigen.

»Was tust du denn da?« Seine Entrüstung war deutlich zu hören.

Manchmal war Cheng aber auch schwer von Begriff. Wenn

er die Einladung hinter ihrem Tun nicht erkannte, musste sie eben deutlicher werden. »Wenn du nicht willst, dass ich mich selbst berühre, dann übernimm du doch den Job.«

»Du hattest deinen Spaß. Kann ich jetzt meine Ruhe haben?«, knurrte er, als würde er es als Affront betrachten, dass sie neben ihm masturbierte. »Mach endlich das Licht aus, ich bitte dich, Naomi. Es war ein anstrengender, langer Tag, und ich bekomme Migräne. Es pocht schon hinter dem rechten Auge.«

Ihre Wut kochte hoch, sie konnte es nicht verhindern. »Hast du das eben im Auto nur als Pflichterfüllung gesehen? Du hast überhaupt keine Lust mehr.«

»Und du bist maßlos«, gab er trocken zurück. »Du hattest doch eben einen Orgasmus.«

»Wir haben seit einer Ewigkeit nicht mehr miteinander geschlafen. Ich bin ausgehungert!«

»Und ich habe Kopfschmerzen.« Zur Untermalung seiner Worte massierte er seine Schläfen.

»Du warst doch auf der Party eben noch so gut gelaunt. Warum bist du jetzt auf einmal mürrisch?« Sie verstand ihn immer weniger. Jegliche Lust war verpufft. Heute Nacht würden sie bestimmt nicht mehr miteinander intim werden. Ihre Nacktheit kam ihr töricht vor, deshalb zog sie die Bettdecke über ihren Körper.

»Lächeln, Small Talk, sich nach den Kindern erkundigen – das ist Business. Genauso wie das Golfen, das Tennisspielen und die ganzen anderen blöden Sachen.« Demonstrativ schloss er seine Augen.

Wenn er so dachte, gehörte alles, was er machte, zum Job, sogar jede einzelne seiner Freizeitaktivitäten. »Ich auch? Schließlich arbeiten wir zusammen. Bin ich inzwischen nur noch deine Vorzeigefrau, damit du jemanden hast, der dich zu Geschäftsessen begleitet?«

»Freundin«, korrigierte er sie und drehte ihr den Rücken zu. Das Gespräch war offensichtlich für ihn beendet.

Naomi war schockiert. Sie fühlte sich kaltgestellt. Also hatte er nicht vor, sie jemals zu heiraten. Die Zukunft, wie Naomi sie vorprogrammiert sah, zerplatzte von einer Sekunde zur anderen.

Aber vielleicht ist das gut so, dachte sie, so, wie er sich mir gegenüber in den letzten Monaten verhalten hat.

Freundin klang so belanglos. Sie war seit acht Jahren mit ihm zusammen und dachte, sie würde es auch immer bleiben. Aber aus seinem Mund klang es, als wäre sie nur seine Lebensabschnittsbegleiterin; ein weibliches Wesen an seiner Seite, damit sein Leben perfekt aussah und seine Geschäftspartner nicht auf komische Gedanken kamen. Cheng brauchte sie wie seine maßgeschneiderten Anzüge und seine Geschäftsadresse in einem angesehenen Viertel. Naomi gehörte zum schönen Schein dazu.

Plötzlich war Naomi die Luft im Schlafzimmer zu stickig. Selbst jetzt, obwohl sie wütend auf ihn war, nahm sie Rücksicht auf ihn, und schlich, das dünne Laken um ihren Körper gewickelt, aus dem Raum. Er konnte nur bei geschlossenem Fenster schlafen, weil ihn sonst die Geräusche der Stadt wach hielten. Daher öffnete sie das Fenster in der Küche, lehnte sich mit dem Oberkörper hinaus und atmete tief durch.

»Es war nicht so gemeint. Du hast das falsch verstanden«, hörte sie ihn rufen, aber er machte keine Anstalten, ihr zu folgen. »Du weißt doch, wie grantig ich werde, wenn ich Migräne bekomme. Verzeih mir, Liebes.«

Seine Entschuldigung konnte er sich an den Hut stecken! Er hatte nicht einmal ein Aspirin genommen, so schlimm konnten seine Kopfschmerzen also nicht sein.

Wo war der Cheng, der »Sway« von Michael Bublé in den

CD-Player einlegte und sie zum Tanz aufforderte, der nach Feierabend ein Glas Sherry einschenkte, ihr den Nacken massierte, und der einmal gesagt hatte, es gäbe nichts Schöneres als ihr Gesicht zu betrachten, während sie einen Höhepunkt hatte?

Wo war der Liebhaber, der sie an Silvester überrascht hatte?

Am letzten Tag des vergangenen Jahres waren sie von einem sehr zufriedenen betuchten Kunden abends zu einem Maskenball eingeladen gewesen. Naomi war extra heimlich nach Chinatown gefahren, um ein Qipao zu kaufen und Cheng zu überraschen. Doch vor einem halben Jahr hatte sie noch ein Bäuchlein, das das eng geschnittene Kleid unschön zur Geltung brachte, weshalb sie am Ende nach Japantown gewechselt und sich schweren Herzens für einen Kimono in himmelblau mit weißen Stickereien entschieden hatte, dessen Gürtel man nicht einmal mehr auf traditionelle Weise binden musste, weil er mithilfe von Druckknöpfen gehalten wurde.

Unzufrieden fuhr sie nach Russian Hill zu der Villa, in der sie Cheng treffen wollte. Wie immer arbeitete er bis zur letzten Minute. Das war auch der Grund gewesen, weshalb er es nicht mehr geschafft hatte, das traditionelle chinesische Männergewand, das er sich von seinem Vater hatte leihen wollen, bei seinen Eltern abzuholen. Er hatte Naomi angerufen und sie gebeten, irgendetwas aus dem Kostümverleih zu holen. Etwas Asiatisches war auf die Schnelle nicht aufzutreiben gewesen, außer Manga-Kostüme und lächerliche Imitate, die Cheng niemals angezogen hätte.

Als sie auf der Party die Tanzfläche betraten, konnte Naomi ihre Enttäuschung nicht verbergen. Um sie herum tanzten ausschließlich Paare, die gleich kostümiert waren. »Wir passen gar nicht zusammen.«

»Es ist meine Schuld. Die Arbeit wächst mir am Jahresende immer über den Kopf.« Er legte seinen Arm um ihre Taille und wiegte sich mit ihr im Takt einer Ballade. »Danke, dass du das Tuareg-Kostüm für mich besorgt hast.«

»Du siehst toll aus. Sexy!« Sie log nicht, um die Stimmung zu bessern, sondern meinte, was sie gesagt hatte. Das bis zu den Knöcheln reichende schwarze Gewand, unter dem gerade noch der bestickte Hosensaum herausschaute, und der Turban standen ihm gut. Weil die Maskierungen erst um Mitternacht fallen durften, hatte er den Schleier vor sein Gesicht gelegt, was seine asiatischen Augen betonte. Naomi selbst trug eine Augenmaske mit weißem Tüll.

»Sexy, ich? Findest du?« Als sie nickte, zog er sie näher an sich heran. »Dann bin ich endlich so, wie du mich haben möchtest?«

»Sag so etwas nicht.« Sanft drückte sie seine Schulter. »Ich finde nur, dass du dich zu oft zurückhältst. Ein wenig mehr Abenteuerlust stände dir gut.«

Er zupfte an dem Obergewand. »Das hier ist nur eine Verkleidung.«

»Das stimmt, aber bis Mitternacht kannst du sein, wer auch immer du sein möchtest.« Naomi zwinkerte.

Cheng überlegte. Sein Blick war auf den Boden gerichtet, und für einen Moment schien er weit weg zu sein. Als er Naomi wieder ansah, zeigten sich Lachfalten um seine Augen, die sie viel zu selten zu sehen bekam. »Du hast Recht.«

Plötzlich nahm er ihr Handgelenk und zog sie hinter sich her von der Tanzfläche. Ohne Erklärung führte er sie über die Treppe ins Obergeschoss. Sie mussten über ein Band steigen, das die Gastgeber am Treppenabsatz gespannt hatten, damit keiner der Gäste die beiden oberen Etagen betrat. Naomi rechnete fest damit, dass man sie bemerken und ihnen folgen würde, um sie zurück zur Party zu holen, doch niemand kam.

Sich gegen Regeln zu stellen, das sah Cheng gar nicht ähnlich. Außerdem hätte sie ihm so viel Spontaneität gar nicht mehr zugetraut. Strahlend ließ sie sich von ihm durch den Korridor führen.

Leise öffnete er eine Tür nach der anderen und warf einen kurzen Blick in die Räume, bis er Naomi schließlich in einen hineinzog, der sich als Lesezimmer entpuppte. Bücherregale säumten die Wände, links standen ein Sofa, zwei Ohrensessel und ein Couchtisch.

Naomi jedoch ging zur Fensterfront, die bis zum Boden reichte und den Blick auf einen kleinen Balkon und den beleuchteten Garten darunter freigab. Sie stand so nah davor, dass sie sogar die Kälte der Scheibe spüren konnte, denn in dieser Nacht waren die Temperaturen bis auf zehn Grad gesunken.

»Wunderschön.« Sie seufzte.

Cheng umarmte sie von hinten und knabberte an ihrer Halsbeuge. »Irgendwann werde ich dir auch so ein Haus kaufen.«

»Ich hätte lieber mehr Zeit mit dir.«

»Es geht nur das eine oder das andere, Liebes.«

»Dann wähle ich dich.«

»Vielleicht kann ich das nächstes Jahr ändern.«

Vielleicht klang nicht nach einem ernsten Vorhaben, aber Naomi schwieg, denn Chengs Hand drang unter ihren Kimono und legte sich auf ihren Busen. Zärtlich streichelte er ihn, reizte ihre Brustspitzen zwischen seinen Fingern und zwirbelte sie.

Während er den Stoff beiseite schob und ihre üppigen Brüste aus dem Büstenhalter hob, lehnte sie sich gegen ihn. Er legte seine Hände wie Schalen unter ihren Busen und wog ihn.

Dann begann er, ihn zu massieren. Cheng hatte für einen Mann kleine Hände mit filigranen Fingern, die behutsam an ihren Brustspitzen zupften, sie hin und her rollten und darüber rieben, bis Naomi nach Atem rang und nicht mehr ruhig stehen bleiben konnte. Schließlich packte er ihre Nippel von der Seite, zog ihre Brüste lang und rieb die Spitzen gegen die kühle Fensterscheibe.

Naomi kicherte. Solch eine Verrücktheit hätte sie Cheng gar nicht zugetraut. Doch der Mann, den sie in der Fensterscheibe sah, war auch nicht er, sondern ein vermummter Tuareg.

Sein Schritt schwoll an. Erregt nahm Naomi die Wölbung wahr, die sich an ihre Kehrseite drückte. Sie ließ ihren Hintern kreisen, rieb sich an ihm und vernahm, da sein Mund nah an ihrem rechten Ohr war, dass sein Atem schneller ging, eine Musik, die sie nur noch selten hörte und die sie umso mehr genoss.

Aber ab heute würde alles anders werden, denn sie hatten einen Weg gefunden, Chengs Ventil für Sinneslust wieder zu öffnen: Rollenspiele.

»Deine Nippel sind ja ganz kalt«, sagte er, drehte Naomi herum und kniete sich vor sie. Als wäre sie eine Fruchtbarkeitsgöttin, deren Busen er huldigte, streichelte er ihre Rundungen so vorsichtig, als wären es Kostbarkeiten.

Er lüftete seinen Gesichtsschleier, so dass neben seinen Augen nun auch sein Mund zu sehen war, und reckte sich, um an ihre Brustwarzen zu kommen, doch Naomi musste sich nach vorne neigen, damit ihre Brüste tiefer hingen und er seine Lippen um ihre linke Spitze legen konnte.

Naomi bekam eine Gänsehaut und keuchte. Sie hielt sich an der Balkontür fest und schaute auf Cheng herab. Genüsslich nuckelte er an ihren Warzen, saugte mal sanft, mal fester und leckte hin und wieder mit der Zunge darüber.

Lasziv keuchte Naomi. Es fühlte sich so gut an, verwöhnt zu werden. Cheng hatte es doch noch drauf. Fast hatte sie geglaubt, er hätte es verlernt, Liebe zu machen. Aber nun kniete er vor ihr und stieß ihre Brustwarze geschickt und schnell immer wieder mit seiner Zungenspitze an, als wäre ihr Nippel ein Glöckchen, das er zum Klingeln bringen wollte.

Nach einer Weile erhob er sich und streckte seine Beine.

Bevor er Naomi davon abhalten konnte, hockte sie sich vor ihn, hob sein Übergewand und zog seine Hose gerade so weit herunter, dass sie in seine Unterhose greifen und sein Glied durch den Schlitz herausholen konnte. Schon halb erigiert ragte es aus dem weißgrau gestreiften Stoff heraus.

»Nicht.« Abwehrend drückte Cheng gegen ihre Schulter.

»Keine Sorge«, sagte sie, obwohl ihr Speichelfluss vor Verlangen deutlich zunahm. Doch sie wusste, dass er es genauso wenig mochte, wenn sie seinen Penis in ihren Mund nahm, wie wenn er ihre Mitte küsste. Seinem Empfinden nach war das unhygienisch. Münder und Genitalien gehörten nicht zusammen. Naomi war anderer Meinung, aber sie akzeptierte wohl oder übel seine Tabugrenze.

Einige Male strich Naomi mit der Hand über sein Geschlecht. Sie schenkte Cheng ein frivoles Lächeln und presste ihre Brüste seitlich an den Phallus. Langsam stimulierte sie ihn mit ihrem Busen. Kreisend rieb sie über den Schaft und spürte, wie er immer härter wurde. Da sein Schleier wieder sein Gesicht bedeckte, konnte sie nur Chengs Mandelaugen sehen, sein Blick war vor Lust getrübt. In seiner Verkleidung wirkte er geheimnisvoll und düster, das gefiel Naomi, und so schaukelte sie ihren Oberkörper, damit ihre Brüste seine Vorhaut vor und zurückschoben. Sie entrang Cheng ein Stöhnen, so laut, wie Naomi es schon lange nicht mehr von ihm gehört hatte.

Eifriger rieb sie über den Phallus, denn sie wollte mehr dieser sinnlichen Laute aus Cheng herauskitzeln, aber er zog sie zu ihrer Überraschung auf die Füße. »Man könnte uns hören.«

Ängstlich schaute er zur Tür, doch Naomi fasste sein Kinn und drehte sein Gesicht in ihre Richtung. »Dann müssen wir eben leise sein.« Auf keinen Fall wollte sie aufhören! So etwas Lustvolles hatte sie seit einer Ewigkeit nicht mehr mit Cheng erlebt. Ihr ganzer Körper prickelte vor Aufregung.

»Wenn das mal so einfach wäre.« Auf einmal funkelten seine Augen neckisch. »Mal sehen, ob du es schaffst.«

Er drängte sie zum Sofa, hob ihr Bein an und stellte ihren Fuß auf die Sitzfläche. Erregt streifte er den Stoff ihres Kimonos zurück. Seine Fingerspitzen glitten über ihren himmelblauen Slip, den sie ebenso wie ihren BH farblich auf das japanische Gewand abgestimmt hatte. Zärtlich streichelte er über die Erhebungen des Höschens, die von ihren angeschwollenen Schamlippen stammten. Er fand ihre Öffnung und drang einige Male mit zwei Fingern in sie ein, nur wenige Millimeter, aber diese Geste war so verrucht, da er den Stoff vorher nicht weggeschoben hatte, dass die angedeutete Penetration Naomi unglaublich anmachte.

»Warte«, sagte sie, da sie eine Gier in sich aufwallen spürte, die sie nicht unterdrücken konnte. Rasch zog sie den Schlüpfer aus und legte ihn auf den Couchtisch. Erneut stellte sie einen Fuß auf das Sofa und präsentierte Cheng ihre entblößte Scham.

Schwer atmend schlang er einen Arm um ihre Hüften und legte seine Hand auf ihre heiße Mitte. Diese pochte begierig darauf, liebkost zu werden. Während Cheng hauchzart über ihre Schamlippen strich, spürte Naomi, wie ein Tropfen ihrer Feuchtigkeit ihre Schenkel hinabfloss. Sie hielt sich an seinen Schultern fest und stöhnte immer heftiger. Ihre Beine zitterten, als ihre Erregung wuchs.

Naomi hörte leises Stimmengemurmel. Es kam zwar aus dem Erdgeschoss und drang nur zu ihnen, weil Cheng die Tür einen Spaltbreit offen gelassen hatte, vermutlich um früh genug gewarnt zu sein, sollte jemand in die erste Etage kommen. Doch sie hatte auf einmal Angst, dass sie gestört werden und ihr Sexabenteuer noch vor dem Finale zu Ende sein könnte.

Schweren Herzens löste sie sich von Cheng und legte sich auf das Sofa. Ein Bein ließ sie von der Sitzfläche hängen, das andere legte sie auf die Rückenlehne, so dass ihre Mitte weit aufklaffte.

Cheng verstand die Einladung. In Windeseile hatte er sich seiner Hose und seiner Unterhose entledigt. Im nächsten Moment lag er auch schon auf ihr, zwischen ihren Schenkeln. Sanft drang er in sie ein.

Naomi lächelte glücklich, da Cheng sie ohne Zögern nahm. Sachte zog er sich aus ihr zurück und glitt ebenso behutsam wieder in sie hinein.

Als ihr Tuareg das erste Mal hemmungslos zustieß, keuchte er. Er hatte seine Augen geschlossen. Stoß um Stoß stachelte er ihre Lust an.

Naomi schlang ihre Beine um seine Taille und hob ihr Becken an, damit er noch tiefer in sie eindringen konnte. Lange hatten sie nicht mehr miteinander geschlafen und noch länger war der Sex mit ihm nicht mehr so hemmungslos gewesen. Die Maske tat ihm gut.

Immer hektischer rammte er sie, sein Unterleib zuckte kraftvoll vor und pumpte seinen Schaft bis zur Wurzel in sie hinein. Naomi hatte befürchtet, dass Cheng seine Leidenschaft verloren hatte, weil er sie kaum noch zeigte, doch er bewies ihr nun, dass sie sich geirrt hatte.

Losgelöst nahm er sie. Er hielt sich nicht zurück, wie seine chinesische Erziehung es ihn gelehrt hatte, sondern stieß kräftig zu, stöhnte unter seinem Schleier rhythmisch und öffnete seine Augen erst, als Naomi unter ihm kam. Zuerst bäumte sie sich auf, dann riss die Wollust sie mit sich, und sie wimmerte und zuckte und bekam nur am Rande mit, dass Cheng ebenfalls den Höhepunkt überschritt, sich verkrampfte und sich in sie ergoss.

Nach Luft ringend lüftete er seinen Schleier und legte seine Wange auf ihren Busen. So dösten sie bestimmt eine halbe Stunde, danach kehrten sie zu den Feiernden zurück.

Um Mitternacht legte Cheng die Maskierung ab und war seither nie wieder in die Rolle des Verführers geschlüpft. Naomi hatte große Hoffnung gehegt, dass das spontane Abenteuer sein Interesse an einer Wiederholung geweckt hätte, aber das bestätigte sich nicht.

Er weigerte sich, ihr Liebesleben mit weiteren Kostümierungen zu beleben. »Das an Silvester war ein Maskenball. Rollenspiele beim Sex sind albern.«

Naomi konnte an einer Hand abzählen, wie oft sie seitdem miteinander intim geworden waren, und der Sex war nicht mehr als »nett« gewesen.

Weit lehnte sie sich aus dem Küchenfenster. San Francisco schien zu wispern, die Stadt erzählte von all den wundervollen, aufregenden Dingen, die in dieser Sommernacht geschahen. Dinge, die weit weg von dem Leben waren, das Naomi führte. Ein solides Leben, in Sicherheit, mit klaren Strukturen, die Cheng ihr schenkte. Aber Naomi wusste, dass er diese Strukturen nicht aufstellte, um sie zu unterdrücken, sondern weil er sie selbst brauchte, um glücklich zu sein. Ein Tag, der normal verlief, war ein guter Tag für Cheng.

Aber war es das, was Naomi wollte?

Sie spürte, dass es nicht gereicht hatte, das Schlafzimmer zu verlassen. Ihr Hals war noch immer wie zugeschnürt. Sie musste aus dieser Wohnung heraus, das Appartement war Chengs Reich. In seiner Nähe konnte sie nicht klar denken, sondern gab doch immer wieder nach. Aber wo würde sie ihre Gefühle und Gedanken ordnen können?

Zu ihrer Mutter Catherine wollte sie nicht, weil ihre Mom sie mit Fragen bombardieren und versuchen würde, sie zu überreden, bei Cheng zu bleiben. Naomis Vater starb, als Cat schwanger war. Er fuhr mit seinem Contender auf den Pazifik hinaus. Das Wetter war plötzlich umgeschlagen, und die Einhandjolle war gekentert. Catherine hatte sich Vorwürfe gemacht, dass sie ihn damals hatte gehen lassen, und seitdem hatte sie Angst, auch Naomi zu verlieren, weshalb ihr Beschützerinstinkt erdrückend war. Obwohl sie Cheng zu konservativ fand, sah sie ihre Tochter bei ihm in guten, soliden Händen.

Der einzige Rückzugsort, an dem man Naomi in Ruhe ihren Gedanken nachgehen lassen würde, war das Weingut ihrer Tante Carol und ihres Onkels William Brookstone in Napa Valley. Sie würde zwar lieber in San Francisco bleiben, weil Frisco so lebendig und voller Geheimnisse, Feuer und Tollheiten war und sie sich nach Lebendigkeit sehnte. Aber San Francisco war Cheng, und sie musste weg von ihm.

Schade, dachte Naomi, auf dem Land würden wohl kaum Abenteuer auf sie warten.

1

Sonntag, 1. Juli

Es hatte Streit gegeben. Das war zu erwarten gewesen. Cheng hatte absolut kein Verständnis dafür, dass sie spontan eine Woche Urlaub nehmen wollte. Alles, was für ihn zählte, war, dass sie ihn alleine ließ. Dabei ging es ihm nicht nur um die Arbeit in der Kanzlei, sondern angeblich auch um die einsamen Abende zu Hause. Sollte sie ihm das etwa glauben? Meistens saßen sie ohnehin nur auf der Couch und lasen. Das konnte er auch, wenn sie nicht daheim war.

Er hatte seine Handflächen aneinandergelegt und hatte sie gebeten, zu bleiben, doch Naomis Entscheidung stand fest.

Gegen seinen Willen war Naomi trotzdem einen Tag später gefahren.

Während sie den alten Ford über den Highway 101 in Richtung Golden Gate Bridge lenkte, kämpfte ihr schlechtes Gewissen, das sie zweifelsohne von ihrer Mom geerbt hatte, mit ihrem Kampfgeist. Der Weg über die Oakland Bridge war eigentlich dreißig Minuten kürzer, aber da man nie wusste, ob um Oakland Stau herrschte – an Wochentagen verstopfte der Berufsverkehr die Straßen in und um die Großstadt und am Wochenende Familien, die einen Ausflug machten –, hatte Naomi sich für die längere Strecke entschieden.

Sie hatte Zeit und wenn sie Auto fuhr, konnte sie gut nachdenken.

Eigentlich gehörte das Auto Cheng. Es war kein Problem

gewesen, es zu nehmen, denn er hatte ja noch den silbermetallicfarbenen Lincoln, den Firmenwagen. Auch der Mietvertrag für das Appartement lief auf seinen Namen. Er beglich alle Rechnungen. Naomi kaufte nur hin und wieder auf ihre Kosten ein und tankte.

Selbst das war nicht ganz richtig, denn er zahlte schließlich ihr Gehalt. Er arbeitete erfolgreich als Genealoge. Seine Kanzlei für Familienforschung lief hervorragend. Naomi half ihm bei der weltweiten Erbenermittlung, beantragte Erbscheine, beschaffte Urkunden, half bei der Aufklärung von Vermögenswerten, während er seine Kunden in Fragen bezüglich des Erbrechts betreute. Seine Fälle bekam er meistens vom Gericht zugewiesen, er beriet aber auch einige private Kunden.

Cheng war das Gesicht von Pinpoint Precision, Naomi machte die Fleißarbeit hinter den Kulissen.

Sie war sich bewusst, wie sehr sie ihr Leben auf Cheng ausgerichtet hatte, aber ihr hatte diese Abhängigkeit nie etwas ausgemacht. Alles hing an ihm: ihre Liebe und ihre Existenz – ihre private und berufliche Perspektive. Sollte sie um ihre Beziehung zu ihm kämpfen oder die Reißleine ziehen?

Der Engel auf ihrer Schulter ermahnte sie, nicht gleich das Handtuch zu werfen – er habe es nicht so gemeint, als er sagte, sie sei nur seine Freundin, sie interpretiere zu viel in dieses Wort hinein – und erinnerte sie daran, dass sie beide Michael Bublé Fans waren, Jakobsmuschel-Tartar ihr Lieblingsgericht war und mehr Geld für Bücher als für andere Dinge ausgaben.

Das Teufelchen dagegen fragte sie, wieso sie ihr Leben mit diesem unverschämten Kerl vergeudete.

Gleich am Samstagmorgen hatte sie auf dem Weingut angerufen und gefragt, ob sie am nächsten Tag kommen dürfte.

»Selbstverständlich, du bist jederzeit herzlich willkommen«, hatte Onkel William, der von allen Bill genannt wurde, gesagt. Er war ein Schatz! Im Gegensatz zu Cheng hatte er es nicht verlernt, neben dem Geschäft das Leben zu genießen. Sein Bauchansatz und die Lachfalten waren der Beweis.

Nun, da Naomi über die Golden Gate Bridge fuhr, rief sie noch schnell ihre Mom an, um ihr Bescheid zu geben, damit sie sich keine Sorgen machte. Sie lenkte ihren Wagen an San Rafael, Petaluma und Sonoma vorbei und fuhr auf dem Highway 29 nach St. Helena.

Bereits als sie von der Hauptstraße in die Allee, die zum Weingut führte, einbog und von weitem das Schild der Maroon Winery erspähte, löste sich der Knoten in ihrem Magen. Dieses idyllische Fleckchen Erde bedeutete Heimat für sie. Als Kind war das Gut ihr zweites Zuhause gewesen, doch seit sie Cheng mit achtzehn Jahren kennenlernte und in seiner Kanzlei anfing zu arbeiten, fand sie kaum noch Zeit, bei ihren Verwandten vorbeizuschauen. Da ihre Mutter alleinerziehend war, ging diese kurz nach Naomis Geburt schon wieder arbeiten. Damals waren Carol und Bill fast so etwas wie Naomis Ersatzeltern gewesen.

Naomi fuhr durch eine Obstplantage tiefer ins Tal hinein. Sommerwolken, die wie weiße Wattebausche aussahen, hingen über den Gipfeln der Vaca Berge, die das Weinbaugebiet St. Helena American Virticultural Area, kurz AVA, im Osten begrenzten. Die Sonne stand viel zu hoch, als dass die Mayacama Berge auf der anderen Seite des nördlichsten Weinbaugebietes des Napa Valleys hätten Schatten auf die Weinreben, die an den Hügeln wuchsen, werfen können. An diesem frühen Nachmittag musste es an die vierunddreißig Grad heiß sein.

»Du erkältest dich noch.« Chengs lächerliche Ermahnung von vorletzter Nacht klang ihr noch im Ohr. Trotzig kurbelte sie nicht nur das Seitenfenster herunter, sondern auch das auf der Beifahrerseite, so dass der heiße Fahrtwind wie ein Liebhaber mit ihren Haaren spielte. Sie bekam eine wohlige Gänsehaut. Ihre Nackenhärchen stellten sich auf. Der Saum ihres Sommerkleids flatterte, und der Baumwollstoff rieb sachte über ihre Brustspitzen.

Tief sog sie den leicht süßlichen Duft in ihre Lungen ein. Soweit das Auge reichte, waren nur Obstplantagen und Weinreben zu sehen. Naomi liebte das Napa Valley mit seinem mediterranen Klima, den malerischen Ortschaften und den Weinhängen. Nur an die Stille musste sie sich jedes Mal von neuem gewöhnen. Manche Keltereien waren sogar in Villen, viktorianischen Häusern und Schlössern untergebracht. Aber die Maroon Winery war fast so alt wie die Krug Winery – Charles Krug baute 1861 als Erster Weinreben im Valley an –, weshalb sie nicht mit einem tollen Gebäude aufwarten konnte, wohl aber mit dem besten Merlot Kaliforniens.

Bei dem Gedanken an die dunkelrote Farbe und den pflaumigen Geschmack lief Naomi das Wasser im Mund zusammen. Onkel Bill ließ die Eichenfässer, in denen der Wein reifte, extra aus Frankreich einfliegen und legte Wert darauf, dass sie aus französischer Traubeneiche hergestellt wurden. Stolz darauf, nicht wie alle anderen Weingüter im Valley Fässer aus amerikanischer Weißeiche zu benutzen, wurde er nicht müde zu wiederholen, dass sein Merlot dadurch eine unverkennbar kräftige Barrique-Note bekam. Naomi fand den Wein so köstlich, dass sie darin hätte baden können!

Sie kam an eine Gabelung und nahm den Weg, der zum Haupthaus führte. Dort befanden sich die Wohnräume, die Büros und eine gemütliche Schänke, die jedoch nur für Weinproben genutzt wurde. Im Gegensatz zu anderen Winzern vermietete die Familie Brookstone keine Zimmer. Der Weintourismus im Napa Valley zog Millionen von Übernachtungs-

und Ausflugsgästen an und war nach Disneyland die beliebteste Touristenattraktion Kaliforniens.

Carol und William wollten kein Stück von diesem Kuchen abhaben. »Wir sind Weinbauern, keine Herbergseltern«, stellte Bill klar. Die Maroon Winery konnte es sich leisten.

Naomi parkte ihren Ford vor dem Haus, stieg aus und reckte sich. Als sie über den Vorplatz zu der gegenüberliegenden Mauer schlenderte, wirbelte Sand auf. Sie stellte einen Fuß auf das Mäuerchen, das ihr gerade nur bis zu den Knien reichte. Dahinter befanden sich ein fünf Meter tiefer Abgrund und die Parallelstraße, die zur Kelterei führte. Da die Sonne Naomi blendete, schirmte sie ihre Augen mit der Hand ab, doch sie sah nur Arbeiter, keinen ihrer Verwandten. In dem Gebäude am Fuße des Südhangs wurden nicht nur die Trauben gekeltert und die Flaschen abgefüllt. Im Keller lagerte auch die kostbare Flüssigkeit in Eichenfässern zum Reifen.

Naomi kehrte zum Hauptgebäude zurück, das als Wohnhaus und auch als Kommandozentrale benutzt wurde. Die Haustür stand wie immer offen. Voller Vorfreude trat Naomi ein und wäre beinahe mit Rosamar zusammengestoßen.

»*Buenas tardes*, Señorita Naomi, endlich kommen Sie uns mal wieder besuchen.« Die vollen Wangen der Köchin leuchteten so rot wie die Weintrauben an den Reben. Sie balancierte die Schüssel mit Zwiebeln und Paprika auf einer Hand und wischte sich die andere an ihrer roten Küchenschürze ab, auf der mit gelbem Garn *Puebla* eingestickt war. Stolz strich sie dem Jungen, der sich an ihr Bein drückte, über die Haare. »Das ist Sandro, mein Sohn. Er hat Ferien. Señor Brookstone hat mir erlaubt, ihn mitzubringen.«

Naomi schätzte ihn auf fünf oder sechs und wusste nicht, ob er noch in den Day Care Center ging oder schon die erste Klasse der Grundschule besuchte. Als sie sich zu ihm herabneigte und ihm die Hand entgegenstreckte, versteckte er sich hinter Rosamar und linste nur ab und zu schüchtern um die Ecke. Seine Augen waren so blau wie das Meer. Wie ungewöhnlich für einen Mexikaner!

»Schön, dich kennenzulernen, Sandro.« Naomi zwinkerte ihm zu und richtete sich wieder auf. »Und schön, wieder auf Maroon zu sein. Wo sind alle?«

Rosamar nahm die Schüssel wieder in beide Hände und legte eine Paprika, die drohte, herunterzufallen, in die Mitte. »Ihre Cousine Jillian und Señor Jefferson sind mit einem Gast in der Schankstube. Señora Brookstone ist vor zwei Stunden nach St. Helena gefahren, und Señor Brookstone prüft mit seinem Vorarbeiter die Reben am Osthang. Wo Ihr Cousin Chad ist, weiß ich leider nicht.«

Alle waren beschäftigt, das war zu erwarten gewesen. »Dann fahre ich am besten gleich zum Gästehaus und mache mich dort erst einmal breit.«

»Das geht nicht«, wandte Rosamar ein.

»Es macht nichts, wenn Lizzy es noch nicht fertig hat.« So kurzfristig, wie sich Naomi angemeldet hatte, konnte sie nicht damit rechnen, dass das Hausmädchen bereits alles für ihren Besuch vorbereitet hatte. »Ich lüfte und beziehe das Bett selbst. Ein bisschen Staub wird mir schon nicht schaden.«

»Nein, nein, so meinte ich das nicht.« Rosamar gestikulierte etwas zu heftig, so dass die Paprika auf den Boden fiel. Sandro tapste etwas unbeholfen hinterher und bekam sie erst zu fassen, als sie liegen blieb.

Sicherlich war das Haus noch abgeschlossen. »Ich nehme den Schlüssel gleich mit.«

»Er ist schon dort, aber …« Sandro unterbrach seine Mutter, indem er ihr die Paprika überreichte und sie erwartungsvoll anschaute. Rosamar legte sie wieder auf das restliche Gemüse, dankte ihrem Sohn rasch und öffnete ihren Mund, um ihren Satz zu beenden, doch Naomi kam ihr zuvor.

»Mich muss niemand begleiten. Macht euch alle keine Mühe. Ich kenne mich doch aus, außerdem ist Sonntag. Hier sollte eigentlich gar nicht gearbeitet werden, aber Maroon ruht nie. *Adios*, Rosa, bis später.« Naomi verließ das Gebäude.

»Señorita Naomi«, rief die Köchin ihr hinterher.

Als sich Naomi an der Fahrertür ihres Wagens noch einmal zu ihr umdrehte, zog Sandro gerade an Rosamars Schürze, weil er wollte, dass sie sich mit ihm und nicht mit dem neuen Gast beschäftigte.

»Nur keine Umstände«, beruhigte Naomi sie, stieg ein und fuhr los.

Im Rückspiegel sah sie, dass Rosamar ihr ein Stück hinterhergelaufen kam. Doch Sandro, der ihr folgte, stolperte über die Türschwelle und stürzte, worauf Rosa zu ihm eilte, die Schüssel auf dem Boden abstellte und ihm aufhalf.

Das Gästehaus lag etwas weiter den Hügel hinauf in einem kleinen Garten. Dort übernachteten ausschließlich Freunde oder Geschäftspartner, niemals Touristen, eher stand es leer. Es wurde selten genutzt. Das hübsche kleine Häuschen aus Natursteinen mit orange-braunen Tondachziegeln, einer überdachten Veranda und einem Garten, den Holunderbüsche und Wildrosen von den Reben abgrenzten, hätte auch in der Toskana stehen können.

Naomi stellte ihren Wagen ab und betrat das Haus. Sie blieb an der Tür stehen und schaute sich strahlend in der Küche um. Ein Korridor führte von dort an einer Holztreppe vorbei, über die man ins Obergeschoss gelangte, wo sich das Schlafzimmer, das Bad und ein kleines Arbeitszimmer befanden, ins Wohnzimmer.

Vor Naomi lag ein kleines Stückchen Heimat. Die Einrichtung mit den großen terrakottafarbenen Bodenfliesen, den Landhausmöbeln und den Kerzenhaltern aus Eisen an den Wänden verströmte ein mediterranes Ambiente. Das Haus hatte altmodische Klappläden, die Naomi mit sechzehn Jahren selbst olivenfarben gestrichen hatte. Die Farbe blätterte längst ab.

Plötzlich fiel ihr Blick auf einen Laptop, der auf dem Küchentisch links neben der Eingangstür stand. Notizblätter, Sachbücher und Fotobände über Weinanbau lagen wild verstreut daneben.

Stirnrunzelnd betrachtete Naomi die leere Kaffeetasse in der Spüle, die ihr erst jetzt auffiel. Ihr Domizil war schon bewohnt? Oder hatte sich jemand aus der Familie hierher zurückgezogen, um in Ruhe arbeiten zu können? Hatte Rosamar sie darauf hinweisen wollen?

»Einen Moment mal«, sagte Naomi zu sich selbst und trat zum Tisch.

Unter dem Napa Valley Life Magazine und den Wine News lugte ein Buch heraus, das nicht ins Bild passte. Sie sah nicht viel mehr von dem Cover als die Arme einer Frau, die nach oben gestreckt waren. Ihre Handgelenke waren mit einem roten Samtband zusammengebunden, und die Fessel war an einer Wandgarderobe eingehakt worden.

Naomi wurde heiß. Verstohlen sah sie sich um. Da niemand zu sehen war, schob sie das Buch vorsichtig höher, so dass immer mehr von dem Cover zum Vorschein kam. Ihr Herz pochte aufgeregt.

Die Frau trug eine wunderschöne schwarze Korsage, die ihr eine schlanke Taille verlieh und ihren Busen anhob, ihre Nippel jedoch aussparte. Knapp über den Halbschalen, die wie Hände aussahen, ragten ihre Brustwarzen heraus. Eine Gliederkette verband die goldenen Nippelklemmen, die ihre Spitzen schmückten. Ihr Kopf hing erschöpft herunter, doch sie lächelte selig, als wäre sie über glühende Kohlen gegangen, um ins Paradies zu gelangen.

Ekstase durch Unterwerfung, las Naomi leise und strich über das Cover. Titel und Name des Verfassers, der sich Illustro nannte, waren in den Umschlag eingestanzt. Ihre Fingerspitzen kribbelten. Rasch schob sie den Ratgeber zurück unter den Stapel. Er stieß an ein zweites Buch, das unter den unverfänglichen Magazinen versteckt war. Es stammte vom selben Autor wie das erste. Die Neugier war zu groß. Naomi konnte nicht anders, als auch dieses ein Stück weit herauszuziehen. Als sie den Titel las, erschrak sie. Sie war entsetzt! Zu ihrer eigenen Verwirrung spürte sie, wie die Erregung mit solch einer Macht in ihr erwachte, dass ihr das Atmen schwerfiel. *Sklavenerziehung mit gefühlvoller Härte*. Ihr Herz pochte heftig, was sie nicht in ihrem Brustkorb, sondern zwischen ihren Schenkeln spürte.

Um sich abzulenken, ließ sie von dem Ratgeber ab und nahm das Notizbuch, das unmittelbar neben dem Laptop lag. Bereits als sie darin blätterte, rieselte die Lust erneut durch sie hindurch. Wider Erwarten fand sie keine Notizen zum Thema Wein vor, sondern über Sexpraktiken. Außergewöhnliche Praktiken, die Cheng wohl als pervers bezeichnet hätte. Dieser Gedanke ließ den Inhalt für Naomi nur noch reizvoller erscheinen.

Sie drehte das Büchlein, weil sie nicht glauben konnte, dass man jemanden durch Fesselungen in eine solche Position bringen konnte, wie dort gezeichnet worden war. Die Frau lag auf dem Rücken. Ihre Waden waren an die Oberschenkel gebunden und ihre Arme hinter dem Kopf verschränkt und fixiert, so dass sie vollkommen schutzlos war. Besonders ihre Intimstellen. Jemand hatte sie verschnürt wie ein Paket, wobei er jedoch ihre Brüste und ihre Mitte ausgespart hatte. Die Ansätze ihres Busens waren mit einem dünnen Seil umwickelt, so dass die Brüste wie kleine Türme nach oben ragten und die Spitzen wie

Gipfelkreuze anmuteten. Der Zeichner hatte nicht nur jede Seilwindung gemalt, sondern auch den Schambereich der Frau eingezeichnet. Sie war rasiert. Der Betrachter sah alles.

Naomi konnte nicht anders, als sich vorzustellen, in der Position der Frau zu sein. Bewegungsunfähig und dem Willen desjenigen, der sie gefesselt hatte, ausgeliefert. Sie hätte entsetzt sein müssen, stattdessen wurde ihr Schritt feucht. Wie gebannt schaute sie sich die anderen Zeichnungen und Notizen an. Manchmal standen Überschriften auf den Seiten. Bondage. Rollenspiel. Erziehung. Dominanz und Unterwerfung. Spanking. Flagellation. Bastinade. SM. Die Worte hallten wie Donnerschläge in ihr wider. Naomi begann zu schwitzen.

Wer auch immer sich in das Gästehaus zurückgezogen hatte, beschäftigte sich lieber mit Sex statt mit Weinkunde, wie er oder sie vorgab. Wer war es? Wer hatte sich unter dem Vorwand, in Ruhe arbeiten zu wollen, hierher zurückgezogen, und hing in Wahrheit seinen sexuellen Fantasien nach? Handelte es sich tatsächlich nur um Fantasien oder waren es sogar Vorbereitungen für ein Lusttreffen? Ein Treffen, bei dem er einige der Praktiken, die er aufgeschrieben hatte, mit seiner Geliebten durchführen würde. Naomi presste ihre Schenkel zusammen, doch das sehnsüchtige Prickeln verschwand nicht.

Rasch legte Naomi das Notizbuch weg. Die Heftigkeit, mit der sie darauf reagierte, erschreckte sie. Sie wollte gerade ein Schneidebrett, das auf der Abtropffläche des Spülbeckens stand, aber schon getrocknet war, nehmen, um sich damit Luft zuzufächeln, als sie etwas entdeckte, das noch weniger in eine Küche gehörte als ein Laptop. Ein roter Tanga hing neben Schöpf- und Schaumkellen an einem Haken über der Arbeitsfläche. Gehörten die Ratgeber und das Notizbuch einer Frau? Erstaunt nahm sie das Höschen und betrachtete es, als würde es ihr die ganze Wahrheit verraten.

»Sie haben einen Blick für Details«, sagte plötzlich eine tiefe, warme Stimme.

Naomi erschrak. Sie hatte den Mann, der in der Tür stand, nicht kommen hören, und fühlte sich ertappt. Wie lange stand er schon da? Hatte er sie beobachtet, während sie neugierig in den Büchern geblättert und sich am Inhalt erregt hatte? Sicherlich waren ihre Wangen gerötet und man sah ihr die Verlegenheit an. »Wie bitte?«

In seinem Lächeln verschmolzen Selbstbewusstsein und Lebenslust. »Den meisten wäre der Slip nicht aufgefallen.«

Bis auf eine schwarze Schwimmhose war der Fremde nackt. Er wischte sich mit der Handfläche den Staub von den Fußsohlen und trat ein. Als er seine blonden, leicht gewellten Haare mit den Fingern zurückkämmte, starrte Naomi fasziniert auf das Spiel seiner Muskeln. Er musste regelmäßig Sport treiben, aber nicht Kraftsport, sondern ein Training, das die Ausdauer förderte und nebenbei den Körper formte. Vielleicht war er ein Schwimmer. Ja, das würde zu ihm passen, dachte Naomi verträumt und leckte sich unbewusst über ihre Unterlippe. Seine Achseln und sein Brustkorb waren rasiert. Seine blauen Augen glitzerten wie das türkisfarbene Meer, das von der Sommersonne angestrahlt wurde.

»Ich heiße Sam.« Er steckte seinen Daumen unter das Bündchen seiner Schwimmhose, strich von einer Hüfte zur anderen und weitete dabei die Hose einen Fingerbreit, als würde der Bund einschneiden.

Für Naomi sah das eher nach einer Einladung aus, näher zu treten und hinter die Kulissen zu schauen. Aber erstens brauchte sie das nicht, denn sie sah auch so, dass er gut ausgestattet war, und zweitens entsprang dieser Gedanke sowieso nur ihrer Fantasie. »Naomi«, stellte sie sich mit belegter Stimme vor.

Die frivolen Lektüren hatten sie durcheinandergebracht. In

diesem Moment fiel ihr ein, dass das Buch über die Sklavenerziehung noch immer offen auf dem Tisch hinter ihr lag, nur halb bedeckt von den unverfänglichen Magazinen. Unter keinen Umständen durfte sie zulassen, dass Sam es entdeckte, egal, ob er nun hier wohnte oder nur hereingeschneit kam, da die Tür offen stand. Weil er wusste, wo der Slip gehangen hatte, ging Naomi von ersterem aus und machte die Probe. »Der gehört sicher Ihrer Frau.«

»Ich habe keine, auch keine Freundin, wenn Sie das wissen wollen.« Er schlenderte auf sie zu, lehnte sich mit der Hüfte an die Arbeitsplatte und verschränkte seine Arme vor dem Oberkörper. Begehrlich musterte er sie von oben bis unten.

Was bildete sich dieser Kerl ein? »Warum sollte ich?« Mit Schrecken dachte sie an den Sexratgeber. Sie rutschte gezwungenermaßen auf den Fremden zu, um ihm die Sicht auf den Küchentisch zu nehmen, und tastete mit ihrer freien Hand nach dem Buch.

»Sie sehen interessiert aus.«

Sam verunsicherte sie mit seiner Erhabenheit, weshalb sie kratzbürstig reagierte, etwas, das sie von sich eigentlich gar nicht kannte. Normalerweise war sie um Harmonie bemüht. Dieser Fremde jedoch reizte sie auf unerklärliche Weise. Vielleicht weil er so selbstsicher auftrat und sich seiner Ausstrahlung auf sie bewusst war. »Reden Sie keinen Unfug. Ich habe lediglich nicht mit einem halbnackten Mann gerechnet.«

»Ich war im Racoon Creek schwimmen.« Der Creek war ein Ausläufer des Napa Rivers. »Es ist ein herrlicher Tag. Darf ich?«

Er nahm ihr das Höschen ab. Seine Fingerspitzen strichen dabei über ihren Handrücken – ob zufällig oder beabsichtigt vermochte Naomi nicht zu sagen – und hinterließen eine heiße Spur. Aber Naomi kämpfte ihre Lust nieder, denn sie kam nicht von Sam, sondern von den Sexratgebern, zumindest redete sie sich das ein. Er versuchte lediglich von ihrer bereits erweckten Erregung zu profitieren. Auf keinen Fall! Sie würde Cheng treu bleiben, Streit hin oder her. Noch waren sie ein Paar. Außerdem amüsierte sich Sam offensichtlich bereits mit der Besitzerin des roten Tangas, und Naomi wollte keinesfalls eine von vielen Gespielinnen sein.

Ohne sie aus den Augen zu lassen, roch er an dem Höschen. Das war ungeheuerlich! Naomi war empört. Doch dann meldete sich eine Stimme in ihr. Praktizierte er nicht die Frivolität und Freiheit, nach der sich Naomi sehnte? Hatte sie nicht selbst gestern erst Cheng aufgefordert, ihre Feuchte von seinen Fingern abzulecken? Wer im Glashaus sitzt, sollte nicht mit Steinen werfen, hieß es doch.

»Wenn ich es richtig deute, wollen Sie einziehen.« Er zeigte zur Treppe. »Nur zu.«

»Wohl kaum. Es gibt nur ein Schlafzimmer.« Endlich bekam sie das Buch zu fassen, doch als sie es bewegte, verrückte sie damit auch die Magazine. Ihr Herz pochte bis in ihre Schläfen.

»Wenn Sie sich meinen Regeln fügen, teile ich das Doppelbett gerne mit Ihnen.«

Was meinte er mit Regeln? Dass sie versprach, auf ihrer Seite des Bettes zu bleiben. Oder sprach er von Unterwerfung? »Eher schlafe ich auf dem Boden.« Ihr Puls raste, als sie die Magazine mit der linken Hand festhielt und den Ratgeber mit der rechten darunterschob. Geschafft. Erleichtert atmete sie auf.

»Auch gut. Ich mag es, wenn mir die Frauen zu Füßen liegen.« Die Zweideutigkeit in seinen Worten war deutlich herauszuhören. Etwas in seinem Blick veränderte sich. Sein Lächeln verschwand, er wurde ernster.

Naomi schluckte den Kloß in ihrem Hals herunter. Sam hatte das nicht gesagt, um mit ihr zu flirten, sondern weil er es auch so meinte. Also gehörten die Bücher definitiv ihm. Er war dominant. Naomi war nicht naiv, hatte aber noch nie SM praktiziert. Sie zog die Fingerspitzen schnell weg, als hätte sie sich an dem Buch verbrannt. Oder als könnte der Kontakt ihre Neugier bestätigen, sollte Sam etwas merken.

»Ich gehe jetzt besser.« Ihre Kehle war trocken. Sie brauchte dringend etwas zu trinken, würde aber einen Teufel tun und Sam darum bitten. Womöglich glaubte er, sie wäre doch an ihm interessiert. War sie nicht! Und warum schaute sie dann verschämt auf den Boden? Damit er nicht dachte, es handele sich dabei um eine devote Geste, sah sie ihm einige Sekunden lang in die Augen. Seine Miene war nachdenklich, beinahe prüfend. Länger schaffte Naomi es nicht, seinem durchdringenden Blick standzuhalten und so schaute sie sich im Raum um, als wäre die Küche ein Museum, gefüllt mit Kostbarkeiten.

»Haben Sie Angst vor mir?«, fragte er ohne einen Hauch von Spott.

»Wie kommen Sie darauf?«

»Sie sind nervös. Aber vielleicht hat das ja einen anderen Grund.« Er versuchte über ihre Schulter zu blicken.

»Hier drinnen ist es einfach zu heiß.« Als sie die Doppeldeutigkeit ihrer Worte verstand, fügte sie rasch hinzu: »Bill sollte endlich eine Klimaanlage einbauen lassen.«

»Sie sollten im Creek schwimmen gehen. Das würde Sie abkühlen.« Ein wissendes Lächeln umspielte seine Lippen. »Ich kann Ihnen den Weg zeigen.«

Diese Einladung war nun aber wirklich plump. »Danke, aber ich verzichte auf Ihre Gesellschaft. Außerdem kenne ich mich auf dem Gut bestens aus.«

»So war das nicht gemeint. Ich wollte Ihnen nur erklären,

wie Sie zum Creek kommen. Hingehen müssten Sie schon alleine.« Demonstrativ nahm er am Küchentisch Platz, so dass sich Naomi wie eine Närrin vorkam. »Ich habe zu arbeiten.«

Naomi presste ihre Lippen aufeinander und ging zur Tür. Er hatte sie aufs Glatteis geführt, und sie hatte es erst bemerkt, als sie schon mitten draufstand.

Bevor sie das Gästehaus verließ, rief er ihren Namen. Es lag ein sinnliches Timbre in seiner Stimme, das sie erschauern ließ. »Möchten Sie eins meiner Bücher mitnehmen?«

»Danke, aber ich kenne mich mit der Materie aus.« Sie errötete heftig und fasste den Türgriff fest. »Mit Wein. Weil ich hier aufgewachsen bin, könnte man sagen. Ich habe früher fast alle Ferien auf Maroon verbracht. Und viel gelernt. Über Reben. Anbau. Keltern. Reifung.«

»Natürlich sprechen wir über Wein. Was sonst?« Er legte seinen Kopf schief und sah sie an, als könnte er direkt in sie hineinblicken und ihre Gedanken und Gefühle lesen. Das machte ihr Angst, es faszinierte sie aber auch und weckte das Kribbeln an höchst unanständigen Stellen wieder auf.

Rasch eilte Naomi zu ihrem Wagen und stieg ein. »Mist!« Fluchend schlug sie auf das Lenkrad und linste zum Haus, doch Sam stand weder am Fenster noch in der Tür. Das kränkte sie ein wenig. Er hatte mitbekommen, dass sie seine verborgene Lektüre entdeckt hatte und nicht unbeeindruckt geblieben war – von den außergewöhnlichen Liebesspielen und von ihm.

Zu ihrem Erstaunen sah Naomi jedoch einen anderen Mann, sie lehnte sich aus dem Fenster, denn ihre Scheiben waren von der Hinfahrt noch heruntergekurbelt. Sie kannte ihn gut. Und er praktizierte das, worüber Naomi soeben gelesen hatte.

Sex.

2

Chad stand zwischen den Reben neben dem Gästehaus, doch er war zu beschäftigt, um Naomi wahrzunehmen. Mit dem rechten Arm hielt er die junge Frau, die hemmungslos mit ihm herumknutschte, fest an sich gedrückt, während seine linke Hand an ihrer Taille auf und ab streichelte.

Naomi kannte die Frau nicht, fand sie aber hübsch. Ihr brauner Pferdeschwanz, die Jeans-Shorts und die pinkfarbene Bluse, die die Fremde über dem Bauchnabel zusammengeknotet hatte, verliehen ihr einen mädchenhaften Charme. Naomi schätzte sie auf achtzehn Jahre, vielleicht auf neunzehn wie Chad, der jedoch mit seinen kräftigen Oberarmen und dem breiten Rücken schon viel erwachsener aussah. Er hatte die Ärmel seines karierten Hemds abgeschnitten, und seine Haare sahen immer aus wie ein Vogelnest, er bezeichnete das als seinen persönlichen Stil. Vermutlich wollte er verwegen aussehen, wie eine zeitgemäße Version von James Dean.

Die Hantelbank, den Crosstrainer und die anderen Fitnessgeräte in Chads Zimmer hielt Bill für überflüssig. »Er soll lieber mehr auf dem Weingut mit anpacken, dann wäre sein Körper von selbst in Topform«, wurde sein Vater nicht müde zu sagen.

Aber Chad ließ sich gerne treiben und ablenken, wie sich nun wieder einmal zeigte. Naomi hätte einfach wegfahren sollen, aber sobald sie den Motor startete, würden ihr Cousin und seine Freundin auf sie aufmerksam werden.

Seine Hand strich immer höher, bis sie schließlich gegen den Busen des Mädchens stieß. Während er sie leidenschaftlich küsste, streichelte er beiläufig über ihre Brustspitze. Sie keuchte und packte fest in Chads Schritt, so dass dieser aufstöhnte. Gefühlvoll knetete sie ihn dort, so dass er immer unruhiger vor anschwellender Lust wurde.

Chad löste den Kuss. Atemlos sagte er: »Du schmeckst unglaublich, Jenn.« Sofort streckte er wieder seine Zunge heraus, genauso wie seine Freundin. Gierig züngelten sie außerhalb ihrer Münder. Für Naomi war es ein obszöner Anblick, der sie nicht kaltließ. Sie schaute zum Gästehaus hinüber, aber Sam war nirgends zu sehen.

Hemmungslos leckte Chad über die Lippen der anmutigen Schönheit. Seine Zunge kreiste um ihre Nase und hinterließ eine feuchte Spur auf ihrer Wange. Als Chad zärtlich an Jenns Ohrläppchen knabberte, lachte sie und neigte den Kopf, damit er ihren Hals erreichen konnte. Chad küsste sie dort überschwänglich und saugte behutsam die dünne Haut an ihrer Kehle ein. Bei jedem Kuss, den er auf ihr Dekolleté hauchte, drückte er ihren Busen sanft.

Musik erschallte aus dem Gästehaus, irgendein Instrumentalstück. Kurz darauf redete ein Mann über die Hitze, die das Valley in den nächsten Tagen weiterhin fest im Griff haben würde, worauf ein Jingle für Sonnencreme ertönte. Sam hatte das Radio eingeschaltet.

Chad schien nicht darauf zu achten, sondern ging einen Schritt weiter. Als seine Hand unter Jenns Bluse glitt, stöhnte seine Gespielin, ließ seinen Schritt los und hielt sich an seinen Schultern fest. Er schob den Stoff beiseite und betrachtete die kleine, stramme Brust verlangend. Dann benetzte er seine Lippen, neigte sich vor und umschloss ihre Brustspitze. Sanft saugte er daran. Naomi konnte sehen, wie sich seine Wangen immer stärker nach innen wölbten, bis Jenn das Gesicht verzog und ihm auf den Rücken schlug. Daraufhin ließ er lachend von ihr ab und führte ihre Hand wieder zu seiner Wölbung, die aussah, als wollte sie seine Jeans sprengen. Doch Jenn befreite sein steifes Glied nicht von dem Denim, sondern kniff hinein. Als Revanche für das schmerzhafte Saugen, fragte sich Naomi. Chad reagierte keinesfalls böse. Im Gegenteil, er stöhnte lustvoll, dann ging ein Beben durch seinen Körper.

Jenns Shorts waren weit genug, dass seine Hand hineingleiten konnte, ohne die Hose öffnen zu müssen. Seine Freundin kicherte und versuchte ihn spielerisch abzuwehren, doch kaum hatten seine Finger ihre Mitte erreicht, lehnte sie sich mit geschlossenen Augen an ihn und seufzte.

Naomi starrte gebannt auf die Jeans, unter der sich seine Finger bewegten. Seine Hand lag direkt auf Jenns Scham. Jenn stellte sich immer wieder kurz auf die Zehenspitzen, und Chad versuchte, seine Hand tiefer zwischen ihren Schenkeln zu vergraben. Da das nicht sonderlich gut klappte, wollte er Jenn die Hose ausziehen, doch sie wehrte ihn ab.

»Wirst schon sehen, was du davon hast«, hörte Naomi ihn sagen, worauf er kräftiger über ihre Spalte rieb, als wollte er ihr zeigen, dass er sie in der Hand hatte.

Krampfhaft hielt sie sich an ihm fest und biss in seine Schulter, offensichtlich nicht fest, denn Chad verzog keine Miene, während er seinen Arm ein Stück weit herauszog, wieder hineindrückte und dabei seine Hand auf ihren Schritt presste. Jenn konnte kaum ruhig stehen bleiben. Sie öffnete ihren Mund, wohl nach Atem ringend. Endlich blieb sie stehen, sie schien sich sogar zu verkrampfen, und ihre Wangen wurden rosig.

Naomi beobachtete fasziniert, wie sich die Phasen des Höhepunkts in Jenns Mimik spiegelten – von selig über verzerrt während des Lustkrampfes bis hin zu erlöst und glücklich. Keuchend lag sie in Chads Armen, der sie an sich drückte und ihr einen Kuss auf das Haar hauchte.

In diesem Augenblick sah er Naomi.

Augenblicklich lief er purpurrot an. Er musste sich versteift haben, denn Jenn merkte, dass etwas nicht stimmte, und drehte sich um. Sie riss ihre Augen erschreckt auf und gab einen Schrei von sich, als wäre Naomi der Teufel in Person. Dann rannte sie davon.

Chad vergrub seine Hände in den Hosentaschen, zog den Kopf zwischen die Schultern und schlenderte zu seiner Cousine.

»Tut mir leid, ich wollte nicht …« Verlegen räusperte sie sich.

Doch Chad ging um das Auto herum und nahm auf dem Beifahrersitz Platz. »Schon gut. Wir haben uns ja nicht gerade versteckt. Nimmst du mich zum Haus mit?«

»Natürlich«, sagte sie und fuhr los. Sie deutete auf den Fleck in seinem Schritt. Offensichtlich war er entstanden, als Jenn ihn zwischen den Beinen gekniffen hatte. »Du solltest dich als Erstes umziehen gehen.«

»Ist wohl besser. Wenn Dad das sehen würde, wäre der Trouble groß.« Machohaft lehnte er sich mit dem Arm aus dem Fenster. »Ich find's toll, dass du so aufgeschlossen bist, was Sex angeht. Cheng ist ein Glückspilz!«

Betreten schwieg Naomi und guckte sich die Reben an, als würde sie das Weingut heute das erste Mal sehen. Bestimmt dachte Chad, sie und Cheng würden tollen Sex haben. Doch es war genau das Gegenteil. Um abzulenken, sagte sie: »Deine Freundin ist hübsch.«

»Jennifer? Sie ist nicht meine Freundin. Wer weiß …« Er lächelte vielsagend, doch dann wurde er ernst. Er drehte sich ein wenig zu Naomi und hielt ihr seine gefalteten Hände hin. »Bitte, du darfst niemandem von ihr erzählen. Sie gehört zur Konkurrenz, wenn du weißt, was ich meine.«

Naomi nickte und lenkte den Ford über die staubige Straße tiefer ins Tal. Jenn war also die Tochter eines anderen Winzers im St. Helena AVA. Chad war ohnehin das schwarze Schaf der Familie. Vermutlich wollte er seine Eltern nicht noch mehr gegen sich aufbringen. Seit er beschlossen hatte, nicht wie sein Vater auf die California State University zu gehen, um Weinbau zu studieren, sondern sich das Know-how nach dem Motto Learning by Doing zu erwerben, hatte er bei Carol und Bill einen schweren Stand. Dass er gerne stundenlang in den Weinhängen verschwand, machte ihr Verhältnis nicht gerade besser. »Eine Romeo und Julia Lovestory.«

»So weit würde ich nicht gehen.« Lässig fing er mit beiden Händen eine Fliege ein, die sich ins Wageninnere verirrt hatte und auf dem Armaturenbrett saß, streckte seine Arme aus dem Fenster und ließ sie frei. »Wir lernen uns gerade erst kennen.«

»So nennst du das.« Sie warf einen kurzen Blick auf den Fleck auf seiner Jeans.

Nun war er Chad doch unangenehm, denn er legte seine Hand darauf. »Was wolltest du bei Sam?«

»Einziehen.« Hitze schoss in ihre Wangen, weil sie an Sams Unverschämtheiten dachte. »In das Gästehaus, nicht zu ihm. Ich wusste nicht, dass er dort wohnt. Wer ist er überhaupt?«

Glücklicherweise bemerkte Chad ihre Verlegenheit nicht, denn er fuhr das Seitenfenster hoch, weil das Hauptgebäude in Sichtweite kam. »Samuel McAvoy, ein Autor. Er ist ein echt feiner Kerl.«

Ach, ja? Vielleicht, wenn man ihn näher kennenlernte. Auf die Art wie sich Chad und Jenn annäherten. Der rote Tanga und seine erotischen Anspielungen sagten doch schon alles über diesen unverschämten Kerl aus. Er war ein Verführer, ein Don Juan. Aber warum hatte er sie dann am Schluss abblitzen lassen? Fand er sie nicht sexy genug?

Als sie vor dem Wohngebäude parkte, ärgerte sich Naomi so richtig. Über Sam. Und noch mehr über sich selbst, weil ihr angekratztes Selbstbewusstsein sich meldete. Es hatte unter den Zurückweisungen von Cheng gelitten, das wurde ihr jetzt erst bewusst.

Sie stieg aus und folgte Chad, der ihren Koffer als Sichtschutz für seine Hose nutzte, ins Haus.

Warum denkst du überhaupt über Samuel nach, fragte sie sich mürrisch und stieg die Treppe ins Obergeschoss hinauf. Sie war schließlich mit Cheng liiert, auch wenn ihre Partnerschaft zurzeit kränkelte. Daran konnte man arbeiten. Obwohl sie nie über eine Hochzeit gesprochen hatten, ging Naomi davon aus, dass sie ewig zusammenblieben, Beziehungen endeten nun mal in einer Ehe.

Jetzt, da sie sich Cheng genau vor Augen führte, erschien ihr dieser vorgezeichnete Weg absurd.

3

Schon vom Flur aus sah Naomi ihn. Mit dem weißen Leinenhemd und dem blaugrauen Crêpe de Chine Schal, den Samuel lässig um seinen Hals geschlungen hatte, sah er aus wie das Klischee eines französischen Malers. Der Look stand ihm gut, gab Naomi zähneknirschend zu.

Sam stand neben ihrer Tante Carol und ihrem Onkel William im Speisesaal, in dem das gemeinsame Dinner stattfinden würde, und beobachtete die rotierende goldgelbe Flüssigkeit in seinem Weinglas. Während er es schwenkte, lobte er den satten Farbton, die Farbtiefe, die Klarheit und die Tränen, die an den Glaswänden zurückblieben.

Schleimer, dachte Naomi. Bestimmt hatte er sich sein Wissen nur angelesen und hatte nicht wirklich Ahnung. Traf das auch auf seine Sex-Ratgeber zu? Naomi konnte nicht vergessen, was sie gesehen und gelesen hatte.

In diesem Moment guckte Sam zu ihr herüber. Rasch huschte sie in den Seitengang und kam sich närrisch vor. Zu allem Übel wurde sie auch noch nervös. Sie redete sich ein, dass das Kribbeln in ihrem Bauch ein Zeichen von Hunger war. Warum blickte sie dann noch einmal in den Spiegel, der neben der Garderobe hing, um ihr Aussehen zu prüfen? Unbewusst fragte sie sich, ob es Sam gefallen würde, dass sie ihr gestuftes Deckhaar toupiert hatte.

Sie nahm die weiße Spange aus dem Haar und steckte sie in die Tasche. Er sollte nicht denken, sie hätte sich für ihn schick gemacht. Ihr Sommerkleid mit den kleinen rosa Knospen war zwar dezent, aber durch den Neckholder konnte sie keinen BH darunter tragen. Ihre schweren Brüste wogten bei jedem Schritt, was Sam bestimmt nicht verborgen bleiben würde. Allein der Gedanke erregte sie.

Cheng hatte Recht. Sie schien es wirklich nötig zu haben. Aber selbst wenn sie Single gewesen wäre, hätte sie sich nicht mit Samuel McAvoy eingelassen. Denn er strahlte Überlegenheit aus. Das machte ihr Angst! Die Crux allerdings war, dass eben diese Stärke sie gleichzeitig magisch anzog.

Plötzlich tauchte Sam hinter ihr auf. Naomi erschrak und versteifte sich.

Sein Spiegelbild lächelte sie verschmitzt an. »Ich wusste doch, dass ich Sie gesehen hatte. Schauen Sie doch nicht so unsicher in den Spiegel. Sie sehen bezaubernd aus.«

Unsicher? Empört schnappte Naomi nach Luft. Was dachte sich dieser Kerl?

Er neigte den Oberkörper etwas vor, so dass es für Naomi einen Moment den Anschein hatte, als wollte er ihre entblößte Schulter küssen. Sein Atem streichelte bereits ihre Haut. Doch der Kuss blieb aus. Innerlich seufzte sie.

»Kommen Sie«, wisperte er in ihr Ohr, führte sein Glas an ihre Lippen, wobei sein Arm den ihren berührte, und ließ sie von seinem Wein kosten. »Ihr Onkel hat einen seiner besten Jahrgänge geöffnet.«

Sprachlos sah sie ihm hinterher. Er ging zurück in den Saal und begegnete Chad und einer jungen Frau an der Tür. Während sich die drei begrüßten, spürte Naomi noch immer Sams warme Haut an ihrem Oberarm. Sie konnte nicht fassen, warum sie an seinem Glas genippt hatte. Nun wurde ihr klar, dass es sinnlich gewesen war. Sie leckte ihre Lippen ab und fragte sich, wie Sam wohl schmeckte. Ein verbotener Gedanke. Es ging sie nichts an! Es hatte sie nicht zu interessieren! Sie war noch in festen Händen, und er vergnügte sich mit der Frau, der der Tanga gehörte. Das ernüchterte sie.

Als Naomi sich wieder im Griff hatte, ging sie erhobenen Hauptes in den Saal.

Chad kam auf sie zu und zog die junge Schönheit hinter sich her. »Du gehst ja wie auf rohen Eiern.«

»Die Schuhe … sie sind neu … ach ja, und die Absätze … ich habe noch nie so hohe getragen«, stammelte sie peinlich berührt und hätte Chad am liebsten ganz undamenhaft eine verpasst. Aber er konnte ja nicht wissen, dass sie so langsam ging, weil sie keinen Büstenhalter trug.

Er legte der jungen Frau seine Hände von hinten auf die Schultern. »Das ist Rachel, meine Freundin.«

»Freundin?«, echote Naomi ungläubig. Was war mit Jenn?

Seine Grimasse hätte sie beinahe zum Lachen gebracht. Glücklicherweise bekam Rachel nichts mit, weil er immer noch hinter ihr stand. »Sie ist eine Backpackerin aus Fresno, geboren und aufgewachsen im Central Valley, dem kalifornischen Mekka des Massenweinbaus.«

»Hey!« Rachel boxte ihn sachte hinter ihrem Rücken.

»Ist doch die Wahrheit«, sagte er und umschlang von hinten ihre Taille. »Vor einem Monat klopfte sie auf der Suche nach Arbeit an unsere Tür.«

»Und seitdem bin ich hier gestrandet.« Rachels Händedruck war fest. Sie schien es gewohnt zu sein, anzupacken.

Neidisch betrachtete Naomi ihre langen schlanken Beine, die der Minirock mit dem orientalischen Muster kaum verhüllte, genauso wenig wie die Paillettenweste ihre Brüste. Sie hatte sich wohl nicht für eine Kette entscheiden können, denn um ihren Hals lagen gleich acht mit Holzanhängern und bunten Glasperlen. Auch in ihren schwarzen hüftlangen Zopf war eine Perlenkette eingeflochten. Ihre nackten Füße steckten in Sandalen, der schwarze Nagellack auf ihren Zehen blätterte ab.

Carol und William schlossen Naomi in die Arme. Am Haaransatz sah Naomi, dass ihre Tante unter der Blondierung grauer geworden war, und Bill gab zu, ein neues Loch in seinen Gürtel gestanzt zu haben, damit er wieder passte, aber sie sahen aus wie das blühende Leben.

»Was macht Catherine?« Ihr Onkel hielt ihre Oberarme so fest, dass Naomi befürchtete, blaue Flecken davonzutragen, aber so war er eben. »Wie geht es Cat?«

Carol half ihr schließlich aus der Umarmung, indem sie seinen Griff mit Nachdruck löste. »Das weißt du doch. Ich telefoniere einmal in der Woche mit meiner Schwester.«

»Meine Mom ist übervorsichtig wie immer«, sagte Naomi und rieb über ihre Oberarme. »Obwohl ich sechsundzwanzig Jahre alt bin, will sie immer noch jederzeit wissen, wo ich mich aufhalte.« Die Liebe seines Lebens zu verlieren war schon schlimm genug. Noch dramatischer war es, die Leiche des Mannes identifizieren zu müssen, von dem man ein Kind erwartete.

»Hat sie sich das Muttermal am Steiß endlich entfernen lassen?«, fragte Carol und schnaubte, da Naomi den Kopf schüttelte. »Sie ist genauso unvernünftig wie dein Onkel. Er unternimmt auch nichts wegen seines Mals.«

Bill murrte, weil sie diese Unterhaltung schon tausendmal geführt hatten. »Nur ein Leberfleck, der aussieht wie eine Traube Weinbeeren. Es wäre ein schlechtes Omen, ihn zu entfernen.«

»Tante Carol hat Recht.« Eindringlich sah Naomi ihn an. »Du solltest ihn untersuchen lassen.«

»Hab ich schon. Der Arzt meinte, er sei gutartig.«

»Lass ihn trotzdem regelmäßig überprüfen.« Aus dem Augenwinkel sah sie Samuel. Sein Blick ruhte auf ihr. Er machte sie nervös. »Nur für alle Fälle. Bitte, Onkel Bill.«

»Okay, okay.« Er hob beide Hände, als wollte er sich ergeben.

Erleichtert atmete Naomi auf, als ihre Cousine Jillian und ihr Mann Jefferson mit ihrem Gast in den Saal traten, denn nun hatte sie einen Grund, Sam den Rücken zuzukehren. Er stand gegen die Fensterbank gelehnt, trank hin und wieder von seinem Wein und taxierte sie die ganze Zeit. Wie ein Tiger, der sein Opfer auserkoren hatte. Wie sollte sie es nur den ganzen Abend mit ihm in einem Raum aushalten? Ihr Körper war wie elektrisiert. Er kribbelte von der Kopfhaut bis zu den Zehen.

Naomi fiel Jillian in die Arme. Ihre Cousine, elf Jahre älter als sie, war wie eine Schwester für Naomi. Auch jetzt, als Jill sie an sich drückte, spürte Naomi ihre »Reiterhosen«, die Fettpölsterchen im Hüft- und Pobereich, und ihre flachen Brüste, aber vor allen Dingen ihre Herzlichkeit. Der blaue Blazer und der Rock, der ihr bis zu den Knien reichte, waren wie alles, was sie trug, zu bieder, ihre blonden durchgestuften Haare waren zerzaust, als wäre sie in einen Sturm geraten. Wenn sie lachte, krauste sich ihre Nase, was Chad selbst noch mit seinen neunzehn Jahren dazu veranlasste, sie damit aufzuziehen, sie sei in Wahrheit das uneheliche Kind von Bill und einer Bajoranerin. Jill hatte nicht einmal gewusst, was das war, bis ihr Bruder ihr alte *Deep-Space-Nine*-Folgen gezeigt hatte.

Von ihrem Schwager Jefferson bekam Naomi nur ein Luftküsschen rechts und links, um zu verhindern, dass sein Makeup, mit dem er die Narbe abdeckte, abfärbte. Ein Nachbarsjunge hatte ihn als Kind vom Fahrrad gestoßen, und Jeff war unglücklich auf einem spitzen Stein gelandet, der ihm die Wange aufriss. Er litt unter diesem Makel. Als müsste er deshalb noch mehr für sein Aussehen tun als andere Männer, zupfte er sich die Augenbrauen und ging regelmäßig zur Maniküre. Jedes seiner kurzen braunen Haare saß auf dem Kopf wie gemeißelt. Der Kontrast zu Jillian fiel Naomi jedes Mal aufs Neue ins Auge. Am Anfang hatte sie sich gefragt, was die beiden verband. Inzwischen ahnte sie, dass Jeff gerne so locker und natürlich wie seine Frau wäre. Er bewunderte sie, was Jill guttat, denn sie war keine Schönheit, strahlte aber solch eine Herzenswärme aus, dass man sie einfach gern haben musste.

»Darf ich dir Malcolm Seaton vorstellen?« Jeff trat beiseite. »Er ist unser neuer Vertriebsleiter.«

»Nur für den Osten der USA. Es freut mich, Sie kennenzulernen.« Er hatte den typischen Akzent mit britischer Färbung, wie man ihn in Amerika nur in Boston hörte.

»Naomi Coffin.« Sein Händedruck war fest und ehrlich. Er lächelte wie alle Vertreter, wirkte dabei jedoch nicht gekünstelt, nahm Naomi wohlwollend zur Kenntnis. Seine Zähne waren weiß wie Schnee und seine Haut schwarz wie Ebenholz, allerdings waren seine Lippen nicht rot wie Blut, sondern von einem außergewöhnlichen Zimtbraun.

Rosamar tischte mit Lizzy das Essen auf, und alle nahmen an der Tafel Platz. Samuel setzte sich ausgerechnet gegenüber von Naomi. Er hatte etwas von der Fensterbank genommen und legte es nun neben sein Gedeck. Es war in azurblauem Geschenkpapier eingepackt, hatte Taschenbuchgröße und machte Naomi nervös. Sie starrte das Präsent an, als käme es vom Mars. In ihrer Erinnerung ging sie die Bücher durch, die auf Sams Küchentisch gelegen hatten, und nur die Ratgeber waren so klein gewesen wie das Buch, das verpackt vor ihm lag. Ihr Hals war trocken, und sie nahm einen großen Schluck Merlot. Der pflaumige Geschmack rann köstlich ihre Kehle hinab.

Chad, der neben Samuel saß, neigte sich zu ihm und stieß ihn mit dem Ellbogen an. »Suchst du jemanden? Wenn ja, dann findet Naomi ihn garantiert. Sie spürt jeden auf.«

»Das glaube ich aufs Wort.« Mit verklärtem Blick schwenkte Sam sein Weinglas. »Dabei graben Sie bestimmt auch in der Intimsphäre von Fremden herum und stoßen auf so manches Geheimnis. Unter Umständen kann das gefährlich sein.«

»Ich suche Erben im Auftrag des Gerichts.« Naomi verstand seine Anspielung und schaute besorgt auf das Geschenk zu seiner Rechten. Als er es ihr über den Tisch zuschob, beschleunigte sich ihr Puls.

»Für Sie«, seine Fingerspitzen streichelten über das azurblaue Papier, »weil Sie so interessiert an meiner Lektüre gewesen waren, als Sie mich heute Nachmittag besuchten.«

Empört schnappte Naomi nach Luft. Erstens hatte sie ihn nicht besucht, sondern hatte gar nicht gewusst, dass er im Gästehaus wohnte, und zweitens hatte sie mit der Art von Lust, die er präferierte, nichts am Hut. Damit niemand nachhakte, nahm sie das Buch rasch an sich und setzte sich mit dem linken Oberschenkel darauf. Ihr Bein fing an zu kribbeln und infizierte ihre Spalte. Auf welchem Ratgeber sie wohl saß – *Ekstase durch Unterwerfung* oder *Sklavenerziehung mit gefühlvoller Härte*? Herrje, sie erinnerte sich ja noch an die Titel. Sogar an jedes Detail auf den Covers. Das alles hatte sie mehr beeindruckt als sie zugeben wollte. Und Sam wusste das. Sie schickte ihm einen bitterbösen Blick, den er mit einem selbstgefälligen Lächeln kommentierte, das in Naomis Augen viel zu anziehend war.

Er sah mit seinen blonden Haaren und seinem sonnengebräunten Teint wie ein Weltenbummler aus. Ein Abenteurer auf der Suche nach einem Abenteuer. Das würde er nicht bei ihr finden!

Verzweifelt wehrte sie sich gegen ihr Interesse an ihm. Aber indem sie ständig an ihn dachte, hatte sie den Kampf bereits verloren.

Nach dem Dinner nahmen alle einen Aperitif an den zwei Stehtischen in der Ecke ein, so konnten Rosamar und Lizzy ungestört abräumen, und die Dinnerrunde konnte sich die Beine vertreten. Draußen war es inzwischen dunkel geworden.

Naomi, immer noch verärgert, drückte das Präsent fest an ihren Bauch, damit niemand der Gäste es neugierig näher in Augenschein nehmen konnte, und flüsterte Samuel heimlich zu: »Das werden Sie mir büßen.«

»Gewiss nicht. Ich bin immer derjenige, der bestraft.« Auffordernd schnipste er gegen das Geschenk. »Lesen Sie das Buch. Ich habe da so eine Ahnung, dass es Ihnen gefallen wird.«

»Der Inhalt interessiert mich nicht.«

»Das hat heute Nachmittag anders ausgesehen.« Seine Stimme klang nun sanfter, einfühlsamer. Sachte strich er mit dem Handrücken über ihren Arm. »Und gerade haben Sie eine Gänsehaut bekommen, als ich von Bestrafung sprach.«

Aufgebracht schlug sie seine Hand weg. »Unsinn!« Rasch drehte sie sich weg, damit er ihr die Lüge nicht ansah. Warum reagierte sie so heftig auf ihn? Schlummerte tatsächlich der Wunsch in ihr, sich bedingungslos in die Arme eines dominanten Mannes fallen zu lassen? Vielleicht, nein, wahrscheinlich sogar. Die SM-Ratgeber hatten eine neue Seite in ihr zum Klingen gebracht. Aber keinesfalls würde Samuel McAvoy dieser Dominus sein, dem sie sich unterwarf.

Chad, den Arm locker um Rachels Hüften gelegt, zeigte aus dem Fenster: »Es scheint so, als würden Jill, Jeff und Malcolm in die Schänke gehen. Kommst du mit, Cousinchen?«

Naomi tauchte aus ihrer Gedankenwelt auf, die sie so gefangen genommen hatte, dass sie nicht einmal mitbekommen hatte, wie die drei gegangen waren. Eifrig nickte sie und hoffte, Sam damit aus dem Weg zu gehen. Tatsächlich hatte er noch etwas mit Bill zu besprechen und lehnte ab, als Chad ihn einlud.

Bevor sie jedoch den Saal verließen, rief Bill ihnen nach: »Chad, verdrückst du dich schon wieder? Den ganzen Tag haben wir dich nicht gesehen. Da wirst du wohl den Abend mit deiner Mutter und mir verbringen können.«

Chad sah Naomi an, verdrehte die Augen und zuckte mit den Achseln. »Wir kommen so bald wie möglich nach«, flüsterte er und zwinkerte ihr zu. Brummig ging er mit Rachel im Arm zum Stehtisch zurück.

Naomi schaute ihm mitleidig hinterher und begegnete Sams Blick. Ein sinnliches Prickeln durchrieselte sie. Dieser Mann besaß eine außergewöhnliche Aura, der sie sich einfach nicht entziehen konnte. Selbstbewusst, aber nicht arrogant. Erhaben, aber nicht herablassend. Dominant, aber nicht brutal? Ob er seine Gespielinnen mit gefühlvoller Härte unterwarf? Diese Vorstellung gefiel Naomi, sie erregte sie.

Um ihren Fantasien nicht zu erliegen, wandte sie sich ab, drückte das Präsent an ihren Busen, um ihre erigierten Brustwarzen zu verbergen, und verließ das Haus. In der Schankstube jedoch brannte kein Licht, dafür unten in der Kelterei. Was wollten die drei dort? Seltsamerweise erlosch die Lampe im Eingang.

Begleitet vom Gesang der Zikaden schlenderte Naomi die Straße herunter und trat in das dunkle Werksgebäude ein. Irritiert darüber, warum es nicht hell erleuchtet war, folgte sie einem diffusen Licht, das aus dem Keller heraufdrang. Es flackerte. Nachdem sie die Treppenstufen hinabgestiegen war, erkannte sie, dass es aus dem Lagerraum kam. Sie bog nach rechts in einen weiteren Gang ab. Langsam näherte sich Naomi dem Lager und lauschte. Stoff raschelte. Aus einer Intuition heraus schaute sie erst um die Ecke, anstatt sofort einzutreten. Jillian, Jefferson und Malcolm standen, keine vier Schritte entfernt von ihr, zwischen den Eichenfässern, in denen der Merlot reifte.

Der Kerzenschein zeichnete die Konturen ihrer nackten Körper weich.

4

Naomi drückte sich mit dem Rücken an die kühle Wand und wagte kaum zu atmen. Sie hätte auf leisen Sohlen verschwinden sollen, stattdessen neigte sie sich etwas vor und linste in das Lager. Die Atmosphäre war sinnlich durch den Kerzenschein und die sexuelle Spannung, die zwischen Jill, Jeff und Malcolm herrschte. Selbst Naomi spürte, dass die Luft vor Lust flirrte.

Welch ein Zufall, dass sie schon wieder jemanden beim Sex beobachtete! Als würde Naomi von erotischen Entladungen auf magische Weise angezogen. War das etwa ein Wink des Schicksals, den Mut zu haben, ihre Lust, die Cheng so sträflich vernachlässigte, auszuleben? Aber mit wem? Etwa mit Sam?

Jefferson schmiegte sich an den Rücken seiner Frau und küsste zärtlich ihre Schulter, worauf sie ihren Kopf in den Nacken legte und die Augen schloss. Als Malcolm sich ihr von vorne näherte, öffnete Jill sie wieder. Hungrig glitt ihr Blick über seinen entblößten Körper und blieb an seinem halb erigierten nougatbraunen Glied hängen. Er hob ihr Kinn an, schaute ihr tief in die Augen und küsste sie. Anfänglich berührte sein Mund den ihren kaum, fiel Naomi auf, als wäre er unsicher, wie er sich verhalten sollte. Da Jillian jedoch seine Taille fasste und ihn zu sich heranzog, bis sich seine Lenden an ihre Hüften pressten und sich sein Geschlecht zwischen ihre Schenkel schob, küsste er sie erneut, diesmal forscher. Gleichzeitig knabberte Jeff an ihrem Hals und wurde nicht müde, Jill zu streicheln, allerdings verirrten sich seine Hände immer wieder kurz zu Malcolm.

Im ersten Moment reagierte dieser irritiert. Naomi nahm an, dass er nicht damit gerechnet hatte, auch mit Jeff intim zu werden, sondern lediglich gemeinsam mit ihm Jillian zu verwöhnen. Während er seinen Mund weiter öffnete, um hemmungsloser mit Jill zu züngeln, sah er nicht sie, sondern Jefferson an. Sein Blick flackerte unsicher, fand Naomi. Wusste er nicht, was er darüber denken sollte? Sein anschließendes Lächeln deutete sie, ebenso wie Jeff, als Einverständnis.

Sie fragte sich, wie Malcolms Zimtlippen wohl schmeckten. Je erregter er wurde, desto mehr richtete sich sein Penis auf, und je steifer sein Schaft war, desto mehr drückte er gegen Jills intimste Stelle, meinte Naomi zu erkennen und beneidete ihre Cousine. Nicht wegen Malcolm, sondern weil sie in Lust baden durfte.

Malcolm löste den Kuss, wischte sich die Feuchtigkeit aus den Mundwinkeln und trat einen Schritt zurück. Verlangend streckte Jillian die Hand nach ihm aus und strich durch die schwarzen Locken auf seinem Brustkorb. Sie stöhnte auf, da Jeff seine Hände auf ihre kleinen Brüste legte und sie sanft massierte. Für Naomi lag nichts Besitzergreifendes in dieser Geste. War er denn nicht eifersüchtig, weil Jill Malcolm begehrte? Es machte nicht den Anschein, sondern sah eher so aus, als wollte er das Liebesspiel vorantreiben und Jill noch mehr anmachen.

Zärtlich biss er in ihr Ohr und zwirbelte dabei die Brustspitzen seiner Frau, bis sie stöhnte, ihren Hintern kreisen ließ und so seinen Phallus stimulierte. Im Vergleich mit Malcolms kurzem, dickem und dunklem Phallus war Jeffs Glied lang, dünn und fleischfarben. Jeff bog ihn nach oben, schlang den Arm um Jills Hüfte und presste sie an sich, sein Penis steckte dadurch zwischen ihrem Rücken und seinem Bauch fest. Mit seiner freien Hand hob er ein Bein von Jillian an, spreizte es leicht ab und schaute Malcolm an. Der attraktive Farbige verstand die Aufforderung. Augenblicklich ließ er sich auf ein Knie herab und hauchte einen Kuss auf Jills Klitoris.

Sogar aus ihrem Versteck heraus sah Naomi, wie ihre Cousine wohlig erschauerte. Wie mochte es sich anfühlen, von zwei Männern geliebt zu werden? Reizüberflutung oder Königin für eine Nacht? Naomi konnte kaum fassen, dass Jeff seine Frau mit einem anderen Liebhaber teilte – und Jill ihren Mann, denn dass er Malcolm ebenfalls anziehend fand, war offensichtlich. Niemals hätte Cheng einer Ménage à trois zugestimmt! Er betrachtete es schon als zügellos, wenn man zweimal in einer Nacht miteinander schlief.

Jeff kniff sachte in Jills Brustwarzen, so dass seine Frau zuerst ihr Gesicht verzog und dann seufzte. Kaum hatte sie sich wieder entspannt, leckte Malcolm über ihre Schamlippen. Jillian kicherte, während seine Zunge über ihre rasierte Mitte glitt. Mit einem diabolischen Grinsen leckte er wild über ihre Scham, bis sie ihre Beine schließen wollte, weil, so vermutete Naomi, sie die Lust und das Kitzeln kaum noch aushielt.

Doch Jeff hielt ihre Schenkel gespreizt.

Die Siebenunddreißigjährige gibbelte wie ein Teenager, versuchte aber nicht, sich loszureißen. Während Malcolm mit seinen Daumen über ihre äußeren Schamlippen strich, zog er sie gleichzeitig geschickt auseinander. Gierig stülpte er seine Lippen über ihre inneren Schamlippen und saugte an ihnen. Jill hielt sich inzwischen an Malcolms Kopf fest und streichelte dann und wann über seine kurzen schwarzen Locken. War das eine stumme Bitte, ja nicht aufzuhören?

Neckend biss Jeff unterdessen in ihren Hals, saugte dort noch fester als Malcolm zwischen ihren Beinen und hinterließ einen Knutschfleck. Er bespeichelte seine Daumen und rieb die Feuchtigkeit in ihre erigierten Brustwarzen ein. Stöhnend wand sich Jill unter den Liebkosungen der beiden Männer.

Als Jill sich an Jeffs Armen festhielt, berauscht an ihn lehnte und ihre Augen schloss, ahnte Naomi, dass Malcoms Zunge in sie eingedrungen war. Jill genoss es in vollen Zügen, verwöhnt zu werden, das war nicht zu übersehen.

Erregt presste Naomi ihre Schenkel zusammen und drückte eine Faust auf ihren Unterleib. Sie lernte ihre Cousine und ihren Mann in dieser Nacht von einer ganz neuen Seite kennen.

Plötzlich erhob sich Malcolm. Er streckte das Bein, auf dem er gekniet hatte, und bewegte die Zehen, damit das Blut wieder zirkulierte. Dabei wippte sein halberigierter Schaft.

Plötzlich schnappte Jillian nach ihm. Überrascht hielt Malcolm die Luft an und hörte auf, sein Bein zu bewegen, doch schon als Jill begann, seinen Penis zu massieren, stieß er die Luft kraftvoll aus seinen Lungen aus und gab sich ihrer Stimulation hin. Er stemmte seine Hände in die Hüften, stand breitbeinig mitten im Gewölbe und beobachtete mit lusttrunkenem Blick, wie Jill es ihm mit der Hand machte.

Jeff drückte sie sanft auf ihre Knie und stellte sich neben Malcolm. Bereitwillig öffnete sie ihren Mund und nahm sein Glied auf. Während sie daran nuckelte, schaute sie zu ihm hoch und rieb weiterhin über die ganze Länge von Malcolms Schaft. Mit ihrer freien Hand drückte sie Jeffs Phallus an der Wurzel zusammen und leckte über seine gerötete Penisspitze. Beide Männer atmeten schwer. Ihre Brustkörbe hoben und senkten sich. Fasziniert sahen sie auf Jillian herunter, die saugte, nuckelte, massierte, knetete und rieb. Doch es lag keine abschätzige Geilheit in ihren Blicken, so Naomis Eindruck, sondern Wärme und Anerkennung. Für Naomi strahlte Jillian Sinnlichkeit pur aus.

Sie beneidete ihre Cousine darum, sich derart gehen lassen zu können. Obwohl Jill vor den Männern kniete, verlor sie nicht ihre Würde. Trotz der Pölsterchen an den Oberschenkeln und dem A-Körbchen fühlte sie sich wohl in ihrem Körper und konnte sowohl Lust empfangen und genießen, als auch Lust spenden.

Jillian ließ von den beiden Männern ab. Bevor sie Malcolms Glied in den Mund nehmen konnte, legte Jefferson ihr die Hand auf die Schulter und hielt sie davon ab. Mit gekrauster Stirn sah sie ihn an, doch dann verstand sie offenbar, denn sie nickte lächelnd und stand auf. Malcolm verlagerte mehrmals unruhig sein Gewicht von einem Fuß auf den anderen, als Jeff den Platz seiner Frau einnahm und sich vor ihm hinhockte.

»Ich weiß nicht …« Atemlos hob er seine Hände, als wollte er ihn abwehren, aber er hielt sie nur hoch und stieß Jeff nicht weg.

»Entspann dich«, sagte Jillian und begann, seine Gesäßhälften zu kneten. »Sex ist nur richtig geil, wenn man Grenzen überschreitet.«

Zögerlich nickte Malcolm. Er ließ Jefferson nicht aus den Augen, als dieser sich vorneigte und den Mund öffnete. Sein nougatbrauner Penis verschwand Stück für Stück zwischen Jeffs Lippen. Malcolm rang nach Luft, sein Phallus zuckte wild, bevor er ganz verschwunden war.

Wider Erwarten erregte es ihn außerordentlich, das stand für Naomi fest!

Sein Hintern war so stark angespannt, dass es für Jillian kaum noch möglich war, ihn zu kneten. Bald hörte sie auf, benässte ihren Zeigefinger und schob ihn zwischen Malcolms Pobacken. Er gab ein überraschtes und zugleich lustvolles »Ah« von sich. Während ihr Finger über seinen Ringmuskel rieb, tastete sie sich mit der anderen Hand über seine Hüften nach vorne zu seinen Hoden und massierte die prallen Säckchen.

»Nicht«, Malcolm stieß Jefferson sanft fort und löste Jillians Hand, »ich komme gleich.«

»Dann hat es dir gefallen«, stellte Jeff fest. Zufriedenheit schwang in seiner Stimme mit. Schwungvoll erhob er sich, drehte sich um und zog seine Gesäßhälften auseinander. »Möchtest du einen Schritt weitergehen?«

»Ich weiß nicht.« Trotz seines dunklen Teints sah Naomi, wie er errötete. Nervös biss er auf seine zimtfarbene Unterlippe. Er hatte einen Kick gesucht, aber mit solch einem Tabubruch hatte er vermutlich nicht gerechnet.

Wie eine verführerische Nymphe schmiegte sich Jill an seine Seite, rollte seine linke Brustwarze zwischen Daumen und Zeigefinger und küsste seinen Oberarm. »Eine Ménage à trois ist nur ein echter Dreier, wenn sie mit einem Sandwich endet.«

Naomi hielt die Luft an. Das durfte nicht wahr sein! Jeff und Jill waren unglaublich. Hinter ihrer biederen Fassade versteckten sie eine wahrhaft animalische Seite. Fassungslos schüttelte sie den Kopf. Würde Malcolm zustimmen? Wäre Naomi einverstanden, wenn sie in seiner Situation wäre? Unbewusst nickte sie. Bevor sie ausatmete, hielt sie sich die Hand vor den Mund, weil sie befürchtete, entdeckt zu werden.

Jefferson holte eine graue Filzdecke, die zwischen dem hintersten Fass und der Wand versteckt gewesen war, und breitete sie in der Mitte des Kellergewölbes aus.

Schweiß hatte das Make-up, mit dem er die Narbe auf seiner Wange abdeckte, verschmiert. Naomi war erstaunt, weil er normalerweise immer penibel darauf achtete, seine Schwachstelle zu kaschieren, aber in dieser Situation interessierte ihn sein Aussehen offensichtlich nicht. Im Moment war er ganz Mann, ganz Liebhaber, ganz im Hier und Jetzt, ohne Scheu und Selbstzweifel – das strahlte er für Naomi zumindest aus, und wirkte dadurch viel männlicher als im Alltag.

Nachdem Jillian ihm einen fast mädchenhaften Kuss auf den Mund gehaucht hatte, legte sie sich mit dem Rücken auf die Decke und spreizte ihre Beine einladend. Jeff kniete sich dazwischen, drehte den Hahn eines Eichenfasses auf und ließ etwas Rotwein in seine Handfläche laufen. Rasch drehte er den Hahn zu und verteilte den Wein über Jills flache Brüste.

Unter den Augen von Malcolm leckte Jeff die köstliche Flüssigkeit ab.

Mit der ganzen Länge seiner Zunge strich er über die erigierten Brustspitzen, lutschte an ihnen und züngelte sogar an den Seiten herab bis zur Decke, als wollte er jeden Tropfen, der heruntergelaufen war, ablecken. Lasziv wand sich Jill unter seinen Zungenfertigkeiten. Als er plötzlich mit einem kräftigen Stoß in sie eindrang, bäumte sie ihren Oberkörper auf und stöhnte laut.

Er glitt einige Male in sie hinein und machte dann Malcolm Platz. »Feuchte deinen Schwanz in Jills Möse an, bevor du mich anal nimmst.«

Malcolm blickte scheu von Jillian zu Jefferson, immer wieder fuhr er mit der Zunge über seine Lippen – Naomi sah ihm seine Nervosität deutlich an. Sein Penis war etwas erschlafft; Naomi ging davon aus, dass die Aufregung Schuld daran trug. Er führte ihn mit der Hand in Jill ein und stützte sich auf dem Boden ab.

Als er anfing, sie zu nehmen, zitterten seine Oberarme. Nach wenigen Stößen entfernte er sich aus ihr und präsentierte seinen Schaft, der wieder zu seiner vollen Größe angeschwollen war. Der dunkle Phallus glänzte von Jills Feuchte.

Während Jefferson wieder in Jillian eindrang, hockte Malcolm sich hinter Jeff. Zögerlich legte er seine Hände auf den

Männerpo und zog die runden Hälften auseinander. Er bespeichelte hektisch Zeige- und Mittelfinger und verrieb seine Mundflüssigkeit auf dem Anus. Vorsichtig schob er seine Finger in die enge Öffnung hinein und beobachtete mit glänzenden Augen, wie diese sich problemlos weiten ließ. Eine Weile reizte er Jeff auf diese Weise.

Nachdem er seine Finger entfernt hatte, staunte Naomi, die einen guten Blick auf Jeffs Hintern hatte, nicht schlecht. Sein Muskel pulsierte sogar noch nach und öffnete sich immer wieder kurz von selbst.

Sie würde darauf wetten, dass Jeffersons Hintern nicht mehr jungfräulich war. Wie gebannt starrte sie auf die drei, die jeden Moment nicht nur durch Begehren, sondern auch körperlich verbunden sein würden.

Naomi bemerkte, dass Malcom zitterte, als er seine Penisspitze zu Jeffs After führte. Er drückte behutsam und keuchte erstaunt, weil seine Eichel mühelos hineinglitt. In dieser Position verweilte er kurz und streichelte beruhigend über den Rücken seines Liebhabers, aber Naomi vermutete, dass er sich damit selbst Zeit geben wollte, sich an die Enge zu gewöhnen und an die Unfassbarkeit, dass sein Schaft gerade in einem Männerhintern steckte.

Vorsichtig schob er sich weiter in die Öffnung hinein. Als er sich vollkommen in Jeffs After versenkt hatte, stöhnte er kehlig. Schweiß perlte von seiner Stirn. Die Enge musste ihn verrückt machen, aber sein Blick war verklärt vor Lust.

Unter ihm fing Jeff an, Jillian zu stoßen. Langsam schaukelten seine Lenden vor und zurück. Von Anfang an stöhnte er laut, beinahe animalisch, denn während er mit seiner Frau Liebe machte, wurde er automatisch von Malcolm gestoßen. Dieser rührte sich nicht, nur seine Pobacken zuckten. Er hielt seinen Phallus einfach hin, und Jeff spießte sich auf. Anfänglich starrte er fassungslos auf sein dunkles Glied, das immer wieder in Jeffersons weißem Hintern verschwand, und Naomi, froh darüber, so nah am Geschehen zu sein, bekam ihren Mund nicht mehr zu. Doch bald übermannte ihn die Erregung. Er schloss die Augen und genoss. Auch Jill verlor sich in der Ekstase. Sie krallte ihre Finger in die Filzdecke und rang nach Atem, da ihre Lustkurve mit jedem Stoß weiter anstieg.

Jeff brachte sie alle an den Rand der Ekstase, denn er bewegte unaufhörlich seinen Unterleib, obwohl es ihn bestimmt viel Kraft kostete, die Kontrolle über sich und die Situation zu behalten. Malcolm kam als Erster, ein verzweifelter Seufzer begleitete seinen Orgasmus. Ein Schweißtropfen perlte von seiner Wange; er sah aus wie eine Träne, fand Naomi. Der tapfere Jeff hielt durch, bis auch Jill ihren Höhepunkt erreicht hatte. Ihr Lustschrei hallte in dem Gewölbe wieder. Endlich ließ auch Jeff sich gehen und stöhnte selig auf.

Malcolms Brustkorb bebte noch immer, als er seinen erschlafften Penis herauszog, sich auf den Rücken neben Jillian legte und an die gewölbte Decke starrte. »Das war … das … wow!«

Naomi war allein vom Zuschauen atemlos. Bevor einer der drei sie entdecken konnte, zog sie ihre High Heels aus und schlich aus der Kelterei.

Aufgeputscht rannte sie zwischen den Weinreben hindurch, als wäre der Teufel hinter ihr her. Wie ein Wirbelwind drehte sie sich unter dem sternenübersäten Nachthimmel, schwenkte ihre Schuhe und spürte das Adrenalin, das durch ihre Adern rauschte.

So etwas absolut Verruchtes, Tabuloses, Lasterhaftes wollte sie auch erleben!

In diesem Moment entglitt ihr Samuels Geschenk. Es flog in hohem Bogen zwischen die Reben. Naomi suchte es und hob es auf. Angestachelt durch die Lust, die in ihr vibrierte, packte sie das Präsent auf der Stelle aus. Die gefesselte Frau mit der Korsage und der Gliederkette, die ihre Nippelklemmen verband, kam zum Vorschein. Sam hatte ihr *Ekstase durch Unterwerfung* geschenkt.

In dieser Nacht schlief Naomi gerade mal eine Stunde. Sie las den Ratgeber in einem Rutsch durch und masturbierte danach.

Und ein weiteres Mal unter der Morgendusche.

5

Journaleintrag Samuel McAvoy, Montag, 2. Juli, 2:00 a.m.

Die Veranda ist mein Lieblingsplatz bei Nacht. Von hier aus kann ich das ganze Valley überblicken. Ein Glas Merlot leistet mir Gesellschaft. Das Firmament wölbt sich über mir wie eine dunkelblaue, mit Swarowski-Steinen übersäte Kuppel. Zikaden bringen mir ein Ständchen. Die Nacht ist erfüllt von Sinnlichkeit. Oder kommt sie aus mir selbst? Weil ich die ganze Zeit an *sie* denken muss.

Naomi Coffin kommt mir vor wie eine Wildrose, die kurz vor dem Vertrocknen ist. Bildschön und so natürlich. Mit einem Sexappeal, der nicht aufgesetzt wirkt. Unwissend, wie attraktiv sie ist. Diese vollen Lippen, die üppigen Brüste und die schlanke Taille. Mein Schwanz spielt verrückt, wenn sie vor Verlegenheit ihren Blick senkt.

Noch steht sie in dem behüteten und strukturierten Garten ihres Alltags. Doch eine Wildrose braucht Freiheit. Das ist ihr noch nicht bewusst. Aber ich kann in ihren Augen lesen, dass sie den Zaun niederreißen und sich der wilden Seite des Lebens hingeben möchte. Sie quält sich. Ich kann dich erlösen, Naomi.

Ihr Hunger nach Sex ist beinahe aufdringlich. Doch sie spielt die Widerspenstige. Das reizt mich! Vor mir kann sie nicht verbergen, dass eine Lust in ihr brodelt, die kurz vor dem Ausbruch steht. Sie fühlt sich zu mir hingezogen. Das ist gut, sehr gut. Du spürst die Glieder meiner unsichtbaren Kette noch nicht, doch ich habe dich längst in Fesseln gelegt.

Du gehörst mir, Naomi! Aber keine Sorge, ich werde dich nicht ausnutzen, sondern deine Fantasien wahr werden lassen. Schon bald wirst du vor deinem Verlangen kapitulieren und dich mir hingeben. Dann werde ich bereit sein und mit Vibrator und Flogger auf dich warten. Lust und Leid liegen so nah beieinander. Unter meiner Führung werden sie verschmelzen. Dich in die Knie zwingen. Dein freches Mundwerk wird dann nur noch betteln. Um Gnade. Um mehr. Um endlich von mir gevögelt zu werden.

Meine Hose spannt sich schmerzhaft. Ich muss mir Erleichterung verschaffen, um mich wieder auf meine Arbeit konzentrieren zu können. Mein Handgelenk wird schmerzen, so heftig brauche ich es. Ich hasse Hand-Jobs. Aber eine andere Frau könnte deinen Platz nicht einnehmen. Ich will nur dich!

Naomi, Naomi … Hörst du mein Flüstern, mein Locken? Komm zu mir. Ich werde gut zu dir sein. Deine Grenzen erweitern. Dich fordern. Ich werde dich in eine neue Welt der Lust einführen, die du nicht für möglich gehalten hast. Dunkel. Berauschend. Tabulos. Und geil.

Ich habe deine Neigung längst erkannt.

6

Rosamar war die Erste, der Naomi an diesem Morgen im Erdgeschoss begegnete. In der einen Hand trug sie einen Rattankorb, an der anderen zog sie Sandro hinter sich her, der sich einen Spaß daraus machte, sie auszubremsen. »Guten Morgen, Señorita. Sandro hat keine Lust, mit mir zum Markt nach St. Helena zu fahren, aber ich werde ihn auf keinen Fall alleine zurücklassen.«

Ihre Miene hellte sich auf. »Frühstück steht in der Küche. Señor und Señora Brookstone sind schon bei der Arbeit, Chad und Rachel schlafen noch. Der Rest brütet im Büro übers Geschäft. Aber Sie, Sie genießen Ihren Urlaub, ja?«

Ohne eine Antwort abzuwarten, ging die Köchin mit ihrem Sohn weiter.

Als Naomi in die Küche kam, stand Jillian an der Spüle und belegte gerade eine Scheibe Brot mit Käse. »Guten Morgen, die Herren haben keine Zeit zum Essen. Ich schmiere ihnen gerade ein paar Brote und bringe sie ihnen.«

»Du verwöhnst sie aber ganz schön.« Unbedarft hatte Naomi die Worte ausgesprochen. Nun erinnerte sie sich an die letzte Nacht und wandte sich verlegen den Chafing-Dishes zu. Umständlich nahm sie einen Teller und schaufelte sich Rührei darauf.

Hinter ihrem Rücken räusperte sich ihre Cousine. »Wir haben dich bemerkt.«

»Was?« Mit hochrotem Kopf flog Naomi herum und hätte

dabei beinahe das Ei auf dem Boden verteilt. Sie schob es wieder in die Mitte des Tellers und fragte sich, ob ihre High Heels zu sehr auf dem Kellerboden geklappert hatten oder ob der Stoff ihres Kleids zu laut geraschelt hatte.

Jillian lehnte sich gegen die Arbeitsplatte und fuhr zögerlich fort: »Wenn es dir … wenn es für dich zu peinlich ist, darüber zu sprechen, lassen wir das Thema fallen. Aber im Weinkeller bist du nicht entsetzt weggerannt, als du uns, nun ja, erwischt hast. Deshalb denke ich, dass du … aufgeschlossen bist.«

»Ihr könnt tun und lassen, was ihr wollt«, beeilte sich Naomi zu sagen und meinte es auch so. Jill, Jeff und Malcolm waren sich einig gewesen und miteinander harmonisch verschmolzen. Das Lustspiel hatte trotz Grenzüberschreitung nichts Schmutziges oder Verwerfliches an sich gehabt, sondern war getränkt von aufrichtigem Begehren gewesen. Dennoch brannte ihr eine Frage auf der Zunge. »Seid ihr kein bisschen eifersüchtig?«

»Wenn ich Jeff dabei ertappen würde, wie er mit einer anderen Frau schläft, würde ich ihm die Augen auskratzen.« Jillian zwinkerte und biss ein kleines Stück vom Käsebrot ab. Nachdem sie es heruntergeschluckt hatte, trank sie einen Schluck von ihrem Kaffee. »Aber das gestern haben wir gemeinsam gemacht. Ich will ehrlich zu dir sein, es war nicht das erste Mal.«

»Ihr macht so etwas öfters?« Naomi gab einige Scheiben Bacon zu ihrem Ei, steckte das letzte Stück direkt in den Mund und setzte sich an den massiven Küchentisch. Genüsslich kaute sie darauf herum, während sie kaum glauben konnte, was ihre Cousine ihr offenbarte.

Verschmitzt lächelnd nahm Jill gegenüber von Naomi Platz. »Ab und zu, wenn uns jemand gefällt, uns beiden, das ist wichtig. Eifersucht kam noch nie auf. Es geht uns nicht darum, aus unserer Ehe auszubrechen, sondern unser Sexleben lebendig und abwechslungsreich zu gestalten.«

»Ihr seid sehr offen«, stellte Naomi neidvoll fest und aß ihr Rührei. Ihre Gedanken waren auf einmal bei Cheng. Ihr Magen verkrampfte sich. Vielleicht hatte sie beim Dinner zu viel gegessen. Möglicherweise lag es auch an den Problemen in ihrer Beziehung. Lustlos stocherte sie in der Eimasse herum.

»Auch wir haben unsere Tabus.« Jill schlürfte ihren Kaffee. »Wichtig ist, darüber zu sprechen und Verständnis für den anderen aufzubringen. Auch für sexuelle Wünsche. Wir machen uns ausschließlich gemeinschaftlich auf die Suche nach einem neuen Kick. Das schweißt uns zusammen.«

Neid schwang in Naomis Worten mit: »Du kannst dich sehr glücklich schätzen, dass ihr auf einer Wellenlänge schwimmt.«

»Das bin ich auch. Aber dich scheint etwas zu belasten.« Jill legte ihr Käsebrot auf Naomis Teller und faltete ihre Hände zusammen. »Ist bei dir und Cheng alles in Ordnung?«

Kopfschüttelnd schob Naomi den Teller weg. »Cheng würde so etwas niemals tun! Er … das Bett war bis auf einige wenige Ausnahmen der einzige Ort …« Sie atmete tief durch und fasste sich ein Herz. »Er hat kaum noch Lust. Manchmal denke ich, er schläft nur mit mir, weil es zu einer Beziehung dazugehört. Wie ein Punkt unter vielen, den es abzuhaken gilt.«

Jill leerte ihre Tasse und stellte sie geräuschvoll ab. »Eventuell solltet ihr mal etwas Neues ausprobieren.«

»Experimenten gegenüber ist er nicht aufgeschlossen.« Er würde ausflippen und sie für völlig pervers halten, wenn sie ihm zum Beispiel vorschlagen würde, sie doch mal ans Bett zu fesseln. »Cheng ist fürchterlich strukturiert. Sex stört seinen Plan, den er sich für den Tag zurechtgelegt hat. Spontanität gehört nicht zu seinen Stärken. Dass ich Hals über Kopf Urlaub genommen habe, hat ihn aus der Bahn geworfen.«

»Dann bist du gekommen, um über euch nachzudenken?«

Naomi nickte. »Ich bin so durcheinander.« Es kam ihr so vor, als wäre sie durch die Frage nach einer Hochzeit plötzlich aufgewacht, um die Beziehung mit Cheng mit anderen Augen zu betrachten. Wie war das möglich? Hatte sie sich verändert? Oder Cheng? »Er hat kaum noch Lust. Manchmal tut er sogar so, als wäre Sex etwas Abartiges.« Oder sie eine Nymphomanin.

Beherzt griff Jillian ihre Hand. »Lass dir das nicht einreden. Sex ist niemals abartig! Leidenschaft ist Teil unseres Menschseins. Sie ist natürlich, und genauso sollten wir mit ihr umgehen.«

»Danke, Jill, für deine Offenheit.«

»Ich bin immer für dich da. Aber jetzt muss ich meine Männer füttern.« Schwungvoll erhob sich Jillian, nahm das Holzbrett mit den Broten und steckte sich das Käsebrot in den Mund. Mit dem Brett in der einen Hand und einer Thermoskanne in der anderen verließ sie die Küche.

Nun aß Naomi doch ihr Rührei und den Bacon. Sie dachte an den letzten Sex mit Cheng. Eigentlich war es nur Petting gewesen. Reine Pflichterfüllung, wie sich herausgestellt hatte. Unweigerlich verglich Naomi ihn mit der Ménage à trois und schnaubte. Dazwischen lagen Welten! In dem Gewölbe hatte die Luft geflirrt. Selbst Naomi, obwohl unbeteiligt, hatte das Prickeln gespürt. Die schwül-erotische Atmosphäre war dick wie Sirup gewesen und genauso köstlich.

Samuel stahl sich in ihre Gedanken. Ihn umgab dieselbe verführerische Aura. Sexappeal lag in seinem Blick, seinen Gesten und seiner samtigen Stimme. Die personifizierte Verführung. Sein einziges Manko schien zu sein, dass er sich seiner Ausstrahlung bewusst war. Doch jetzt, da sie an das Dinner zurückdachte, fiel ihr auf, dass er weder versucht hatte Jillian, noch Tante Carol zu umgarnen. Seine ganze Aufmerksamkeit hatte ihr gegolten.

Naomi wurde heiß. Durch das mediterrane Klima im Napa Valley gehörten die Weine zu den Weltbesten, doch an manchen Tagen konnte die Hitze den Menschen zusetzen.

»Ja, ja, such nur immer nach einer Ausrede«, rügte sie sich selbst und räumte das Geschirr in die Spülmaschine. Chengs Lustlosigkeit hatte sie lange darauf geschoben, dass er einfach nur überarbeitet war. Aber er wollte ja nicht einmal nach einer Party in einer lauen Sommernacht mit ihr schlafen.

Sam hätte ihr Angebot bestimmt nicht abgelehnt. Schmunzelnd löschte sie die Brennpaste unter den Chafing-Dishes. Was wusste sie schon von ihm? Nur dass er eine härtere Spielart bevorzugte und als Schriftsteller arbeitete. Welche Bücher er wohl schrieb?

»Das dürfte nicht schwer herauszufinden sein«, murmelte sie voller Vorfreude.

Sie presste noch rasch einige Orangen aus und eilte, angetrieben von einer unbändigen Neugier, mit dem Saft zurück auf ihr Zimmer im ersten Obergeschoss. Durstig leerte sie das Glas zur Hälfte und setzte sich an den kleinen Tisch, der neben dem Fenster stand. Ihr Laptop passte gerade darauf. Sie fuhr ihn hoch, loggte sich ins Internet ein und tippte aufgeregt die Begriffe »Samuel McAvoy« und »Schriftsteller« in die Maske einer Suchmaschine ein. Das Ergebnis waren traurige sechs Einträge. Alle führten zu irischen Männern mit demselben Namen, die lange verstorben waren. Erst als Naomi »Schriftsteller« durch »Autor« ersetzte, stieß sie auf einige Artikel, die von Sam stammten, denn ein Foto seines jüngeren Konterfeis prangte jeweils darunter. Allerdings handelte es sich um journalistische Berichte in Boulevardzeitungen.

Ernüchterung machte sich in Naomi breit. In ihrer Naivität

war sie davon ausgegangen, dass Sam Romane schrieb. Aus Chads Mund hatte es so geklungen. Sie nippte an ihrem Orangensaft und rief sich ins Gedächtnis, was ihr Cousin gesagt hatte. »Samuel McAvoy, ein Autor. Er ist ein echt feiner Kerl.«

Den Begriff Schriftsteller hatte er nicht erwähnt, musste sie zugeben, und ein Autor ist lediglich jemand, der schreibt, nicht mehr und nicht weniger, Bühnenstücke zum Beispiel, TV-Soaps, Lehrbücher, Poesiebände oder Montageanleitungen. Sam schien für die Yellow Press zu arbeiten.

Enttäuscht lehnte sich Naomi zurück und drehte ihr Glas mal zur einen, mal zur anderen Seite. Journalisten waren ihr suspekt. Gerade in Kalifornien, wo die Promidichte hoch war, verkauften sie die Seelen anderer, um Geld zu scheffeln.

Samuel war nicht nur ein Frauenheld, sondern er ging auch über Leichen, um einen Vorteil für sich daraus zu schlagen. Allerdings erweckte er nicht den Eindruck, ein schmieriger Reporter zu sein.

Vielleicht war Naomi noch nicht hinter sein ganzes Geheimnis gekommen.

Samuel ging Naomi den ganzen Tag nicht aus dem Kopf. Er war nicht beim Dinner gewesen, weil er einen Termin in der Stadt hatte. Brachte er etwa den Tanga seiner Besitzerin zurück? Eifersucht wallte in Naomi auf.

Um sich abzulenken, lustwandelte sie im Mondschein durch die Rebengärten der Maroon Winery. Sie hatte sich schneller an die Stille gewöhnt als gewöhnlich. Vielleicht weil so viel in ihrem Kopf los war, und ihre Gedanken nicht zur Ruhe kamen.

Das mediterrane Klima, die malerische Lage des Napa Valleys und die Nähe zu San Francisco, Oakland und Sacramento lockten nicht nur sehr viele Touristen an, sondern auch Immobiliensuchende, die für immer hier wohnen wollten. Doch die

Bevölkerung kämpfte dafür, den ländlichen Charakter zu erhalten, auch weil es bereits zwischen den Reichen, die ihre Villen an der Bucht von San Pablo erbaut hatten, und den spanischstämmigen Arbeitern kriselte. Die Arbeiter wohnten meist in der Bezirksstadt Napa, und die umliegenden Winzereien waren auf ihre Hilfe angewiesen.

Plötzlich stand Naomi vor dem Gästehaus. Unbewusst musste sie den Weg zu Samuel eingeschlagen haben. Licht brannte, er war folglich von seinem Termin zurückgekehrt. Hatte er seine Geliebte mitgebracht? Naomi biss sich auf die Unterlippe, doch der Schmerz linderte ihre aufkeimende Verärgerung nicht. Neugierig pirschte sie sich durch den kleinen Garten von hinten an das Haus heran und linste durch die Fenster, die halboffen waren.

Tatsächlich stand eine wunderschöne Frau halbnackt in seinem Wohnzimmer. Naomi blieb fast das Herz stehen! Die rote Korsage schmiegte sich eng um den schlanken Oberkörper der Schönen. Durch die roten Stilettos wirkten ihre Beine noch länger. Sexy! Die Korsage pushte ihren Busen dermaßen, dass es obszön aussah. Doch das eigentlich Schamlose war ihre entblößte Spalte.

Rachel trug kein Höschen!

7

Mit gespreizten Beinen kniete Chad vor Rachel. Er jammerte, was Naomi vermuten ließ, dass es anstrengend für ihn war, die Stellung zu halten, denn seine Handgelenke waren mit seinen Fußgelenken zusammengebunden, so dass er den Oberkörper die ganze Zeit nach hinten geneigt halten musste. Immer wenn er sich kraftlos mit dem Hintern auf seine Waden setzen wollte, schlug Rachel ihn mit einer Gerte.

Auf seinen Brustkorb.

Seinen durchtrainierten Bauch.

Seine Oberschenkel.

Und sogar auf seinen Schaft, der in einem engen Ledergeschirr eingeschlossen war.

Naomi konnte sich vorstellen, dass Chad bittersüße Höllenqualen litt. Aber das diabolische Spiel machte ihn eindeutig heiß, denn sein Glied richtete sich immer weiter auf. Zumindest versuchte das sein Penis. Fasziniert musterte Naomi das Geschirr, das seinen Schwanz daran hinderte, vollständig anzuwachsen. Dann und wann zuckte sein Schaft, worauf Chads Miene sich verzerrte. Darauf folgte jedes Mal laszives Stöhnen, das so gar nicht zu dem kernigen Kerl passte.

Sam stand neben Rachel und Chad und sagte: »Vergiss nicht die Hoden«, worauf Rachel maliziös grinste und mit dem flachen Ende der Gerte sachte aus den Säckchen köstlichen Lustschmerz herauskitzelte. Chad wand sich in seinen Fesseln, doch anstatt zu versuchen, der Gerte zu entkommen, streckte er ihr seinen Unterleib entgegen, stellte Naomi erstaunt fest. Seine Hoden schwollen zu prallen roten Golfbällen an, die Rachel ausgiebig knetete, nachdem sie das Schlaginstrument weggelegt hatte.

»Sanfter. Streichele ihn auch. Errege ihn immer wieder auf liebevolle Weise«, wies Samuel sie an, ohne aktiv einzugreifen. »Der Schmerz ist nichts ohne die Lust. Es gibt nur sehr wenige Masochisten, die allein durch Schmerz zum Höhepunkt kommen. Die Mischung ist wichtig! Zeig Chad immer wieder, dass alles ein Spiel ist und du nicht nur seine Peinigerin, sondern auch seine Geliebte bist. Allerdings darfst du nie das Zepter aus der Hand geben! Du bestimmst, wann er Lust und wann er Leid erfährt.«

Naomi traute ihren Ohren kaum. *Sklavenerziehung mit gefühlvoller Härte*, Sam hatte den Sexratgeber aufmerksam studiert und gab sein Wissen nun an Rachel und Chad weiter. Seine Worte elektrisierten Naomi, Erfahrung sprach aus ihnen. Vorsichtig neigte sie sich etwas weiter vor, um besser sehen zu können.

Er reichte Rachel eine brennende Stumpenkerze, die so rot wie ihre Korsage war. »Halte sie zuerst recht hoch und prüfe, wie empfindlich er reagiert. Du willst ihn ja lustvoll quälen und ihm nicht ernsthaft wehtun. Stimuliere auch seine Brustwarzen zwischendurch. Durch anschwellende Erregung lässt sich Schmerz besser ertragen.«

Rachel nickte und ließ ihre freie Handfläche über Chads Brustkorb gleiten. Ängstlich starrte er die Kerze an. Das geschmolzene Wachs schwappte jedoch noch nicht über. Seine Arme zitterten vor Anstrengung.

Er tat Naomi leid; bestimmt fiel es ihm mit jeder Minute schwerer, die Stellung zu halten. Hinzu kam das Grauen vor dem, was ihm unmittelbar bevorstand, so würde es ihr zumindest ergehen. Sein Schaft zuckte immer öfter, da die Angst ihn erregte.

Obwohl Naomi keine Ahnung von SM hatte, fand sie, dass Rachel das Spiel gut beherrschte, denn indem sie die Kerze über Chads Glied hielt, schürte sie seine Furcht und stachelte somit seine Lust an.

Chad bettelte nicht, er versuchte nicht, Rachel davon abzuhalten, sondern wartete bebend und geduldig. In seinem Blick lag eine dunkle Sehnsucht. Er schaute von der Flamme zu Rachel, als wollte er seine Freundin stumm bitten, es endlich zu tun. Offensichtlich verstand sie sein wortloses Einverständnis, denn sie hielt die Kerze über seine linke Brust. Der erste Tropfen fiel.

Als das heiße Wachs auf seine Haut traf, sog er scharf die Luft ein, entspannte sich aber schnell wieder. Scheinbar hatte es nicht so wehgetan, denn er lächelte erleichtert. Aber sein Lächeln erstarb sogleich wieder, denn Rachel hielt die Kerze tiefer und begoss ihn mit einem Schwall Wachs. Rot wie Lava floss es seinen Brustkorb herab. Chad biss die Zähne zusammen, stöhnte jedoch erst gepeinigt, als sein Glied vor Lust heftig zuckte und gegen seinen Käfig rebellierte. Hauchzart rieb Rachel über seine Brustspitze und lenkte ihn von den Qualen ab. Als sie seinen Nippel sachte zwirbelte, seufzte er tief und sinnlich.

Kaum hatte sie sich vorgeneigt und mit der ganzen Länge ihrer Zunge über seine Warze geleckt, erschauderte er. Doch schon im nächsten Moment trafen ihn einige Tropfen heißes Kerzenwachs genau dort, wo Rachel eine feuchte Spur hinterlassen hatte. Chad schrie auf. Rasch streichelte Rachel über seine zweite Brustwarze, und Naomi empfand nach, wie sich Lust und Schmerz vermischten.

Stöhnte ihr Cousin erregt? Oder waren das Schmerzenslaute? Naomi konnte es nicht sagen. Sie beneidete ihn jedenfalls, dass er keinerlei Scham zeigte und sich fallen ließ. Er musste Rachel und Samuel sehr vertrauen.

»Befrei ihn von dem Geschirr«, ordnete Sam an und zeigte auf Chads Geschlecht.

Rachels naiver Augenaufschlag stand im Gegensatz zu ihren grausamen Worten. »Ich möchte ihn noch ein wenig länger leiden lassen.«

»Nein!« Sams Stimme gewann an Schärfe. »Wir wollen doch nicht, dass er Schäden davonträgt. Dominanz bedeutet auch, Verantwortung zu tragen.«

Ohne weitere Diskussion folgte Rachel Sams Befehl. Ihre geringe Gegenwehr erstaunte Naomi. In einem Moment war Rachel dominant, im nächsten fügte sie sich. Eine gelehrige Schülerin und gleichzeitig Domina. Chads Phallus baute sich endlich zu seiner ganzen Größe auf. Sein Atem beruhigte sich.

Rachel tauschte die Kerze mit der Gerte. Breitbeinig stellte sie sich vor ihn. Ihre Spalte klaffte auf. »Willst du diese saftige Möse kosten?«

»Ja, Mistress.« Wie gebannt starrte er auf Rachels geschwollene Schamlippen. Er leckte über seine Mundwinkel. Seine Wangen bekamen einen rosigen Teint.

»Wehe, du fasst mich an!« Durch die Vorfreude, von Chad verwöhnt zu werden, so vermutete Naomi, wurden Rachels strenge Gesichtszüge milder. Sie löste seine Fesseln, stellte sich vor ihn und vergrub ihre Finger in seinen Haaren. Selbstsicher führte sie sein Gesicht zu ihrem Schoß. Chads Mund senkte sich auf ihre Mitte herab. Hemmungslos küsste und kostete er Rachel. Selbst aus ihrem Versteck heraus konnte Naomi beobachten, wie sich seine Zunge zwischen ihre Schamlippen schob und Rachels Feuchtigkeit aufleckte.

Als er kurz nach Luft rang, glänzte sein Mund. Gierig führte

Chad seine Zunge in ihre feuchte Öffnung ein, worauf Rachel ihre Schenkel noch weiter für ihn öffnete und Druck auf seinen Hinterkopf ausübte. Angestachelt von ihrem lustvollen Stöhnen, stieß er schneller in sie hinein.

Er war ein ausdauernder Zungenakrobat. Naomis Blick glitt zu Sam. Seltsamerweise zeigte er keine Anzeichen von Erregung, trotz der Zügellosigkeiten, die sich unmittelbar vor seinen Augen abspielten. Vermutlich hatte er schon viel gesehen und erlebt. Bei dieser Session beschränkte er sich auf seine Rolle als Lehrer. Seine Zurückhaltung imponierte Naomi. Möglicherweise war er doch kein Casanova, der alle Chancen auf Sex nutzte.

Chad hob seine Hände, um sie an Rachels Oberschenkel zu legen, doch im letzten Moment besann er sich offenbar ihrer Anweisung und nahm sie wieder herunter. Trotzdem bestrafte Rachel ihn mit Schlägen auf den Hintern, die ihn anspornten, seine Zunge noch schneller in ihre Öffnung hineinzutreiben.

Mit geschlossenen Augen hielt Rachel sich an seinen Schultern fest. Als ihre Beine zu zittern begannen, zog sie Chad an den Haaren weg von ihrem Schoß. »Leg dich auf den Rücken, Hände unter den Po!« Sein Grinsen reichte von einem Ohr zum anderen. Nachdem er sich flach hingelegt hatte, drehte Rachel seine rechte Brustwarze, bis seine Lippen ein lautloses »Fuck« formten. »Und wehe du kommst vor mir.«

Sie kniete sich rechts und links neben ihn und führte seinen Phallus an ihre Mitte. Bedächtig ließ sie sich darauf herab. Samuel nahm ihr die Gerte ab, setzte sich in den Ohrensessel, der am Kopfende von Chad stand, und formte mit Zeigefinger und Daumen einen Kreis, um Rachel zu zeigen, dass sie ihren Job gut machte.

Quälend langsam begann sie Chad zu reiten. Sie stützte sich auf seinem Brustkorb ab und kniff in seine Nippel. Zunehmend wand er sich unter ihr. Naomi ahnte, dass seine Erregung schon weit vorangeschritten war, denn es fiel ihm sichtlich schwer, seinen Höhepunkt herauszuzögern – seine Miene verzerrte sich immer mehr. Lust wurde zur Qual. Qual zur Lust. Ein Kreislauf, der ihn wohl viel Kraft kostete. Obwohl er sich gewiss am liebsten auf Rachel gerollt hätte und kraftvoll in sie hineingestoßen wäre, blieben seine Hände dort, wo sie waren.

Naomi lachte in sich hinein. Wenn Bill wüsste, wie diszipliniert sein Sohn, der sich ständig vor der Arbeit drückte, sein konnte, wäre er überrascht gewesen.

Es war Rachel, die die gemächliche Stimulation nicht länger aushielt. Ihr Unterleib bewegte sich immer schneller. Bald ritt sie Chad ausgelassen wie eine wilde Furie, hemmungslos stöhnend, und kümmerte sich nicht mehr darum, dass sie von Samuel beobachtet wurden, sondern ging vollkommen darin auf, sich Lust zu verschaffen. Der Orgasmus brach heftig über sie herein, sie schrie auf und senkte sich noch einige Male keuchend auf den Schaft herab, vermutlich nur entfernt wahrnehmend, dass Chads Unterleib erbebte und er winselte wie ein Welpe, als auch er kam.

Naomis Herz pochte laut, als sie sich an die Seitenwand des Gästehauses drückte. Jillian und Chad kosteten die Welt der Lust in vollen Zügen aus, während sie Cheng anbetteln musste, sie auch nur zum Höhepunkt zu streicheln. Das war nicht fair! Sie war erst sechsundzwanzig Jahre alt. Sie wollte Spaß am Leben haben. Lautete nicht die Übersetzung von »platonische Beziehung« Freundschaft? Es gab so viel Neues zu entdecken, so viele Spielarten, die sie noch nie ausprobiert hatte, und so viele Erfahrungen, die sie noch machen wollte.

Die Terrassentür schwang auf, und Naomi, verdeckt durch einige Büsche, erstarrte. Sam setzte sich an den Gartentisch, entflammte ein Windlicht und schlug ein Ringbuch auf.

Während er zu schreiben begann, verließen Chad und Rachel, nun wieder normal gekleidet, das Haus händchenhaltend durch den Vordereingang. Naomi sah noch, dass Rachel den roten Tanga in ihren Rucksack steckte, bevor die beiden außer Sichtweite waren. Das Höschen, das bei ihrer Ankunft in Sams Küche gehangen hatte, gehörte also Rachel. Sie musste es bei einer anderen Lehrstunde vergessen haben. Zumindest wollte Naomi das glauben. Schließlich hatte Sam Rachel keinen einzigen begehrlichen Blick zugeworfen, weder beim Dinner am Vortag noch in dieser Nacht.

Naomi fragte sich, ob sie sich nicht ein wenig zu sehr darüber freute, dass die beiden anscheinend nichts miteinander hatten. Eigentlich sollte ihr das doch egal sein. War es aber nicht.

Ganz und gar nicht!

8

Nach wenigen Zeilen, die Sam geschrieben hatte, stand er auf und schlenderte zurück ins Haus. Adrenalin pumpte durch Naomis Körper.

Die Neugier trieb sie an aufzustehen, durchs Fenster zu sehen und, da Samuel nirgends zu sehen war, auf leisen Sohlen auf die Terrasse zu schleichen. Die Kerzenflamme des Windlichts zuckte nicht einmal, als sich Naomi über den Tisch neigte und las, was Sam bisher notiert hatte. Doch schon bei der Überschrift drehte sich ihr Magen um. Raquel und Chase stand dort in Druckbuchstaben. Dass Rachel und Chad damit gemeint waren, stand zweifelsohne fest. Welchen Zweck erfüllte die Namensverfremdung? Damit niemand außer ihm wusste, wer damit gemeint war?

Der Text darunter war nicht weniger suspekt. Sam hatte begonnen, das erotische Spiel zwischen Naomis Cousin und seiner Freundin aufzuschreiben, so lange die Erinnerung noch frisch war, und zwar en detail. Er hatte sich dabei nicht nur auf die erotischen Komponenten beschränkt, sondern hatte sich sogar Notizen zu den Reaktionen der beiden gemacht und somit sowohl die sexuelle Handlung als auch die Gefühle seziert. Wie ein Wissenschaftler, der seine Probanden mit messerscharfem Blick beobachtet und eine Verhaltensanalyse erstellt. Oder wie ein Reporter, für den jede schockierende Einzelheit mehr Dollars bedeutet.

Die ersten Seiten des Ringblocks waren herausgerissen worden, die restlichen Seiten leer. Doch als sie den Block drehte und wendete, fiel ein Klebezettel heraus. Nervös hob sie ihn auf. Mit jeder Zeile, die sie las, zitterte ihre Hand mehr:

Carol und William in eindeutiger Pose ablichten
Jillian verführen, wertvolle Interna preiszugeben
Chad dazu bringen, die Hosen runterzulassen.
Bohren, bis die ganze Wahrheit auf dem Tisch liegt!

Schockiert starrte Naomi auf die Vermerke. Diesmal waren keine Namen verfremdet. Samuel hatte eindeutig ihre Verwandten auf dem Kieker, daran gab es keinen Zweifel. Und es ging jedes Mal um Sex. Ihre Tante und ihren Onkel wollte er in flagranti erwischen und bei ihrer Cousine und ihrem Cousin plante er, nachzuhelfen.

Dieser Schweinehund hatte vor, die Familie Brookstone ans Messer zu liefern!

Wahrscheinlich hatte er auf den herausgerissenen Seiten die erotischen Eskapaden anderer Familienmitglieder notiert und versteckte sie irgendwo. Naomi erinnerte sich an seine Abwesenheit beim Dinner, angeblich weil er einen Termin in der Stadt gehabt hatte. Hatte er seine Berichte einem Verleger geschickt oder sogar bei einem Anwalt hinterlegt?

Angewidert rümpfte Naomi die Nase. Und sie dumme Kuh war noch eifersüchtig gewesen, weil sie vermutet hatte, er würde den roten Tanga seiner Besitzerin zurückbringen. Aber Rachel wohnte auf Maroon und hatte ihr Höschen erst in dieser Nacht wieder an sich genommen. War Naomi hinter den wahren Grund von Sams Termin gekommen?

»Mir würde so einiges einfallen, was ich mit einer Spionin anstellen könnte.«

Erschrocken drehte sich Naomi um. Samuel stand in der

Terrassentür und schwenkte ein Glas Weißwein. Über den Rand des Weinglases hinweg taxierte er sie mit einem düsteren Blick.

Das lüsterne Funkeln musste sie sich einbilden. Wie selbstherrlich er aussah! Aufbrausend warf sie ihm den Block vor die Füße. Der Klebezettel schwebte zu Boden und landete im Blumenbeet. »Das Spiel ist aus! Ich habe Ihre Machenschaften aufgedeckt.«

Er trank einen Schluck und hob den Spiralblock auf. »Klingt interessant, auch wenn ich nicht weiß, wovon Sie sprechen.«

»Sie schreiben an einem Enthüllungsbericht über meine Familie … oder … oder sogar ein ganzes Buch. Ist es ein Buch? Nun reden Sie schon!« Seine Gelassenheit war der Zündstoff für ihre Wut. Er zuckte nicht einmal mit der Wimper. Wie abgebrüht er war!

In Seelenruhe ging er an ihr vorbei – ein amüsiertes Lächeln huschte über sein Gesicht, als sie vor ihm zurückwich – und legte den Block auf den Tisch.

»Wer mit Raquel und Chase gemeint ist, liegt auf der Hand. Ich habe sie beo …« Sie errötete heftig und schluckte den Rest des Satzes herunter. »Wo sind die Seiten, die Sie herausgerissen haben? Da stehen doch sicher die …«, sie zögerte und schluckte schwer, »die Sexeskapaden der anderen drauf. Ich will sie haben!«

»Der anderen?« Er horchte auf. »Wen meinen Sie genau? Erzählen Sie mir mehr.«

Plappermaul, schimpfte Naomi mit sich selbst, aber sie konnte nicht verhindern, dass die Worte aufgeregt aus ihr heraussprudelten: »Ich weiß längst, dass Sie ein schmieriger Reporter der Regenbogenpresse sind. Aber ich lasse nicht zu, dass Sie meine Verwandten zerstören, nur um sich zu bereichern. Die Familie Brookstone gehört zu den Gründungsfamilien des Napa Valleys und hat einen Ruf zu verlieren. Ein Sexskandal würde die Maroon Winery empfindlich schädigen, eventuell sogar ruinieren.«

»Und das werden Sie nicht zulassen?«

»Auf keinen Fall!«

»Wenn das so ist«, er lehnte sich gegen den Tisch und nippte an seinem Wein. »Wie wollen Sie mein Stillschweigen erreichen? Was sind Sie bereit dafür zu tun, dass ich dieses … Enthüllungsbuch nicht veröffentliche?«

»Wie bitte?«

»Sie haben doch nicht ernsthaft geglaubt, dass ich meine Sachen packe, verschwinde und alles einfach vergesse, was ich gehört und gesehen habe.« Theatralisch seufzend stellte er das Glas ab. »Ich bin immerhin der Böse in dieser Konstellation, zumindest nach Ihrer Verschwörungstheorie.«

In ihrer Rage hatte sie geglaubt, Samuel würde klein beigeben, sobald er wusste, dass er aufgeflogen war. Aber diese Annahme war falsch gewesen, erkannte sie nun. Er hatte nicht einmal den Versuch gewagt, abzustreiten, dass er an einem kompromittierenden Buch arbeitete. Da Naomi das Versteck seiner Notizen nicht kannte, konnte er die bereits gesammelten Sexberichte immer noch an einen Verlag verkaufen. Dass er aufgeflogen war, bedeutete nur das Aus für weitere verdeckte Recherchen. Samuel McAvoy hatte sie in der Hand!

Nun war es Naomi, die kleinlaut wurde. »Ich habe nicht viel Geld.«

»Hm«, machte er und tippte nachdenklich mit seinem Zeigefinger gegen sein Kinn, »wenn das so ist, bleibt Ihnen nichts anderes übrig, als auf meine Bedingungen einzugehen. Zuerst werden Sie empört sein, aber ich glaube, nein, ich bin mir sogar sehr sicher, dass auch Sie Ihre Vorteile aus unserer Vereinbarung ziehen werden.«

»Wovon zur Hölle sprechen Sie?« Nervös biss Naomi auf der Innenseite ihrer Wange herum. Seine samtweiche Stimme trieb sie in den Wahnsinn! Ihm schien es nicht viel auszumachen, dass sein Projekt *Die heimliche Lust der Brookstones* gescheitert war. Das konnte nur bedeuten, dass er etwas von ihr verlangen würde, das ihm wichtiger war als das Geld, das er für die Enthüllungen bekommen hätte. Eine Ahnung erwachte in ihr, hervorgerufen durch das Verlangen, das in seinen Augen verführerisch glitzerte. Warum um Himmels willen fühlte sie sich plötzlich geschmeichelt? Sie verstand sich selbst nicht mehr und versuchte sich auf ihren Zorn zu konzentrieren.

Er hob seine Hand. »Ich gelobe hoch und heilig, dass ich Kapitel für Kapitel vernichten werde. Vor Ihren Augen werde ich meine Notizen schreddern. Aber meine Arbeit muss in irgendeiner Weise entlohnt werden.« Selbstgefällig verschränkte er die Arme vor dem Körper. »Ich hoffe, Sie haben den Ratgeber, den ich Ihnen geschenkt habe, aufmerksam gelesen. Bei meinem Leben schwöre ich, Sie brauchen keine Angst zu haben. Ich bin erfahren und werde Sie sanft führen.«

Naomis Wangen glühten, weil sie befürchtete, er könne ihr ansehen, dass das Buch sie derart erregt hatte, dass sie nicht anders konnte als zu masturbieren – mehr als einmal. *Ekstase durch Unterwerfung* lautete der Titel. »Ich soll mich Ihnen doch nicht etwa …«

»Unterwerfen? Aber ja. Es wird wundervoll werden für Sie.«

Ungläubig schüttelte sie ihren Kopf. »Sie wollen mich doch wohl nicht …«

»Dominieren?« Er neigte sich vor. Einige Sekunden verstrichen, dann richtete er sich wieder auf. »Sie werden es genießen, darauf können Sie vertrauen, ebenso darauf, dass ich meine Notizen wirklich eliminiere. Ich werde Ihnen Lust verschaffen, wie Sie sie noch nie in Ihrem Leben erfahren haben.«

Vielleicht sprach er sogar die Wahrheit. Sie hätte schon gerne gewusst, was es mit diesem anderen Ratgeber *Sklavenerziehung mit gefühlvoller Härte* auf sich hatte. Wie es sich anfühlte, sich fallen zu lassen und vor Lust zu zerschmelzen. Niemals würde sie solche Hemmungslosigkeit mit Cheng erleben. Plötzlich entpuppte sich der Deal mit diesem Schuft von Samuel McAvoy als Chance. Er befreite sie von ihrer Verantwortung gegenüber Cheng. Aber die Skrupel würden bleiben und Erpressung blieb Erpressung. Kopfschüttelnd öffnete sie den Mund, um Sam zu sagen, dass er sich zum Teufel scheren soll.

Doch Sam stieß sich vom Tisch ab und stellte sich nah vor sie: »Ich werde nicht mit Ihnen verhandeln, Miss Coffin. Entweder Sie gehen auf meinen zugegebenermaßen dreisten Vorschlag ein oder nicht. Ich werde nichts Unmögliches von Ihnen verlangen, sondern Sie Schritt für Schritt in meine Welt der Lust einführen, die Sie, das ist offensichtlich, sehr reizvoll finden. Betrachten Sie mich nicht als Feind, sondern als Vollstrecker Ihrer geheimen Wünsche.«

Was blieb ihr anderes übrig? Sie konnte doch nicht tatenlos dabei zusehen, wie Samuel ihre Familie in den Abgrund stieß. Mit zusammengepressten Lippen nickte sie, eine stumme Zustimmung, mehr gestand sie ihm nicht zu. Aber sie ging nur auf seine Forderung ein, um Zeit zu gewinnen und einen Plan B zu entwerfen. So einfach würde sie nicht aufgeben. Das Spiel war noch nicht vorbei, der Kampf noch nicht verloren. Brüsk drehte sie ihm den Rücken zu und stolzierte davon.

Doch in ihrer Spalte brannte das Feuer so heiß, dass sie spontan mitsamt ihrer Kleidung in den Racoon Creek sprang.

9

Journaleintrag Samuel McAvoy, Dienstag, 3. Juli, 4:25 a.m.

Im Haus sind es achtzehn Grad. Ich habe nachgeschaut. Denn für mich fühlen sie sich an wie vierzig. Was habe ich getan? Ich habe mich verleiten lassen. Habe eine Situation ausgenutzt. Schwäche, wie ich sie verabscheue! Ein Dominus muss immer die Kontrolle bewahren. Meine Selbstbeherrschung schmolz dahin, als Naomi mir diese Chance auf einem Silbertablett servierte. Ich könnte sie von ihrem Versprechen entbinden. Aber ich werde es nicht. Ich will sie! Du bist mein Opfer, Naomi. Aber du wirst es gerne sein, das verspreche ich dir.

Auf der Terrasse konnte ich meinen Bericht nicht zu Ende schreiben. Der Ort stinkt nach Lüge. Im Wohnzimmer musste ich ständig daran denken, dass Naomi meine Lehrstunde heimlich beobachtet hat. Auf der Veranda fühlte ich ihren Blick auf mir, als würde sie im Schutz der Holunderbüsche hocken und sehen, dass ich meine Notizen weiterführe. Aber von Aufhören war nie die Rede. Nur vom Vernichten bereits vorhandener Kapitel. Das Schlupfloch wird dich teuer zu stehen kommen, Naomi. Weitere Kapitel, weitere Lusttreffen. Aber bis dahin bist du bereits süchtig nach Dominanz. Wie ich süchtig nach Unterwerfung bin. BDSM ist eine Droge. Nein, besser! Rausch ohne Gift.

Ich bin ins Schlafzimmer geflüchtet. Auf dem Bett sitzend lässt es sich schlecht schreiben. Das habe ich nun davon. Meinen Bericht über Rachel und Chad habe ich fertig. Trotzdem kann ich nicht einschlafen. Dein Gesicht hält mich wach. Ich kann dich noch immer riechen. Höre den Klang deiner Stimme. In meinem Beruf lernt man es, sich Details einzuprägen. Nur berührt habe ich dich noch nicht. Ich kann es kaum erwarten. Denn ich spüre, dass du von mir angefasst werden willst. In Ekstase versetzt. Ich werde dich fordern, bis du in jedem Zentimeter deines wunderschönen Körpers Muskelkater vor Ekstase hast. Besonders zwischen den Schenkeln. Aber ich werde noch weiter gehen. Und deine Seele berühren.

Ihr Körper glüht schon vor Verlangen. Aber ihr Verstand blockiert sie. Noch. Ich werde das Eis zum Schmelzen bringen und in Lava verwandeln. Was schreibe ich da für einen Unsinn! Ich bin nur ihr Urlaubsflirt. Der besonderen Art, zugegeben. Es geht allein um Lustgewinn. Sie kam heute Nacht nicht meinetwegen. Sondern der Sexratgeber führte sie zu mir. Sie ist nicht an mir interessiert. Nur an der Lust, die ich verspreche. Das stört mich. Gewaltig!

Ich muss der Wildrose geben, nach was sie dürstet. Sonst verliert sie das Interesse. Nicht sie ist diejenige, die genötigt wird. Bei genauer Betrachtung bin ich es, der gezwungen wird. Ich muss das Böse verkörpern. Damit sie sich in die Höhle des Löwen traut und mit mir spielt. Niemals darf sie erfahren, dass ich ein Löwe ohne Krallen bin. Nicht ungefährlich – ganz und gar nicht! –, doch beschränkt auf das Reich der Lust.

Selbstbewusst bei Tag. Dominant bei Nacht. Aber niemals kaltblütig.

10

Als Naomi am nächsten Morgen erwachte, wurde ihr schlagartig bewusst, dass sie einen Pakt mit dem Teufel eingegangen war.

Wahrscheinlich hatte sie zu schnell eingewilligt. Es musste für Samuel aussehen, als wäre sie dem Handel nicht abgeneigt. Aber das war natürlich völliger Unsinn! Er hatte sie mit seinem Selbstbewusstsein überrannt. Oder mit seinem düsteren Charme verführt? Verwirrt rieb sich Naomi mit ihren Handballen die Schläfen. Sie wollte Sam verabscheuen, doch es gelang ihr nicht.

Kopfschüttelnd schwang sie sich aus dem Bett und ging als erstes auf das WC, um sich zwischen den Beinen zu trocknen. In der Nacht hatte sie kaum ein Auge zugemacht, weil sie sich tausend Dinge, die Sam mit ihr anstellen konnte, vorstellte. Furchtbare Dinge – furchtbar erregend.

Nur einer konnte sie von Samuels diabolischer Lust ablenken und sie auf den Boden zurückholen. Cheng! Während Sam von einer lasziven Aura, so schwül-heiß wie die Luft in der Wüste, umgeben war, verströmte Cheng Nüchternheit, die so klar und frisch wie ein skandinavischer Wintermorgen war – genau das, was sie jetzt brauchte.

Doch das Erste, was er sagte, als sie mit ihrem Handy in der Firma anrief, war: »Wann kommst du endlich zurück? Pinpoint Precision braucht dich. Du weißt doch, dass du unersetzlich bist, Darling.«

»Und was ist mit dir? Fehle ich dir nicht?«

»Natürlich mir auch«, beeilte er sich zu sagen. »Das ist doch selbstverständlich. Ich muss es nicht extra erwähnen, oder?«

In Naomis Ohren klang er wenig überzeugend.

Während er sie auf den aktuellen Stand laufender Verfahren brachte, gähnte Naomi ständig. Das machte ihn sauer. Ebenso ihre Ankündigung, noch etwas mehr Zeit für sich zu brauchen. Er beendete das Telefonat mit einem frostigen »Bye«. Seltsamerweise belastete Naomi der Streit nicht einmal. Sie schob es auf ihre Müdigkeit, zuckte nur mit den Achseln und zog sich an.

Im Moment konnte sie ohnehin nur an eins denken. Kaffee. Heißen, duftenden, starken Kaffee. Träge schlenderte sie ins Erdgeschoss. Da sie Stimmen hörte, ging sie nicht als Erstes in die Küche, sondern bog nach links ab. Die Tür zum Speisesaal stand einen Spaltbreit offen. Carol und Jillian saßen plaudernd am Kopf der großen Tafel und frühstückten. Doch gerade als Naomi die Tür aufstoßen wollte, sagten ihre Tante und ihre Cousine etwas, das sie in ihrer Bewegung erstarren ließ.

»Nimm es dir nicht so zu Herzen.« Jill drückte liebevoll die Hand ihrer Mutter.

Zuerst seufzte Carol, dann quälte sie sich ein Lächeln ab. »Es ist nicht richtig, so zu denken, ich weiß. Ich versuche mich mit viel Arbeit von diesen falschen Gedanken abzulenken, aber sie sind so stark wie seit langem nicht mehr.«

Jill tätschelte Carols Hand, nahm ein Brötchen aus dem Brotkorb und legte es auf ihren Teller. Während sie es aufschnitt und ihr Blick über den Tisch schweifte, anscheinend überlegend, welchen Aufschnitt sie nehmen sollte, sagte sie: »Das Kind kann nichts dafür.«

»Das weiß ich doch alles«, beeilte sich ihre Mutter zu sagen und reichte ihr die Käseplatte, aber ihre Tochter lehnte dankend ab. »Ich möchte es auch nicht bestrafen, indem ich ihm aus dem Weg gehe. Ehrlich, ich bin selbst erstaunt, dass die Sache wieder hochgekommen ist. Sie war längst abgeschlossen.«

»So etwas ist nie abgeschlossen. Das Kind existiert nun mal, und Dad wird sich immer darum kümmern, dass es ihm gutgeht.« Jillian griff nach der Butter und der Quitten-Marmelade.

Diesmal erreichte Carols Lächeln auch ihre Augen. »Er ist ein guter Mann. Verantwortungsbewusst. Bitte, versprich mir, dass er nichts von unserem Gespräch erfährt. Ich werde alleine mit meinen Gefühlen fertig.«

»Du bist nicht alleine, Mom. Du hast mich.« Geräuschvoll schob Jillian ihren Stuhl zurück, stand auf und ging zu Carol, um sie in den Arm zu nehmen.

Hatte Naomi richtig gehört? Interpretierte sie das Gespräch korrekt? Konnte es tatsächlich sein, dass ihr Onkel ein uneheliches Kind hatte? Naomi hörte das erste Mal davon und fragte sich, ob ihre Mutter davon wusste. Aber sie würde Cat unter keinen Umständen anrufen, denn ihre Mom würde sich sofort in ihr Auto setzen und ins Valley kommen. Ihre überfürsorgliche Art würde alle in den Wahnsinn treiben und unnötig Staub aufwirbeln. Carol lehnte einen Familienrat ab. Außerdem hätte Naomi zugeben müssen, gelauscht zu haben, und sie brauchte Ruhe, um über Sam nachdenken zu können – natürlich nur darüber, wie sie sich von der Abmachung befreien konnte, ohne ihre Familie ans Messer zu liefern. Nicht über die außergewöhnlichen sexuellen Erfahrungen, die sie bald machen würde.

Als sie auf dem Gang Schritte hörte, flog sie herum. Rosamar stand mit großen Augen und einer Thermoskanne hinter ihr und runzelte die Stirn. Rasch legte Naomi den Zeigefinger an ihre Lippen. Sie ging in die Küche und winkte ihr, damit die Köchin ihr folgte.

»Carol und Jillian besprechen etwas Wichtiges«, hastig fügte sie an, »geschäftlich selbstverständlich, und da sollten wir nicht stören.«

Rosa blieb skeptisch, nickte jedoch und stellte die Kanne auf die Arbeitsfläche. »Ich bringen den grünen Tee für Señora Brookstone in fünf Minuten rein. Für Sie wurde ein Brief abgegeben, Señora Coffin.«

»Von wem?« Cheng war kein Mann, der seine Gefühle auf der Zunge trug. Hatte er ihr vielleicht geschrieben, um sie zu bitten, seinetwillen heimzukommen, und um sich sogar für sein Fehlverhalten nach der Feier von Richter Gleason zu entschuldigen? Auf der anderen Seite war er jedoch niemand, der altmodische Briefe schrieb, sondern alles über E-Mail regelte, und er wusste, dass sie ihr Laptop überall mit hinnahm.

»Er lag heute Morgen auf dem Sideboard, das neben der Garderobe im Eingang steht. Ein heimlicher Verehrer?«, fragte Rosamar und reichte ihr ein Kuvert.

Überrascht drehte und wendete Naomi es. Von Cheng stammte der Brief bestimmt nicht. Niemals hätte er einen pechschwarzen Umschlag gewählt. Mit weißem Gelstift hatte der Absender ihren Namen in geschwungenen Buchstaben daraufgeschrieben. Sehr hübsch. Und ihr fiel nur eine Person mit einer Affinität zum geschriebenen Wort ein.

»So ähnlich«, murmelte Naomi. Gefolgt von Rosas neugierigen Blicken ging sie zum Messerblock, zog ein kleines Messer heraus und öffnete den Brief, der nicht größer als eine Visitenkarte war. Aufgeregt zog sie die gefaltete Karte heraus, auf der vorne zwei schwarze Handschellen auf unschuldigem Weiß abgebildet waren. Naomi klappte sie so auf, dass Rosamar das Bild nicht sehen konnte. Als sie las, was dort geschrieben stand, stieg ihr die Röte ins Gesicht. Das blieb von der Köchin nicht unbemerkt, denn sie drehte sich glucksend um, griff nach der Thermoskanne und schritt beschwingt in den Saal.

Die Buchstaben waren ebenso schön geschwungen wie ihr Name auf dem Kuvert.

Um das Kapitel Rachel und Chad löschen zu lassen, komm um sechzehn Uhr zum Südhang. Zieh nur ein Sommerkleid an, keine Unterwäsche. Du wirst es eh nicht lange anbehalten. Dein Herr.

11

Naomis Gewissensbisse wuchsen mit jedem Schritt, den sie den Südhang hinaufstieg. Bisher hatte sie sich nur ihren Fantasien hingegeben. Daran war nichts Verwerfliches, Gedanken waren frei.

Doch nun stand sie kurz davor, mit Sam auf Tuchfühlung zu gehen. Das war falsch. Ein Seitensprung entsprach so ganz und gar nicht ihrem Charakter. Aber was in wenigen Minuten geschehen würde, entzog sich ihrer Macht, damit beruhigte sie ihre moralischen Bedenken ein wenig. Samuel McAvoy hatte sie in der Hand. Außerdem wartete Cheng zu Hause nicht gerade sehnsüchtig auf sie. Verächtlich verzog Naomi ihr Gesicht. Pinpoint Precision brauchte sie. Aber was war mit ihm?

»Du trägst eine Teilschuld an dem hier«, murmelte Naomi und wischte Chengs Bild aus ihrem Kopf.

»Nein, das ist nicht korrekt.«

Erschrocken flog Naomi herum. Sam stand im selben Gang zwischen den Rebstöcken und trug eine sportliche Tasche aus cremefarbenem Leinen in der Hand. Ihr wurde mulmig. Was mochte sich wohl darin befinden? Gerten, Krokodilklemmen, Liebeskugeln, Analplugs …

Ein einzelner Schweißtropfen lief zwischen ihren Schulterblättern herab. Sie schob das auf die Nachmittagshitze. Doch die Sonne hatte auch etwas Gutes, sie versetzte Naomi in Urlaubsstimmung. Dadurch wurde sie etwas lockerer, aber nicht entspannt genug. Ihr Brustkorb wogte auf und ab, ihr Herz pochte aufgeregt, und es kribbelte in ihrer Spalte.

Er ließ die Tasche einfach fallen. Der trockene Boden wirbelte auf. »Ich nehme alle Schuld allein auf mich und entbinde dich jeglicher Verantwortung.«

Naomi fiel die vertrauliche Anrede auf. Sie war wohl angebracht, da sie in Kürze intim werden würden. Sam sah atemberaubend aus! In diesem Moment hatte er nichts von einem Peitsche schwingenden Sadisten in schwarzem Lederoutfit, sondern wirkte mit seiner weißen Baumwollhose und dem hellen Baumwollhemd beinahe sanft. Glücklicherweise erweckte er nicht den Eindruck, sie mit Haut und Haaren verschlingen zu wollen.

Ihr Puls beruhigte sich wieder, doch das Prickeln in ihrem Unterleib nahm zu.

Prüfend schaute er sich um. Da er offensichtlich zufrieden mit diesem Ort war, zog er den Reißverschluss seiner Tasche auf. Er entlockte Naomi ein erleichtertes und gleichzeitig verlegenes Lächeln, als er statt irgendwelcher Lustfolterinstrumente einen Batterie betriebenen Schredder herausholte und ihn demonstrativ in den Schatten einer Weinrebe stellte. Es folgte ein Blatt Papier. Er hielt es kurz hoch, damit Naomi die Überschrift Raquel und Chase lesen konnte und legte es auf den Schredder. Die Tasche war jedoch nicht leer.

Naomis Aufregung nahm wieder zu. Sam wollte sie zwar nicht verschlingen, aber er blieb ein Wolf im Schafspelz.

Samuel machte einen Schritt auf sie zu, verschränkte seine Arme vor dem Brustkorb und nickte. »Zieh dich bitte aus.«

Hatte er »bitte« gesagt? Überrascht folgte Naomi seiner Aufforderung. Sie hatte mit schroffen Befehlen gerechnet. Aber eben weil er sich höflich verhielt, konnte sie nicht anders als, die Spaghettiträger ihres Seidenkleids von den Schultern zu streifen.

So hatte Cat sie erzogen – man folgte einer höflichen Bitte, einem ruppigen Befehl dagegen begegnete man mit ebensolcher Unhöflichkeit. War das Kalkül von ihm? Sie konnte seine Mimik nicht deuten, denn er hatte ein Pokerface aufgesetzt.

Ihr Kleid fiel zu Boden, der safrangelbe Stoff mit den Schmetterlingsmotiven ergoss sich zu ihren Füßen. Bis auf ihre Sandalen nackt, stand sie vor Sam, die Beine züchtig geschlossen und die Arme an die Seiten gepresst. Ihr üppiger Busen zog seine Aufmerksamkeit auf sich. Seine Augen leuchteten bei der Betrachtung ihrer vollen Brüste. Als er ihre münzgroßen Warzenhöfe ansah, formten seine Lippen unbewusst ein O, als würde er sich vorstellen, wie es sein würde, die Brustspitzen, die, wie alles an Naomis Busen, größer als bei anderen Frauen waren, einzusaugen. Sams Blick glitt über ihre schlanke Taille, und seine Mundwinkel wölbten sich nach oben, da er sah, dass ihr Schoß rasiert war. Eine Weile betrachtete er erheitert ihre abwechselnd in Lachsfarben und gelb lackierten Fußnägel.

»Es fehlt nur noch, dass du salutierst. Du stehst da wie ein Soldat – steif, verkrampft. Entspann dich«, er tat so, als würde er über ihren Oberarm streicheln, berührte aber in Wahrheit ihre Haut nicht. »Spreize deine Beine.«

»Wie bitte?« Ein erotisches Prickeln rieselte durch ihren Körper, von den Haaren bis zu den Zehen.

»Ich verlange nicht viel von dir.«

Zögerlich verlagerte sie ihr Gewicht von einem Fuß auf den anderen. »Was soll die Fleischbeschau?«

»Erstens musst du lernen, meine Anweisungen zu befolgen.« Seine Stimme gewann an Schärfe, blieb jedoch freundlich. »Und zweitens muss dein Herr jederzeit Zugriff auf das haben können, was ihm gehört.«

Naomis Herz setzte einen Schlag aus, nur um dann noch schneller zu schlagen. Dieses einfache Wörtchen *Herr* löste bereits Gefühle in ihr aus, die sie niemals für möglich gehalten hätte. Hätte sie nicht erbost reagieren müssen? Sie war niemandes Besitz, doch genau das forderte Samuel. Die Emotionen, die in ihr miteinander kämpften, verwirrten sie. Ihr Verstand riet ihr, diesem unverschämten Kerl als Antwort eine Ohrfeige zu geben, aber Naomi folgte diesem Rat nicht, denn ihr Schoß pulsierte heftig, ein erregendes Stakkato, wie Morsezeichen, um ihr mitzuteilen, dass er unter allen Umständen fortfahren wollte. Am Ende siegten Verlangen und Neugier. Naomi stellte sich breitbeinig hin und krallte ihre Finger in ihre Oberschenkel.

»Hör auf, deine Erregung zurückzuhalten«, sagte er nun wieder sanfter. »Erinnere dich daran, was in dem Ratgeber, den ich dir geschenkt habe, steht. Es geht um Lustgewinn«, energisch fügte er hinzu: »auf beiden Seiten.«

Er hatte Recht. In *Ekstase durch Unterwerfung* hatte auch gestanden, dass es bei SM nicht um Unterdrückung ging, sondern um Rollenspiele. Das Machtgefälle bestand nur während der sogenannten Session. Die Crux war nur, dass, egal wie anziehend Naomi Sam fand und wie neugierig sie auf das Spiel von Dominanz und Unterwerfung war, sie nicht freiwillig mit ihm spielte.

»Und Respekt. Ich werde nichts tun, was dir nicht gefällt, nichts von dir verlangen, was dich verletzt.« Langsam schritt er um sie herum. »Nimm die Schultern etwas mehr zurück, dann wirkt dein schöner Busen noch praller. Biete ihn mir an. Biete mir alles an dir an.«

Cheng hatte ihren Körper noch nie so eingehend gemustert, wie Samuel es tat. Sam begutachtete ihre Spalte genießerisch. Ihm gefiel, was er sah, und Naomi fühlte sich so begehrenswert und weiblich wie nie zuvor. Sein Blick rief erstaunlicherweise sogar körperliche Reaktionen bei ihr hervor, was sie ebenso unfassbar fand, wie sich vor ihm, einem Fremden, schamlos zu präsentieren. Zu wissen, dass er ein erfahrener Dominus war, der während des Spiels über sie herrschte, heizte ihre Lust noch mehr an. Niemals hätte sie gedacht, dass es sie erregen würde, Befehlen zu folgen. Aber sie warnte sich selbst vor zu viel Euphorie. Noch hatte das Spiel nicht richtig begonnen. Vielleicht würde Sam bald Dinge von ihr verlangen, die ihr missfielen. Die Unsicherheit machte Naomi Angst. Seltsamerweise erregte es sie auch, nicht zu wissen, was passieren würde. Ihr Alltag mit Cheng und Pinpoint Precision war so durchstrukturiert und vorhersehbar, dass diese Art der Lust ihr wie ein echtes Abenteuer vorkam.

Als Sam hinter Naomis Rücken stehen blieb, wurde sie unruhig und versuchte über die Schultern zu sehen, was er vorhatte. Doch er rügte sie, worauf sie wieder nach vorne guckte. Unerwartet blies er zwischen ihre Schulterblätter. Eine wohlige Gänsehaut breitete sich von ihrem Rücken über ihren ganzen Körper aus. Ihre Brustwarzen richteten sich noch weiter auf. Wieso war ausgerechnet er, der Erpresser, so atemberaubend sinnlich?

»Liebkose deinen Busen«, flüsterte er in ihr Ohr und neigte sich über ihre Schulter. »Ich möchte sehen, wie es aus deiner Perspektive aussieht.«

Überrascht stand sie einige Atemzüge lang nur da und rührte sich nicht. Sie konnte seine Wärme spüren und ihn riechen, weil er so nah hinter ihr stand. Am liebsten hätte sie sich an ihn gelehnt, stellte sie verwundert fest, damit er ihr Halt schenkte, doch sie würde diesem Drang unter keinen Umständen nachgeben. Naomi legte ihre Hände unter ihre Brüste und strich mit ihren Daumen über die Seiten. Bemüht, ruhig und gefasst zu wirken, knetete sie ihren Busen sanft. Ihre Hände glitten höher, so dass die rosigen Brustspitzen zwischen ihren Fingern hervorlugten. Leuchtend rot und steinhart, wie sie feststellte, als sie ein einziges Mal darüberstreichelte. Sie erschauerte und erntete leises Lachen. Trotz aller Bemühungen wurde sie immer nervöser. Samuel war ihr zu nah. Er brauchte nur seine Hände auszustrecken, um ihre Brüste zu massieren, wie Naomi es tat. Doch Sam fasste sie nicht an, und Naomi ertappte sich dabei, dass sie seine Zurückhaltung bedauerte.

»Zwirbele sie«, forderte er sie mit vor Lust vibrierender Stimme auf.

Naomi machte es Spaß, ihn zu erregen, sie hatte ihn dadurch auch ein klein wenig in der Hand. Sanft drückte sie ihre Nippel mit Daumen und Zeigefinger und rollte sie hin und her. Ihre Lust schwoll an. Ihre Brustwarzen waren das Epizentrum, das Auswirkungen auf ihren gesamten Körper hatte. Naomi spürte, wie Feuchtigkeit aus ihr heraussickerte, und presste ihre Schenkel aneinander.

»Hab ich dir nicht verboten, dich vor mir zu verschließen?«, grollte er leise.

Das Spiel mit ihrem Busen hatte ihn nicht genug abgelenkt. Er war selbstbeherrschter als jeder andere erregte Mann. Naomi stellte sich wieder breitbeinig hin. Die Feuchte fühlte sich kühl an ihrem Schoß an. Immer härter knetete sie das üppige Fleisch, so dass es lüstern zwischen ihren Fingern hervorquoll. Sie rieb mit ihren Handballen über ihre Nippel und stellte fest, dass nicht nur ihre Brustspitzen hochempfindlich waren, sondern auch ihre Handfläche. In beiden kitzelte und prickelte es wie verrückt! Es war herrlich. Köstlich. Appetitanregend.

Als Sam sein Baumwollhemd auszog, hörte sie auf und verharrte erwartungsvoll. Statt sich an ihren Rücken zu schmiegen, breitete er sein Hemd vor ihr auf dem Boden aus. »Setz dich, mit gespreizten Schenkeln natürlich.«

Sein Oberkörper war athletisch und von der Sommersonne gebräunt. Vielleicht stemmt er doch Gewichte, überlegte Naomi, übertrieb es jedoch nicht wie Chad. Er fand immer das richtige Maß, war in seiner Unverschämtheit auch noch anziehend und zwang sie zu einem lustvollen Spiel, das sie so stark erregte wie nichts zuvor. Was sollte sie nur von Samuel McAvoy halten?

Naomi schluckte schwer und ließ sich auf sein Hemd nieder. Scheu spähte sie zum Ende des Weges, der zwischen den Reben hindurchführte, um sicherzugehen, dass keiner sie beobachtete – niemand außer Sam, der einen dicken, armlangen Ast unter einem Rebstock hervorzog und in zwei Schritten Entfernung darauf Platz nahm. Sie wich seinem Blick aus, atmete tief durch und spreizte ihre Beine leicht.

»Weiter!«, befahl er ungeduldig.

Es kostete sie Überwindung, sich ihm ganz zu öffnen. Nach der Feier bei Richter Gleason hatte sie Cheng zwar unmissverständlich deutlich gemacht, dass sie Sex wollte und zwar in derselben Nacht. Aber der Frust hatte sich aufgestaut, und sie hatte lediglich den Holzhammer herausgeholt, weil sie wusste, sie würde sonst erneut den Kürzeren ziehen. Mit Sam war es eine ganz andere Situation. Er war ein Fremder, dessen zweiter Vorname Lust war. Seine Hemmungslosigkeit überstieg ihre bei weitem. Außerdem leitete er diese Session. Es ging eine verführerische Gefahr von ihm aus.

Naomis Fächer entfaltete sich. Sonnenstrahlen strichen warm und sanft über ihre Spalte. Ihre Schüchternheit erwies sich als unbegründet, denn es gefiel ihr. Es war nichts dabei, sondern fühlte sich natürlich an. Eine Nackte in der Natur. Eva im Paradies. Doch Sam zerstörte ihr aufkeimendes Selbstbewusstsein sofort wieder.

»Streichele dich!«

Entsetzt riss sie ihre Augen auf. »Das kann ich nicht.«

»Du meinst, du willst nicht«, grollte er. »Eben hat es doch auch ganz gut geklappt.«

»Das war etwas anderes.« Harmloser. »Nicht, wenn du zuguckst.«

»Aber dadurch wird der Orgasmus noch intensiver.« Mit ernster Miene neigte sich Samuel vor und stützte sich mit den Ellbogen auf seinen Oberschenkeln ab. »Ich will, dass du vor mir masturbierst, Naomi, und ich werde nicht von meinem Befehl ablassen. Aber ich bin nicht nur dein Herr, sondern auch dein Lehrer. Lass mich dir erklären, dass ich mich nicht nur an dem Anblick erregen möchte. Zum einen will ich deine Bereitschaft prüfen. Wirst du mir dienen? Wirst du unseren Pakt einhalten?«

Dienen? Empörung kroch ihre Wirbelsäule hoch. Doch ihre vermaledeite Scham beging Verrat und schwoll weiter an.

»Zum anderen ist es mir wichtig herauszufinden, an welchen Stellen du am sensibelsten bist und wie du es am liebsten hast. Um dich dominieren zu können, muss ich deine Gedanken, deine Gefühle und deinen Körper kennen. Wenn ich mich nur für meine eigene Erregung interessieren würde, wäre ich ein schlechter Herr. Hast du das verstanden?«

»Ja.« Mehr brachte sie nicht hervor. Seine Worte waren unglaublich. Unglaublich schön. Ihr Vertrauen in ihn wuchs gegen alle Vernunft.

»Es heißt »Ja, Herr«. Und jetzt fang an, meine kleine Sub.«

Sub, echote es in ihren Gedanken. So nannte man den devoten Part beim SM, hatte sie gelesen. Eine submissive Person oder auch Bottom, Lustdienerin, Sklavin. Das war sie in diesem Moment, erkannte sie mit einem Mal. Zwei Schritte von ihr entfernt saß ihr Herr und wartete darauf, dass sie gehorsam war. In San Francisco hatte sie von enthemmtem Sex geträumt und kaum auf Maroon angekommen, von Rollenspielen fantasiert.

Samuel ließ ihre Sehnsüchte wahr werden. Weshalb zögerte sie noch?

12

Naomi legte ihre rechte Hand auf den Unterbauch. Sie atmete tief durch und schob sie auf ihren Venushügel. Sanft ließ sie ihre Fingerspitzen über die rasierte Haut kreisen. Es kribbelte erregend. Das Prickeln floss zwischen ihren Schenkeln hindurch und entfachte ein Feuer in ihrer Mitte. Naomis Gefühle fuhren Achterbahn, aber sie hatte sich dazu entschieden, diesem Abenteuer nachzugehen, also würde sie auch über ihren Schatten springen. Sachte strich sie über ihre Oberschenkel.

Sam schaute mal auf ihren Schoß und mal in ihr Gesicht. Naomi lief feuerrot an. Verlegen wich sie seinem Blick aus. Er machte sie nervös. Er machte sie an. Samuel McAvoy war ein äußerst attraktiver Mann, und er wollte mit ihr spielen. Mit ihr!

Ihre Finger rieben über die äußeren Schamlippen. Sie wagte es, Sam kurz anzusehen, doch in diesem Moment starrte er wie gebannt ihre Spalte an. Ein Lächeln huschte über Naomis Gesicht, denn seine weiße Leinenhose spannte sich eng über seine Wölbung. Ihr wurde auf einmal bewusst, dass sie mit der Masturbation nicht nur sich, sondern auch ihn erregte. Das spornte sie an. Allerdings überraschte sie die Lust, die so unvermittelt anschwoll, als sie mit der flachen Hand über ihren Schoß fuhr, derart, dass ihr der Atem stockte. Lag es an Sams Anwesenheit? Oder daran, dass sie sexuell ausgehungert war? Beides, dachte sie und keuchte, denn sie hatte begonnen, an ihren inneren Lippen zu zupfen. Dann spreizte sie Daumen und Mittelfinger ab und rieb mit ihnen über die äußeren Schamlippen, während der Zeigefinger zwischen ihre inneren drang. Als er ihre empfindsamste Stelle berührte, stöhnte Naomi.

Schnell schloss sie ihren Mund wieder, doch Sam flüsterte: »Halte dich nicht zurück. Lass dich gehen. Lust ist nur vollkommen, wenn man sie auskostet. Genieße sie in vollen Zügen.« Grollend fügte er hinzu: »Das ist ein Befehl.«

Aber Naomi hörte das Lächeln heraus. Er meinte, was er sagte, wollte sie nicht bloßstellen, sondern ihr helfen, in den Pool ihrer Libido einzutauchen, damit sie nicht nur an der Oberfläche schwamm und den halben Spaß verpasste. Bebend schob Naomi zwei Finger in ihre feuchte Öffnung. Zum ersten Mal begegneten sich ihre Blicke. Während sie ihre Finger herauszog und wieder in sich hineinschob, schauten sie sich an, und die Situation war so ungehörig, dass sie Naomi unglaublich anmachte. Einige Male stieß sie noch ihre Finger in sich hinein, dann hielt sie es nicht länger aus, verteilte ihre Feuchtigkeit auf ihren Schamlippen und drückte ihre Fingerkuppen auf ihre Klitoris.

Naomi roch nur noch sich selbst. Der verführerische Duft ihrer Feuchte – von Sex – überlagerte den Geruch des Sommers, der Weinreben und der Sonnencreme, mit der sie ihre Arme eingerieben hatte. Ihr Herz pochte heftig in ihrem Brustkorb. Warum kam Sam nicht endlich zu ihr und nahm sie? Er wollte es doch. Und sie auch. Zu ihrer Enttäuschung blieb er auf dem Ast sitzen und beobachtete, wie sie ihren Kitzler massierte, zuerst hauchzart, dann immer schneller, da die Erregung rasch fortschritt. Einen kurzen Moment lang sah sie sich mit seinen Augen. Eine Fremde, die nackt mit weit geöffneten Beinen vor ihm saß und schamlos masturbierte. Was tat sie hier nur? Das alles war verrückt. Im nächsten Moment vernebelte die Wollust ihre Gedanken und schaltete ihren Verstand aus. Unbewusst legte Naomi ihren Kopf in den Nacken und stöhnte leise, während sie ihre Hand auf ihre Klitoris drückte, als wollte sie den Orgasmus herauspressen.

Ein Sportflugzeug flog über die Maroon Winery und zog ein Werbebanner hinter sich her. Doch die Buchstaben tanzten vor Naomis Augen, sie konnte den Schriftzug nicht lesen, weil sie zu berauscht war, deshalb schloss Naomi die Lider.

Sie spreizte ihre Finger ab und legte sie auf ihre pochenden Schamlippen. Mit dem Handballen auf dem Kitzler rieb sie über ihre gesamte Spalte und stellte sich vor, es wäre Sams Phallus. Wie gerne hätte sie ihn in sich gespürt! Aber jetzt wollte sie erst einmal nur noch kommen. Egal wie. Dann eben durch ihre eigene Stimulation.

Naomi streichelte schneller über ihren Schoß und übte mehr Druck aus. Ihre Feuchtigkeit machte die Bewegung geschmeidig. Immer härter schob sie ihre Hand vor und zurück. Das Blut rauschte durch ihre Mitte. Heiß und pulsierend. Naomis Erregung schwoll rasch an. Sie raubte ihr den Verstand, den Atem, die Kontrolle. Stöhnend kam sie. Zuckend saß sie auf Sams Baumwollhemd und masturbierte noch so lange weiter, bis sie glaubte, auch den letzten Rest Lust aus ihrem Unterleib gerungen zu haben.

Erschöpft blieb sie einige Minuten mit geschlossenen Augen sitzen. Sam gewährte ihr die Zeit, die sie brauchte.

Langsam kehrte sie in die Wirklichkeit zurück. Krah, krah. Ein Rabe krächzte, er musste auf der nächsten Rebenreihe sitzen. In der Ferne ratterte ein Lastwagen über eine der Straßen, die durch das St. Helena Tal führten. Dann war es paradiesisch still.

Naomi setzte sich gerade auf und öffnete ihre Augen. Das zufriedene Lächeln von Samuel war ihr einen Hauch zu triumphierend. Ihre Verschämtheit kehrte zurück. Rasch schloss sie ihre Beine, zog die Knie an und schlang ihre Arme darum.

»Ich bin stolz auf dich.« Schwungvoll erhob er sich. »Noch einmal!«

»Wie bitte?« Das konnte nicht sein Ernst sein. Sie hatte eben noch nicht einmal geglaubt, überhaupt vor seinen Augen masturbieren zu können, geschweige denn zum Höhepunkt zu kommen. Trotzdem hatte sie sich überwunden und es wider Erwarten in vollen Zügen genossen. Ein tolles Erlebnis, aber ein einmaliges.

»Du bist noch nicht satt.« Lässig holte er einen Umschnalldildo aus seiner Leinentasche. Er band ihn an dem Ast fest, auf dem er gesessen hatte, so dass der künstliche Phallus senkrecht – und einladend – nach oben zeigte.

Fassungslos starrte Naomi auf den magentafarbenen Silikonpenis mit seinem dicken Schaft und der imposanten Spitze. Er wirkte inmitten der Weinreben völlig deplatziert. Viel zu künstlich und regelrecht obszön. Naomi verspürte ein sehnsüchtiges Zerren im Unterleib, dennoch schüttelte sie den Kopf.

»Du brauchst es.« Sam schaffte das Kunststück, seine Stimme gleichzeitig sanft und bestimmend wirken zu lassen. »Ich sehe dein Verlangen und spüre deine Wünsche. Der Orgasmus eben war nett, aber es geht noch viel höher hinauf. Das werde ich dir zeigen.«

Nur nett? Sam hatte ja keine Ahnung! Der Höhepunkt war der beste gewesen, den sie seit langem gehabt hatte. Frustrierend, musste sie zugeben, doch noch deprimierender war, dass sie ihn sich selbst verschafft hatte, obwohl ein atemberaubender Mann direkt vor ihr stand.

Plötzlich kochte Wut in Naomi auf. Alle Männer dieser Welt konnten ihr gestohlen bleiben. Verärgert ging sie zu dem

Ast und kniete sich rechts und links daneben hin. Oh, ja, sie würde einen weiteren Höhenflug genießen, und Samuel war es nur erlaubt, zuzuschauen. Mehr nicht! Er durfte zwar beobachten, aber nicht kosten. Das hatte er nun davon.

Die Sonne stand hoch und brannte auf Naomis nackten Rücken, aber die Hitze in ihrem Inneren war viel intensiver. Der Nachmittag war bereits weit fortgeschritten, als sich Naomi langsam auf den Dildo herabließ. Mit der linken Hand stützte sie sich auf dem Ast ab, und mit der rechten führte sie die künstliche Schwanzspitze an ihre noch vom ersten Orgasmus feuchte Öffnung. Vorsichtig übte sie mit dem Unterleib Druck aus. Die Eichel war groß, sie dehnte Naomis Mitte, glitt aber schließlich hinein, ebenso wie der Schaft. Naomi versenkte den Kunstpenis ganz in sich und setzte sich auf den Ast, um sich an den Eindringling zu gewöhnen. Der Schaft füllte sie aus, dehnte sie jedoch nicht. Er schien wie für sie gemacht. Das Silikon fühlte sich angenehm warm an. Sie genoss es, ihn in sich zu spüren und hoffte, dass Sam neidisch war, weil nicht sein Glied sie erobert hatte. Selbst schuld, dachte sie und warf ihm einen spöttischen Blick zu.

Als hätte er ihre Gedanken erraten, sprach er sanft: »Es geht heute nicht um mich, sondern einzig um dich. Ich möchte sehen, zu welcher Lust du fähig bist, und dich über deine Grenzen hinausführen.«

»Aber ich mache es mir doch selbst.« Trotzig spitzte sie ihre Lippen.

Und erntete ein mildes Lächeln. »Ohne meine Anweisung hättest du nach der Hälfte des Spaßes aufgehört.«

Samuel hatte Einfluss auf sie genommen, mit Worten und seiner Anwesenheit. Ohne ihr ernsthaft zu drohen, hatte er sie in die Knie gezwungen. Naomi wurde sich seiner Macht bewusst. Macht, die sie ihm verliehen hatte, indem sie seine

Befehle befolgte. Ihre Gefühle fuhren Achterbahn. War das gut? War es schlecht? Nicht nur ein unglaublicher Orgasmus war ihr Lohn gewesen, sondern auch eine neue Erfahrung, die sie niemals vergessen würde.

Äußerlich blieb sie kühl, aber innerlich lachte sie in sich hinein. »Es geht um Lustgewinn auf beiden Seiten«, hatte er gesagt, aber bisher hatte ausschließlich sie von dieser Session profitiert.

Naomi stützte sich mit beiden Händen an dem Ast ab und hob ihren Unterleib an. Der Dildo glitt Stück für Stück aus ihr heraus. Bevor das rote Silikon herausrutschen konnte, senkte sie ihre Spalte wieder. Es sah obszön aus, wie der Kunstpenis zwischen ihren Schamlippen abtauchte. Lippen, die wieder anschwollen. Die Vaginalmuskeln schlossen sich gierig um das Glied, es rieb sachte über die Innenwände, als Naomi begann, sich schneller auf und ab zu bewegen.

Sie schaute zu Sam, da sie neugierig war, ob er immer noch sein Pokerface aufrechterhielt. Tat er nicht. Er hatte sich hingehockt. Seine Hose musste sich inzwischen schmerzhaft über seine Erektion spannen. Hungrig strich sein Blick über ihre prallen Brüste, um dann zu ihrem Hintern zu wandern, der sich ihm auf äußert laszive Weise präsentierte. Das, was Naomi sah, fachte das Feuer in ihrem Schoß noch mehr an. Nicht die Tatsache, dass Sam sie beobachtete. Daran hatte sie sich gewöhnt. Sondern wie er sie musterte, machte sie heiß. Voller Verlangen!

Noch nie hatte ein Mann sie jemals begehrlicher angesehen.

Das animierte sie, den Dildo schneller zu reiten. Sie ertappte sich dabei, wie sie fantasierte, es wäre Sams Schaft, worauf sie den Kunstpenis noch heftiger nahm. Ihr eigenes Keuchen klang laut in der Stille des Weinhangs. Ihre Feuchtigkeit lief an dem Glied herab. Die Lust peitschte sie an, den Silikonschwanz kurz und hart zu nehmen. Naomi kam sich liederlich vor, verdorben, herrlich losgelöst von allen Konventionen. Sie hatte davon geträumt, hemmungslos zu sein, nun war sie es endlich. Die Erregung rang ihre Verlegenheit nieder. Immer härter. Immer heftiger. Immer geiler.

Als der Orgasmus sie überrollte, konnte sie einen Aufschrei nicht unterdrücken. Während sie sich mühsam noch einige Male auf den roten Penis herabließ, presste sie ihre Lippen zusammen. Ihre Oberschenkel taten weh, ihre Arme zitterten und ihr Blut fühlte sich an wie Magma. Naomi ließ den Dildo herausgleiten und legte sich mit dem Rücken auf Sams Hemd. Ein tiefer Wohlfühlseufzer entrang sich ihrer Kehle, dann blieb sie schwer atmend einfach liegen. Es kümmerte sie nicht einmal, dass Samuel direkte Sicht auf ihre pulsierende Spalte hatte.

»Gut gemacht.« Er klatschte anerkennend und erregte sich an dem Anblick des Dildos. Naomis Feuchte tropfte herunter wie Sirup. »Noch einmal.«

»Du bist verrückt.« Ruckartig setzte sie sich auf. Wie lange war es her, seit sie zwei Orgasmen hintereinander gehabt hatte? Neun Jahre, zehn Jahre? Auf jeden Fall vor Cheng.

»Du musst lernen, Befehlen zu folgen. Gerne zu folgen. Du wirst noch einmal kommen«, er machte eine Pause, »und zwar weil ich, dein Herr, es so will.«

»Unmöglich!« Ihr Schoß war schachmatt, erschöpft, erledigt. »Das meine ich ehrlich. Selbst wenn ich wollte, ich kann einfach nicht noch einmal.«

»Das werden wir ja sehen.« Er stand auf und kam zu ihr. Behutsam winkelte er ihre Beine an, schob sie beiseite und kniete sich dazwischen.

Seine Nähe raubte Naomi den Atem. Würde er sie jetzt stoßen? Wie war er gebaut, wie bestückt? Wie sah sein Schaft aus?

Vor lauter Aufregung dachte sie nicht einmal an Gegenwehr, sondern ließ es zu, dass er ihre Oberschenkel streichelte. Er massierte sie, anfänglich sanft, doch bald kraftvoller, dann ging er dazu über, ihre Beine zu kraulen. Mit kreisenden Bewegungen näherte er sich ihrer Mitte. Zu Naomis Verwunderung nahm sie ein erneutes Prickeln wahr, obwohl Sam sie bisher nicht einmal an ihrer intimsten Stelle berührt hatte.

Naomi stützte sich auf den Ellbogen ab. Endlich, endlich fasste Samuel sie an. Zum ersten Mal spürte sie ihn. Seine Haut war warm und weich, seine Hände konnten zärtlich sein, aber auch kräftig zupacken. Als er hauchzart mit seinen Fingerspitzen über ihre Schamlippen strich, war ein Denken nicht mehr möglich. Naomi fühlte nur noch – seine Berührung, ihre erwachende Lust und die Sehnsucht, er möge fortfahren. Unter all diesen Gefühlen verbarg sich ein weiteres. Begierde, so kraftvoll, dass es sie erschreckte.

Naomi erschauerte, denn Sam schob Zeige- und Mittelfinger in ihre feuchte Öffnung hinein. Ganz langsam, als hätte er alle Zeit der Welt. Als könnten sie nicht jeden Moment von den Brookstones oder den Arbeitern erwischt werden. Eine bittersüße Gefahr, die Naomi nun, da Sam ihr so nah war, nicht mehr störte, sondern sie zusätzlich erregte. Einige Male nahm er sie mit seinen zwei Fingern, worauf er ihre Feuchte genüsslich auf ihrem Schoß verrieb. Von seiner Hand mussten elektrische Impulse ausgehen, denn dort, wo er sie berührte, kribbelte es stark. Sam kitzelte die Lust erneut aus ihr hervor. Ihre Spalte erwachte zu neuem Leben. Kaum ließ er seine Finger um ihre Klitoris kreisen, stöhnte Naomi schon wieder. Ihre Brüste wogten auf und ab, was Sam dazu animierte, sie mit seiner freien Hand zu streicheln. Seine Handfläche rieb leidenschaftlich über ihren Busen. Er zwirbelte geschickt ihre Brustspitzen mit den Fingern.

Erneut tauchte er seine Finger in ihre feuchte Öffnung. Seine Augen bekamen diesen frivolen Glanz, als er ihre Warzenhöfe mit der duftenden Feuchtigkeit eincremte. Naomi keuchte überrascht und erregt, denn Sam neigte sich vor und leckte die Feuchte ab. Aber er strich nicht mit der ganzen Länge seiner Zunge darüber, sondern leckte nur mit der Spitze über die Höfe und um die Brustwarzen herum. Dadurch stieß er die Nippel immer wieder kurz an, was Naomi in den Wahnsinn trieb, denn sie wollte in diesem Moment nichts sehnlicher, als dass er an ihren Spitzen saugte. Aber Sam ließ sie zappeln.

Erst als er seine Finger wieder in sie hineinschob und sie sachte zu nehmen begann, schloss er seine Lippen um ihre Warzen und saugte behutsam. Berauscht von der Lust, die er ihr verschaffte, konnte Naomi ihr Stöhnen nicht länger dämpfen. Sams Finger drangen immer schneller in sie ein, sein Saugen an ihren Nippeln wurde immer kräftiger. Trotzdem kam sie nicht. Inzwischen wimmerte sie leise. Nach zwei Höhepunkten war es eine bittersüße Qual, noch einmal zu einem Höhenflug anzusetzen. Die Lust baute sich nur langsam auf, der Orgasmus ließ sich Zeit.

Jammernd legte sich Naomi mit dem Rücken flach hin und krallte ihre Hände in Sams Baumwollhemd. Sie konzentrierte sich auf ihren Schoß, spürte ein Ziehen in ihrem Unterleib und kam nah an den Gipfel heran, aber mehr wollte einfach nicht passieren. Der Orgasmus baute sich immer wieder auf, aber zum Finale kam es nie. Es war anstrengend. Großartig. Quälend. Gleichzeitig schön und scheußlich.

Doch Sam ließ nicht locker. Unentwegt stimulierte er sie, seine Finger stießen hart und schnell in Naomi hinein, und ihre Brustspitzen taten bereits weh von seinen Lippen, als er seinen Mund plötzlich nicht mehr auf ihre Warzenhöfe, sondern um ihren Kitzler presste. Fest saugte er ihre hochempfindliche Klitoris tief in seinen Mund ein und leckte gleichzeitig darüber, ohne mit der Penetration seiner Finger aufzuhören.

Naomi kam augenblicklich. Gerade noch rechtzeitig presste Sam seine freie Hand auf ihren Mund, denn im nächsten Moment schrie sie ihre Lust unkontrolliert heraus. Zuckte sonst während eines Höhepunkts nur ihr Unterleib, so zuckte nun ihr ganzer Körper, als stünde er unter Strom. Doch Sam gab sie noch nicht frei, sondern saugte auch den letzten Rest Wollust aus ihr heraus.

Naomi war wie von Sinnen. Tränen der Ekstase liefen ihre Wangen herab. Sie trommelte auf Sams Rücken, denn sie bekam kaum noch Luft. Der Orgasmus schüttelte sie eine gefühlte Ewigkeit durch. So lange hatte er noch nie angedauert. Naomi hatte gar nicht gewusst, dass sie zu einer solch intensiven Lust fähig war. Als hätte der sexuelle Rausch Widerhaken entwickelt und wollte sie nie wieder loslassen.

Samuel zog sich irgendwann doch zurück. Naomi merkte es erst, als er ihren Kopf auf seinen Schoß bettete und sie mit seinem Körper vor der Sonne schützte. Beruhigend strich er ihr die Haare aus der verschwitzten Stirn. Ekelte er sich nicht vor ihrem Schweiß? Offensichtlich genauso wenig wie vor ihrer Feuchtigkeit. Welch ein Mann! Welch ein Mörderorgasmus!

»Wenn ich mich nur für meine eigene Erregung interessieren würde, wäre ich ein schlechter Herr«, hallte es in Naomis Erinnerung wider. Aber bei diesem Spiel war Sam überhaupt nicht auf seine Kosten gekommen. Dafür Naomi um ein Dreifaches. Seine Selbstbeherrschung imponierte ihr.

Aber beim nächsten Mal würde sie ihn so sehr reizen, dass er nicht anders konnte, als sie zu vernaschen.

Himmel, jetzt dachte sie schon an das nächste Mal!

13

Wie ein Teenager nach dem ersten Mal befürchtete Naomi, jeder könnte ihr die Zügellosigkeit ansehen, selbst noch am nächsten Vormittag, als sie sich aus ihrem Fenster im ersten Stock des Hauptgebäudes lehnte und Malcolm Seaton, der abreiste, zuwinkte. Jill und Jeff umarmten den neuen Vertriebsleiter für den Osten der USA etwas länger, als es nach einem Arbeitstreffen üblich war. Die drei schienen sich mehr als einmal zu dritt vergnügt zu haben. Die Verabschiedung fiel geradezu innig aus. Während Jeffersons Hand von Malcolms Hüften zu seinem Gesäß herabglitt, gab Jillian ihm einen Kuss auf jede Wange, allerdings so nah an Malcolms Mundwinkeln, dass sie ihn gleich hätte auf den Mund küssen können.

Naomis Blick schweifte über das St. Helena AVA und blieb unweigerlich am Gästehaus hängen. Die Weinreben umgaben das mediterran anmutende Haus wie Reihen von grün uniformierten Gardisten. Dachte Samuel noch an das Erlebnis vom gestrigen Nachmittag zurück, oder hatte er es längst vergessen? Er hatte bestimmt schon Aufregenderes erlebt und mit vielen Subs gespielt.

Für Naomi dagegen war es das erste Mal gewesen, dass sie sich dem Willen eines Mannes unterworfen hatte. Das außergewöhnliche Erlebnis würde sie auf ewig mit ihm verbinden. Er hatte ihr das Tor in eine neue, berauschende Welt gezeigt, und sie verspürte das Verlangen, tiefer in diesen Lustkosmos einzudringen.

Die Erinnerung wühlte sie auf. Innerlich toste ein Sturm durch sie hindurch, der einfach nicht zur Ruhe kommen wollte. Sehnsucht, Furcht, Erregung, Unsicherheit – die Gefühle wechselten so schnell, dass ihr schwindelig war.

Ein Wagen hupte. Aber es war nicht Malcolm, es kam von einem kleinen Laster unten an der Weinkellerei, auf dessen Ladefläche einige Arbeiter saßen.

Wie in den Jahren zuvor lud die Maroon Winery am Independence Day die Arbeiter zu einem Picknickbrunch in den Obstplantagen ein, um die Unabhängigkeitsunterzeichnung vom 4. Juli 1776 zu feiern. Am Nachmittag stießen ihre Familien dazu und es wurde ein Barbecue veranstaltet, mit dem man das ganze Napa Valley hätte satt bekommen können.

Der Laster fuhr tuckernd los. Onkel Bill, der in seinem Jeep hinter dem Laster parkte, schlug ungeduldig auf sein Lenkrad. Offensichtlich wartete er auf jemanden. Nach wenigen Sekunden kam Rachel aus der Kellerei geeilt und stieg auf der Beifahrerseite ein, worauf Bill den Wagen sofort startete. Ihr entschuldigendes Lächeln strahlte bis zu Naomi.

Sie war wirklich eine Schönheit. Bekam sie deshalb eine Sonderbehandlung und fuhr nicht bei den Arbeitern mit? Immerhin zählte sie zur Schwadron der fleißigen Arbeitsbienen. Oder weil sie eine Frau war, die einzige unter den Hilfskräften? Vielleicht rechtfertigte die Liaison mit Chad die Ausnahme. Erst wickelte sie den Sohn um den Finger, dann den Vater. Dass Rachel mit allen Wassern gewaschen war, wusste Naomi spätestens, seit sie Zeugin geworden war, wie Rachel Chad dominiert hatte.

Sie schüttelte den Kopf, um diese Stutenbissigkeit, die eigentlich gar nicht ihr Fall war, loszuwerden, und schloss das Fenster. Eifersucht nagte an ihr, da sie nicht sicher sein konnte, dass Sam nicht doch mit Rachel schlief. Sie glaubte es eigentlich nicht, aber allein die Möglichkeit machte sie misstrauisch.

Ihr Magen knurrte. Naomi hatte das Frühstück ausfallen lassen wollen – schließlich würde sie bald wieder nackt vor Sam stehen –, aber jetzt machte sich der Hunger doch bemerkbar. Möglicherweise würde ein Glas Möhrensaft das Loch in ihrem Magen halbwegs stopfen, um bis zum Lunch durchzuhalten. Vielleicht ein klitzekleines Knäckebrot? Ein Toast mit Käse? Je mehr sie über Essen nachdachte, je größer wurde ihr Hunger.

Sie verließ ihr Zimmer, um den Kühlschrank in der Küche zu inspizieren. Die Wände im Gang waren tapeziert mit Erinnerungsfotos und Urkunden der Maroon Winery. Manche Fotos waren sogar noch in schwarz/weiß und wirkten viel atmosphärischer als die farbigen, aber auch wie aus einer anderen Welt. Auf dem Bild, das ihren Onkel als Student bei den Abschlussfeierlichkeiten auf der California State University zeigte, sah er fast genauso aus wie heute. Faszinierend, dachte Naomi, blieb stehen und betrachtete es genauer. Bis auf den Bauchansatz hatte er sich kaum verändert. An der Uni in Fresno hatte er als junger Mann Weinbau studiert, um in die Fußstapfen seiner Vorväter zu treten.

Plötzlich stutzte Naomi. Kam Rachel nicht aus der Universitätsstadt?

Als sie darüber nachdachte, fielen ihr Chads Worte ein: »Sie ist eine Backpackerin aus Fresno, geboren und aufgewachsen im Central Valley, dem kalifornischen Mekka des Massenweinbaus. Vor einem Monat klopfte sie auf der Suche nach Arbeit an unsere Tür.«

In diesem Moment – mit der Erinnerung an Rachel, die in Bills Wagen stieg, um vom Chef persönlich zu ihrem Einsatzort gefahren zu werden –, kam es ihr komisch vor, dass Rachel erst vier Wochen auf dem Gut weilte, aber schon Chad erobert hatte und selbst von Onkel William Sonderbehandlungen bekam. Ihr Cousin war leicht zu beeindrucken. Rachel ließ ihn schließlich nicht nur ran, sondern spielte auch höchst ungewöhnliche Sexspiele mit ihm. Bill dagegen war ein härterer Brocken. Hatte sie diese Nuss etwa auch geknackt?

Ein anderes Gespräch kam Naomi in den Sinn. Es drängte sich ihr förmlich auf. Es ging um ein Kind. Bills Kind, das nicht von Tante Carol war. Konnte Rachel damit gemeint sein? Hatte Bill damals in Fresno eine Affäre mit Rachels Mutter gehabt? War Rachel auf das Weingut gekommen, um in der Nähe ihres Vaters zu sein?

Naomis Magen krampfte sich zusammen. Der Hunger war wie weggeblasen. Kopfschmerzen breiteten sich von den Schläfen aus, Naomi massierte sie sanft. Wenn ihre Vermutungen stimmten, sahen Jillian, Carol und William stillschweigend dabei zu, wie Rachel Chad ins Unglück stürzte. Warum? Nur damit das Familiengeheimnis nicht an die Öffentlichkeit drang?

»Oh, mein Gott«, flüsterte Naomi. Wollte Rachel Carol und Bill quälen, weil sie nie zur Familie gehört hatte? War sie auf Rache aus?

»Das sind alles nur Mutmaßungen«, sagte sie zu sich selbst und spürte, wie ihr Killerinstinkt, den sie für ihren Job benötigte, erwachte. »Du brauchst Beweise.«

Ihr Blick fiel auf die Tür zu Chads Zimmer. Sie wusste, dass Rachel längst bei ihm eingezogen war, und Chad den Schlüssel verbummelt hatte, wie so vieles. Wenn man ihm eins nicht vorwerfen konnte, dann war es materiell orientiert zu sein. Naomi rang mit sich. Sie durfte den Raum nicht einfach betreten und die persönlichen Sachen von Rachel durchsuchen. Doch ihre Hemmschwelle war niedriger als bei anderen Menschen, da sie ihre Brötchen bei Pinpoint Precision damit verdiente, in fremde Wohnungen zu gehen und sich durch Unterwäsche und Unterlagen zu wühlen. Sie hatte schon einen Erben ausfindig gemacht, der in einem kolumbianischen Dorf lebte, das auf keiner Karte verzeichnet war, weil es nur aus drei Häusern bestand.

Ihre Füße bewegten sich wie von selbst in die Richtung. Verstohlen blickte sie zur Treppe und lauschte dann, aber im Haus war es still. Zur Vorsicht klopfte sie, für den Fall, dass Chad faul im Bett lag. Er nahm sich öfters mal eine Krankheit. Da niemand antwortete, trat sie rasch ein und schloss die Tür hinter sich.

Naomi kämpfte mit ihrem Schuldbewusstsein. Es war nicht richtig, was sie hier tat – aber auch nicht wirklich falsch. Sie wollte niemandem schaden, sondern die Wahrheit herausfinden, vor allen Dingen, um ihren Cousin zu warnen, den alle ins offene Messer laufen ließen. Himmel, sie wünschte sich so sehr, dass ihre wilde Theorie nicht stimmte! Rachel war ihr im Moment egal, aber sie wusste nicht, ob sie Carol und Bill verzeihen könnte, dass sie Chad nicht warnten.

Naomi fand Rachels Portemonnaie samt Führerschein sofort. Es steckte in einem olivenfarbenen Leinenrucksack, den ein Hanf-Symbol zierte, nebst einer Sammlung von Kaugummis in allen Geschmacksrichtungen, die es zu kaufen gab, darunter auch ein Streifen mit Nikotinkaugummis. Ihre Hände zitterten, als sie den Ausweis aufklappte. Rachels Nachname lautete Masterson. Naomi merkte ihn sich für weitere Nachforschungen. Ihr Geburtsdatum zog Naomis Aufmerksamkeit auf sich. Rachel war fünf Jahre älter als Chad. Standen die meisten Frauen nicht auf ältere Männer? Welche Vierundzwanzigjährige fühlte sich schon zu einem Neunzehnjährigen hingezogen? Doch nur, wenn sie sich Vorteile davon versprach. Oder unlautere Absichten hegte.

Doch dann sah sie etwas, das ihre Kopfschmerzen anschwellen ließ. Das Pochen dröhnte in ihrem Kopf. Sie konnte kaum noch klar denken. Laut ihres Führerscheins wurde Rachel in Salinas, südlich von San Jose, geboren.

»Sie stammt gar nicht aus Fresno«, stellte Naomi verdutzt fest.

Wieso hatte Rachel gelogen? Diese Information warf Naomis Theorie über den Haufen, doch sie war keineswegs beruhigend. Etwas stimmte nicht mit Rachel Masterson.

Stimmen waren auf dem Korridor zu hören. Naomi horchte nervös. Nein, es war nur eine. Lizzy redete zornig auf den Staubsauger ein, der ihr beim Hinterherziehen in die Hacken gefahren war. Ein Schlüsselbund rasselte. Dann wurde ihr Gezeter leiser. Das Hausmädchen musste in einem der Nachbarzimmer verschwunden sein. Naomi zuckte zusammen, als Lizzy die Zimmertür zuknallte. Die Geldbörse fiel ihr aus der Hand. Naomi musste sich beeilen. Rasch hob sie die Brieftasche vom Boden auf und bemerkte, dass etwas herausgefallen war. Sie steckte den Führerschein hinein und bückte sich nach dem Foto. Ein Ultraschallbild! Überrascht stutzte Naomi. So sehr sie sich auch bemühte, sie erkannte darauf nicht viel. Aufschlussreicher dagegen waren die Angaben, die der Arzt zur Kennzeichnung des Bildes angegeben hatte: Rachel Masterson/3. Schwangerschaftsmonat. Das Datum der Aufnahme lag gerade mal vier Tage zurück, und der Arzt hatte seine Praxis in St. Helena.

»Rachel ist schwanger«, wisperte Naomi fassungslos, »und man sieht ihr bisher nicht einmal etwas an.«

Hatte Carol von dem ungeborenen Kind gesprochen? Von Chad konnte das Baby nicht sein, denn Rachel war erst vor einem Monat auf das Weingut gekommen. Konnte Bill der Vater sein? War Rachel gar nicht seine Tochter, sondern seine heimliche Geliebte, die ein Kind von ihm unter dem Herzen trug?

Naomi war plötzlich völlig am Ende. Sie fühlte sich ausgelaugt und schlapp, und dennoch wütete in ihrem Kopf ein Wirbelsturm der Kategorie F5.

Egal, wie die Wahrheit aussah, Sam durfte davon auf keinen Fall erfahren. Sie würde ihn ablenken müssen. Mit vollem Körpereinsatz. Und es vielleicht sogar genießen.

Auf leisen Sohlen schlich Naomi in ihr Zimmer zurück. Als sie ins Bad ging, um ein Aspirin zu nehmen, erschrak sie. Jemand hatte ihren pfirsichfarbenen Lippenstift dazu benutzt, um etwas auf den Spiegel zu schreiben. Die kunstvoll geschwungenen Buchstaben kamen ihr nur allzu bekannt vor.

01:00 a.m. Bei mir. Betrifft:
Jayjay

Samuel! Er war in ihrem Schlafzimmer gewesen, als sie Rachels Sachen durchwühlt hatte. Hatte er ihre Schränke durchsucht? Das Foto von Cheng in ihrer Geldbörse entdeckt? Sie beobachtet, als sie sich in Chads Raum stahl? Das erste Mal erfuhr sie am eigenen Leib, wie es war, wenn jemand in der Privatsphäre herumschnüffelte, und es gefiel ihr ganz und gar nicht.

Aber was bedeutete »Jayjay«? Absichtlich hatte Sam nicht unterschrieben oder den Treffpunkt genau benannt, da er damit rechnen musste, dass Lizzy seine Nachricht vor Naomi fand. Es musste sich um eine Art Code handeln.

»Jayjay«, murmelte Naomi vor sich hin, »Jay Jay … das könnte für einen Kosenamen stehen … oder den Buchstaben J… Jill und Jeff.« Natürlich! Es ging um die Löschung des Kapitels über die gemeinsame Leidenschaft von Jillian und Jefferson: die Ménage à trois.

Bedeutete das, eine dritte Person würde anwesend sein?

14

Naomi sah Samuel erst abends beim Feuerwerk in St. Helena wieder. Nur Chad fiel auf, dass sie ständig seine Nähe suchte, doch ihr Cousin grinste nur und schwieg, denn er war zu beschäftigt, Rachel unauffällig auf Abstand zu halten, ohne sie zu verärgern, weil Jenn ihn nicht aus den Augen ließ. Naomi suchte eine Gelegenheit, um Sam zu sagen, sie würde auf keinen Fall einen Beobachter, noch einen zweiten Herrn oder eine Sub neben sich dulden. Sich auf diese neue Art der Lust, das Spiel um Dominanz und Unterwerfung, einzulassen, war schon schwer genug.

Aber da war noch ein anderes Gefühl. Zuerst wusste sie es nicht zu deuten, dann wollte sie es nicht wahrhaben, dennoch blieb es hartnäckig, bis Naomi es nicht länger ignorieren konnte und sich eingestehen musste, dass sie Sam für sich haben wollte!

Unglücklicherweise waren sie auf dem Fest nie alleine, und so kam es nicht zu einer Aussprache, nur zu einem Foto, das ein Fotograf der Napa Valley News schoss. Die Tageszeitung würde es aber ohnehin nicht veröffentlichen, denn als Sam sie dreist in seine Arme zog, fiel ihr die Eiskugel vom Hörnchen und landete auf ihrem in diesem Fall zu üppigen Busen. Sie musste das dümmste Gesicht in der Weltgeschichte gemacht haben. Als Sam ihr mit einer Serviette ungeniert das Eis von der Bluse abtupfte, schlug sie seine Hand weg, doch da waren ihre Brustspitzen längst hart.

Als sie im Damen-WC vor dem Waschbecken stand und versuchte, den Fleck aus ihrer Bluse zu entfernen, kam Rosamar mit Sandro aus der Toilette. Die Köchin half ihrem Sohn dabei, sich die Hände zu waschen und verabschiedete sich von Naomi. »Señor Brookstone ist so freundlich und fährt uns kurz nach Hause. Er ist ein Goldstück! Feiern Sie noch kräftig, Señorita Coffin. Sie sind jung und schön.«

Noch während Naomi Sandro winkte, der sich mit seiner Mutter an der Warteschlange vorbeidrängte, kroch eine seltsame Ahnung ihre Wirbelsäule hoch. Gedankenversunken schob sie ihren Busen unter das Gebläse, mit dem man normalerweise die Hände trocknete. Im Spiegel sah sie, wie lächerlich das wirkte. Aber wo die Eiskugel sie gestreift hatte, befand sich nun ein Wasserfleck, durch den man die Spitze ihres BHs erkennen konnte. Woher kam Bills Großzügigkeit? Er ließ doch normalerweise seine Familie nicht einfach stehen, schon gar nicht an solch einem wichtigen Tag, um Angestellte heimzubringen. Lag es an seiner Feierstimmung? Oder weil Rosa schon sehr lange für die Familie Brookstone arbeitete? Weitaus mehr als fünf oder sechs Jahre. So alt schätzte Naomi Sandro.

»Das Kind kann nichts dafür.«

»Ich bin selbst erstaunt, dass die Sache wieder hochgekommen ist. Sie war längst abgeschlossen.«

»So etwas ist nie abgeschlossen. Das Kind existiert nun mal, und Dad wird sich immer darum kümmern, dass es ihm gutgeht.«

»Er ist ein guter Mann. Verantwortungsbewusst.«

Sandros blaue Augen strahlten wie Türkise. Sein Vater konnte deshalb unmöglich ein Mexikaner sein. Rosamar hatte sich schon vor neun Jahren von ihrem Ex-Ehemann Pedro scheiden lassen. Danach hatte sie nie wieder von einem Mann an ihrer Seite gesprochen. Weil ihr Liebhaber verheiratet und ihr Arbeitgeber war? Während des ganzen Abends beobachtete Naomi ihren Onkel. Er kümmerte sich auffällig um Carol, als würde das schlechte Gewissen an ihm nagen, oder als hätte er etwas wiedergutzumachen. Oder bildete sich Naomi das alles nur ein?

Immerhin stellten sich ihre Ängste bezüglich der nächsten Session mit Samuel als unbegründet heraus, denn als sie nach dem Feuerwerk und der Rückkehr aus St. Helena, nur verhüllt durch ein sündig rotes Wickelkleid, die Küche des Gästehauses betrat, hieß Sam sie alleine willkommen. Erleichtert atmete sie auf.

»Das wird kein Zuckerschlecken«, heizte Sam ihre Furcht erneut an, als er die Tür hinter ihr schloss. Sein diabolisches Lächeln zeigte Naomi, dass es ihm eine Heidenfreude bereitete, »du siehst doch ein, dass wir beide heute einen Schritt weitergehen müssen, nicht wahr? Und damit meine ich nicht nur Lust.«

Teufel, fauchte sie in Gedanken und verspürte zu ihrer Verwunderung ein sanftes Pochen zwischen ihren Schenkeln. Ihr Kopfkino erinnerte sie an das, was sie in dem SM-Ratgeber gelesen hatte und spielte ein Szenario nach dem anderen durch. Ihr wurde heiß.

Verlegen wich Naomi Samuels Blick aus und bemerkte den Schredder, der auf dem Küchentisch stand. Einige Blatt Papier lagen darauf und bogen sich wie eine hingebungsvolle Liebhaberin.

Doch Sam forderte ihre Aufmerksamkeit, fasste ihr Kinn und hob es an. Dann machte er einen Schritt auf sie zu, so dass sie nach hinten ausweichen musste. »Ich werde dir heute, da wir das erste Mal richtig miteinander spielen, ein Safeword geben.« Erneut kam er näher, und Naomi wich aus. »Es lautet *Gnade* und ist zu deinem Schutz.« Inzwischen standen sie im

Gang, der ins Wohnzimmer führte. Dort endlich blieb er stehen. »Solltest du es aussprechen, werde ich die Session sofort abbrechen.«

Aufmüpfigkeit wallte in ihr auf, obwohl seine Aura einschüchternd wirkte. Oder gerade deshalb. Sie wollte kein um Erbarmen winselndes Weibchen sein. Wenngleich die Aussicht, von ihm unterworfen zu werden, sie erregte. Vielleicht war sie deshalb plötzlich wütend auf ihn. Er hatte sie bereits an der Angel, das Spiel hatte noch nicht einmal begonnen. Butterweich kam das Wort über ihre Lippen: »Gnade.«

Zornig kniff er die Augen zusammen, aber seine Stimme blieb ruhig: »Ich durchschaue dich, meine kleine Sub. Du hast das Safeword nicht ausgesprochen, um zu sehen, ob ich Wort halte, sondern um herauszufinden, wie weit du gehen kannst. Nun lerne, dass du deinen Herrn nicht reizen kannst, ohne die Konsequenzen zu tragen.«

Wie gut er aussah, wenn er verärgert war! In dieser Nacht umgab er sich mit einer verführerisch finsteren Aura. Das erste Mal, seit sie ihn kannte, trug er schwarz. Kräftige, sonnengebräunte Arme kamen unter seiner dunklen Weste zum Vorschein, und unter der Hose zeichnete sich ein Knackpo ab. Was soll er schon machen, dachte sie gerade noch, als er plötzlich ein Seil löste, das um einen schmiedeeisernen Haken an der Wand gewickelt war.

Blitzschnell packte er Naomis Handgelenke, wickelte es geschickt und fest um beide Gelenke und zog am Ende, so dass ihre Arme nach oben gerissen wurden. Erst jetzt erkannte sie, dass das Seil zu einem Seilzug gehörte, der an der Decke des Korridors angebracht war und normalerweise dazu diente, ein dekoratives Holzrad zu halten, wie Naomi wusste. Sam hatte es umfunktioniert, denn das Rad stand neben dem Treppenaufgang.

Aber er war noch nicht fertig mit ihr. Er öffnete die oberste Schublade des Sideboards und entnahm eine zirka fünfundsiebzig Zentimeter lange Eisenstange, an deren Enden jeweils eine Lederfessel angebracht war. Ohne ein Wort der Erklärung hockte er sich hinter Naomi und hatte auch schon die rechte Schlaufe um Naomis rechtes Fußgelenk gezurrt. Damit er nicht dasselbe mit ihrem linken Bein machen konnte, tänzelte Naomi und zerrte gleichzeitig an ihren Fesseln, um ihre Hände frei zu bekommen. Doch alle Mühe war vergeblich. Unnachgiebig packte Samuel ihr freies Fußgelenk und schlang die zweite Schlaufe darum. Naomi fluchte undamenhaft, denn die Stange spreizte ihre Beine weit auseinander. Nun war sie Sam hilflos ausgeliefert.

Mit finsterer Miene schlang er den Arm um ihre Hüften und zog sie an seinen Körper. Seine harte Wölbung drückte in Naomis Bauch, stimmte sie für einen Moment versöhnlich und erinnerte sie daran, dass dies ein Lustspiel war. Doch schon Samuels nächste Worte jagten ihr Schauer über den Leib.

»Ich warne dich«, knurrte er und kam nah an ihr Gesicht heran. »Sprich das Safeword nie wieder leichtfertig aus, um mich zu ärgern. Hast du das verstanden?«

»Ja«, rasch fügte sie ein atemloses »Herr« an. Hatte sie Herr gesagt? Ihr Herz begann zu wummern.

»Es soll dich schützen, falls ich versehentlich zu weit gehe oder etwas mache, das dir absolut nicht gefällt. Auch wenn man aus Spaß spielt, das Safeword ist und bleibt eine ernste Sache, denn bei BDSM geht es auch darum, Grenzen auszuloten und zu erweitern. Sicherheit und Vernunft müssen neben einvernehmlichem Handeln bei einer Session stets garantiert sein – von beiden Seiten.«

Neben der Verärgerung hörte Naomi auch Besorgnis heraus.

»Du kannst mir vollkommen vertrauen«, sagte er sanft und strich mit den Fingerknöcheln seitlich über ihren Hals, aber dann gewann seine Stimme wieder an Schärfe, und er legte seine Hand an ihre Kehle: »Allerdings merke ich, wenn du lügst oder versuchst mich zu manipulieren, und Herausforderungen, wie die eben, kommen dich teuer zu stehen. Ich bin dir überlegen. Fordere mich niemals heraus, Naomi.«

Sie zitterte leicht, weil Sam ihr Angst einflößte und er durch die Fesselung und die Spreizstange alles mit ihr machen konnte, was er wollte. Haargenau diese Aussicht machte sie jedoch auch unglaublich an. Aber sagte er ihr nicht gerade, dass sie nicht so hilflos war, wie es erschien? Sie brauchte nur um Gnade zu flehen, und schon wären sie nicht mehr Sub und Herr, sondern wieder Naomi und Samuel. Das Machtgefälle würde in sich zusammenfallen.

Auf einmal verstand sie. Obwohl die Gefahr durch Sam spürbar war, bestand kein Risiko für sie. Zu jeder Zeit war sie in Sicherheit. Dank des Safewords konnte sie sich fallen lassen und die erregende Seite der Angst genießen.

»Jetzt werde ich dich für deine Verfehlung bestrafen.« Vorfreude spiegelte sich auf seinem Gesicht.

»Aber ...«

Seine Hand, die auf ihrer Kehle lag, glitt höher und verschloss ihren Mund. »Nur dadurch lernst du, Subbie. Aber ich lehre nicht nur durch Strafe, sondern auch durch Belohnung, merke dir das. Sei schön fügsam, und ich werde dir Sphären der Ekstase zeigen, von denen du bisher nicht einmal zu träumen gewagt hast.«

Kaum hatte er seine Hand weggenommen, zischte sie: »Fügsam? Niemals.«

Sam lachte verführerisch und zündete die Kerzen in den schmiedeeisernen Wandhalterungen an. Dann löschte er den

Strahler, so dass der Gang in ein mystisches Licht getaucht wurde. »Du wirst mir schon sehr bald aus der Hand fressen. Bei unserem ersten Treffen hast du auch nicht geglaubt, drei Orgasmen hintereinander haben zu können, aber ich habe dir das Gegenteil bewiesen.«

Er hatte Recht. Zerknirscht presste sie die Lippen aufeinander. Als er ihr Wickelkleid öffnete und ihren nackten Körper freilegte, indem er den Stoff beiseiteschob, hielt sie einige Sekunden lang die Luft an. Seine Zeigefinger streiften die Außenwölbungen ihrer vollen Brüste, worauf die Nippel sofort hart wurden. Genüsslich betrachtete Sam ihre Rundungen und die schlanken Hüften und genoss den Anblick ihrer rasierten Scham, die dank der Spreizstange jederzeit frei zugänglich für ihn war.

»Du hast große Schamlippen«, stellte er fest. »Oder sind sie etwa schon geschwollen?«

Verlegen errötete Naomi. Ihre Erregung konnte sie nicht vor ihm verstecken. Daran waren nur diese vermaledeite Stange und die Handfesseln schuld. Sie rechnete fest damit, dass Samuel ihren Schoß betasten würde, und malte sich in Gedanken aus, wie sie sich wehren könnte. Als er es nicht tat, war sie jedoch enttäuscht, was ihm zu aller Schande nicht verborgen blieb.

Amüsiert rollte er ihr Kleid hoch und band es mit dem Gürtel in ihrem Kreuz zusammen, so dass der Stoff nur noch ihren Rücken bedeckte. Ihr restlicher Körper war entblößt und bot sich ihm schutzlos dar. Die Empfindungen, die Naomi durchströmten, waren völlig neu für sie. Sie hätte schreien können, weil sie sich noch nie so hilflos gefühlt hatte. Doch die Lust, die aufloderte, weil sie sich Sam schamlos präsentierte und seinem Gutdünken ausgeliefert war, war viel stärker. Das Blut rauschte durch ihren Kopf und machte Denken fast unmöglich. Sie zitterte vor erregender Furcht und wünschte sich sehnlichst, dass Sam sie endlich berühren, sie liebkosen und nehmen würde.

Stattdessen entnahm er der Schublade, in der die Spreizstange gelegen hatte, eine Gerte. Fassungslos beobachtete Naomi, wie er sie einige Male durch die Luft sausen ließ, um zu testen, wie sie in der Hand lag. Natürlich wusste er das längst. Er wollte lediglich Naomis Angst schüren, vermutete sie, und verdammt, er war erfolgreich damit. Ihr Brustkorb bebte, das Klopfen in ihrer Spalte nahm zu und sie spürte, wie Feuchtigkeit aus ihr heraussickerte.

»Genieße es«, sagte er einfühlsam und stellte sich vor Naomi.

»Die Strafe?«, fragte sie ungläubig.

»Der Schmerz wird dir Lust entlocken«, er lächelte milde, »wie zuvor schon die Angst.«

Mist, dachte sie, er durchschaute sie wirklich. Sie schämte sich. Wie konnte es sein, dass die Furcht sie derart erregte? Weil sie eingebettet in ein Rollenspiel war? Weil alles nur auf eins hinauslief – Sex? Das war alles sehr verwirrend. Und geil. Seltsamerweise sehnte sie den Lustschmerz sogar herbei. Ein Teil von ihr wollte diese neue Erfahrung machen, ein anderer wollte nichts lieber als fliehen. Doch Sam ließ Naomi keine Wahl. Er konfrontierte sie mit ihren dunklen Gelüsten. Ihr Blick haftete an der Gerte. Sie rang nach Luft. Die Angst legte sich schwer auf ihren Brustkorb, aber das Pochen in ihrem Schoß war inzwischen zu kleinen Eruptionen angewachsen.

Doch Sam war immer für eine Überraschung gut. Erst einmal zeigte er ihr, dass Schlaginstrumente auch zu anderen Dingen zu gebrauchen waren. Zu Naomis großer Verwunderung führte er die Gerte zwischen ihre Schenkel und drückte sie gegen ihre Schamlippen und Klitoris. Gemächlich rieb er darüber. Augenblicklich wuchs Naomis Lust an, und da die

Stimulation überraschend kam, konnte sie ihre Erregung nicht verheimlichen, sondern stöhnte auf. Erneut stieg ihr Schamesröte ins Gesicht. Sie versuchte instinktiv ihre Beine zu schließen, was nicht einmal ansatzweise möglich war. Lüstern seufzend wand sie sich und war bemüht, ihre Wollust im Zaum zu halten, um Sam den Triumph nicht zu gönnen. Natürlich funktionierte das nicht. Sie war wie Wachs in seinen Händen.

Als er den Griff in sie einführte, schlossen sich ihre Muskeln gierig darum. Samuel zog ihn heraus, drückte ihn wieder in ihre feuchte Öffnung und stieß sie einige Male. Naomi hörte sich selbst keuchen und war erschrocken darüber, wie heftig sie reagierte. War sie wirklich derart ausgehungert? Oder lag es an der Unterwerfung? SM faszinierte sie und es fegte bereits am Anfang dieser Session eine Lust durch sie hindurch, die über das Maß eines Vorspiels hinausging.

Nach einigen immer heftiger werdenden Stößen entfernte Sam den Griff aus ihr und drückte ihn gegen ihre empfindsamste Stelle. Ihre Feuchte machte das Reiben geschmeidig. Diesmal ließ Sam sich viel Zeit und übte kaum Druck aus. Daher baute sich der Orgasmus quälend langsam auf. Naomi hätte nicht gedacht, dass sie so schnell schon bereit dazu wäre zu kommen. Aber Himmel, sie konnte an nichts anderes denken. Im Schneckentempo kam sie dem Höhepunkt näher, Serpentine um Serpentine, wie in Zeitlupe. Als sie schon glaubte, den Gipfel niemals zu erreichen, spürte sie ihn. Das Zerren in ihrem Unterleib nahm zu. Das Beben ihrer Spalte ging auf ihren ganzen Körper über. Jede Pore war bereit für den Orgasmus.

In diesem Augenblick nahm Sam die Gerte weg.

Verwirrt sah Naomi ihn an. Am liebsten hätte sie ihm sein unverschämtes Grinsen aus dem Gesicht gekratzt, doch sie gab sich nicht die Blöße, aufzubrausen. Einen Moment lang glaubte sie, dass nicht der Schmerz, sondern die unerfüllte Erlösung die Bestrafung gewesen wäre, merkte aber, dass sie mit dieser Annahme falsch lag, als Samuel einen Schritt zurück machte und die Gerte hochhob. Zärtlich streichelte er mit dem flachen Ende ihre Brüste. Er rieb so lasziv über ihre Brustwarzen, dass Naomi eine wohlige Gänsehaut bekam. Gleichzeitig versteifte sie sich vor Furcht vor dem ersten Schlag. Doch er blieb aus. Noch.

Die Gerte glitt tiefer. Sie streichelte über ihren Bauch hinab zu ihrem Venushügel und tätschelte sie sanft. Ihr Schoß antwortete mit einem stakkatohaften Pochen, das erst schwächer wurde, als Sam die Gerte über ihre Schenkel führte. Dabei kam er immer wieder in die Nähe von Naomis Spalte, und jedes Mal schwoll das Prickeln kurzzeitig an.

Plötzlich schlug Samuel zu. Er traf die Innenseite von Naomis rechtem Oberschenkel und entlockte ihr einen Schrei. Sie hatte nicht etwa aus Schmerz aufgeschrien, sondern vor Überraschung. Amüsiert fuhr er fort, mit der Gerte über ihre Haut zu streichen. Selbstsicher ging er um sie herum und liebkoste ihre Beine von hinten. Der zweite Schlag traf ihre linke Pohälfte. Naomi schaffte es zwar, einen Aufschrei zu unterdrücken, keuchte jedoch, denn es hatte diesmal wehgetan. Nicht viel, nur ein bisschen, aber sie fragte sich, wie weit Sam gehen würde.

Ängstlich versuchte sie über ihre Schulter zu sehen, was er vorhatte, als die Gerte erneut auf ihren Hintern herabsauste, genau auf die Stelle, die sie zuvor getroffen hatte. Der Schmerz hallte in ihr wider, aber da Sam mit der Gerte von hinten über ihre Spalte rieb, verschmolzen Lust und Pein auf köstliche Weise. Naomi atmete schwer. Dieses neue Gefühl war unbeschreiblich, sie sehnte sich danach, es noch einmal zu erleben, und Sam tat ihr den Gefallen, als wäre sie ein offenes Buch für ihn, in dem er ihre Wünsche lesen konnte.

Dreimal schlug er schnell hintereinander auf ihre Kehrseite. Naomis linke Pobacke brannte, doch sie genoss es, da Samuel ihre äußeren Schamlippen mit dem Ende der Gerte behutsam tätschelte. Das Feuer des Schmerzes mischte sich mit dem Feuer der Lust. Gemeinsam wurden sie zu einer explosiven Mischung, die Naomi bezauberte.

Samuel fuhr fort, sie mit der Gerte zu bearbeiten und ließ sie auf ihren Hintern, ihre Oberschenkel, ihren Bauch und sogar ihren Busen niedersausen. Anfänglich heizte er vor jedem Schlag ihre Erregung an, aber irgendwann hörte er damit auf. Erstaunlicherweise blieb die Lust, obwohl er sie nicht mehr liebkoste, sondern nur noch traktierte. Allein der Schmerz erregte Naomi inzwischen auf bittersüße Art und Weise. Ihr Keuchen ging in Stöhnen über. Sie bemerkte, dass nur die Schläge auf ihre Kehrseite und die Schenkel wirklich schmerzhaft waren. Die Hiebe auf den Bauch und die Brüste waren nie sonderlich fest und taten nicht ernsthaft weh, sondern schienen mehr Zeichen seiner Macht über Naomi zu sein. Niemals ging Samuel zu weit. Er dosierte das Leid gekonnt und machte es erträglich für Naomi, so dass sie sich immer mehr fallen ließ. Es schien ihr, als würden die Schläge ihren Körper aufwecken. Sie hatte sich noch nie so wach, so verankert im Hier und Jetzt und so lebendig gefühlt.

Als Sam unerwartet seine Hose öffnete, strahlte Naomi über das ganze Gesicht. Sehnsüchtig schaute sie auf sein Glied, das heraussprang. Es war hart und groß, aber nicht furchteinflößend, sondern hell mit einer hochroten Spitze, die Naomi das Wasser im Mund zusammenlaufen ließ. Sam führte seinen Penis zwischen ihre Beine und ließ ihn in ihrer Feuchte baden. Er rieb über ihre hochroten, geschwollenen Schamlippen und peitschte ihre Lust an. Kaum drückte Sam die Eichel gegen ihren Kitzler, stöhnte Naomi leise. Sie wünschte sich so sehr, ihn anzufassen. Wie mochte er sich anfühlen? Wie schmeckte er wohl? Und vor allen Dingen, warum drang er nicht endlich in sie ein? Samuel hatte eine Engelsgeduld und seine eigene Lust vollkommen unter Kontrolle, denn obwohl er ebenfalls schon sehr erregt war, hielt er sich zurück und ließ es langsam angehen. Zu langsam für Naomis Geschmack.

Seine Penisspitze kreiste um ihre Klitoris und heizte Naomis Lust gehörig an. Verzückt legte Naomi ihren Kopf in den Nacken und öffnete ihren Mund, um besser Luft zu bekommen. Sie versuchte, ihr Becken zu bewegen und sich fester an Sams Phallus zu pressen, aber viel Spielraum hatte sie nicht, sie war gezwungen, Sams Rhythmus anzunehmen. Er war wirklich ein Meister der lustvollen Qual und benötigte für seine Art der Folter weder Schlaginstrumente noch Schmerz, denn das eigentliche Leid entfaltete sich durch seine Bedächtigkeit. Wie schon beim ersten Mal baute sich der Höhepunkt so langsam auf, dass Naomis Augen feucht wurden. Ihr Po spannte sich an, und ihre Hände hielten sich an dem Seil fest, weil ihre Beine stark zitterten. Naomi spürte den Orgasmus. Er war ganz nah. Endlich! Wenn Sam doch nur schnell machen würde. Aber er schob sie weiterhin gemächlich bis an den Zenit der Lust, bis die Erlösung in Sichtweite kam – und zog sich plötzlich zurück.

Entgeistert und atemlos starrte sie Samuel an, der eine Maske der Gleichgültigkeit aufgesetzt hatte. Aber das nahm sie ihm nicht ab. Auch er war höllisch erregt. Doch er spielte mit ihr wie der Kater mit der Maus.

»Nimm mich endlich.« Naomi konnte kaum fassen, dass ihr diese Worte über die Lippen gekommen waren.

Schmunzelnd trat er so nah an sie heran, dass sein Schaft zwischen ihre Schenkel glitt und sich an ihre Spalte schmiegte. »Bettele darum.«

»Wie bitte?«, brauste sie auf. Seine Lippen waren den ihren so nah. Einen Moment lang glaubte sie, er wolle sie küssen, aber er tat es nicht.

»Flehe mich an, dich zu vögeln«, forderte er sie mit vor Lust rauer Stimme auf.

Was bildete er sich ein? »Niemals!« Samuel McAvoy war eben doch ein Schuft. Aber was für einer!

Er lachte laut auf. »Schon wieder dieses Wort. Es bedeutet gar nichts. Ich kann dich dazu bringen, alles zu tun, was ich will – denn ich habe die Macht und die Mittel.«

Unverschämter Bastard! Warum machten seine dreisten Worte sie gegen jede Vernunft nur noch mehr an?

»Dann also auf zum dritten unerfüllten Orgasmus.« Drohend schaukelten Sams Lenden vor und zurück und stimulierten sie wieder. »Wie viel Lust kannst du ertragen, Naomi?«

15

Der Funke der Erregung wuchs wieder zur Flamme an, und sie versuchte, von Samuel fortzukommen, doch die Fixierung ließ das nicht zu. »Bitte, nicht noch einmal.«

Zu ihrer Verwunderung hörte er auf und sagte: »In Ordnung, dann mach mir einen adäquaten Gegenvorschlag.«

»Ich verstehe nicht.« Handeln hatte nicht in dem Ratgeber gestanden, den Sam ihr geschenkt hatte.

»Stimme mich milde, lenk mich von meinem Vorhaben ab.« Er zeichnete mit dem Daumen den Rand ihres linken Warzenhofs nach. »Denk dir etwas aus, das mich jetzt und sofort davon abhält, dich ein drittes Mal zu quälen.«

Konsterniert schaute sie ihn an. Was konnte ihn davon abbringen? Sie war ihm für dieses Angebot dankbar, kannte sich aber mit SM zu wenig aus. Tatsächlich fürchtete sie, ihn zu enttäuschen oder, noch schlimmer, ihn zu langweilen. Obwohl er sie leiden ließ, wollte sie nicht, dass er aufhörte mit ihr zu spielen. Nicht bevor sie ihn in sich gespürt hatte.

Ihre Wangen waren heiß, ihre Stimme leise. »Lass mich dich oral verwöhnen.«

Erstaunt hob er seine Augenbrauen. »Möchtest du das wirklich? Ich würde dich nicht dazu zwingen, es sei denn, ich spüre, dass auch du es willst. Es ist ein sehr intimer Akt.«

Naomi nickte lächelnd. Sein Glied war wie ein Magnet, der sie anzog. Sie hatte Sam noch nie berührt, doch sie sehnte sich danach. Es war falsch, aber sie konnte den Wunsch nicht länger unterdrücken. Sie wollte ihn so sehr. Energisch wischte sie die Skrupel fort. Nicht jetzt! Auf keinen Fall jetzt!

Zärtlich streichelte er ihren Busen und lockerte das Seil. Er löste weder die Handfesseln, noch entfernte er die Spreizstange, sondern half ihr lediglich beim Hinknien. Mit den Füßen schob er ihre Knie weiter auseinander, damit er ihre Spalte besser sehen konnte. Erwartungsvoll trat er zwischen ihre Beine. Sein Phallus wippte leicht vor ihr auf und ab.

Naomi neigte sich vor und küsste die Penisspitze, worauf das Glied lustvoll zuckte. Lächelnd überzog sie den Schaft mit unzähligen Küssen und leckte dann einmal von der Eichel bis zur Wurzel, worauf er so hart wurde, dass Adern hervortraten und er so aussah, als wollte er die Vorhaut absprengen. Stöhnend zog Samuel die Vorhaut ganz zurück.

Naomi konnte ihren Blick nicht von dem wunderschönen Phallus nehmen. Zärtlich streichelte sie ihn mit gespitzten Lippen. Wie samtigweich er war! Ihre Zunge glitt über das Glied, Naomi nahm die Erhebungen der Adern wahr und schob ihre Zungenspitze unter die Vorhaut. Ein lustvolles Beben erschütterte Samuel. Genüsslich schloss sie ihre Lippen um die Eichel und saugte vorsichtig. Ermutigt von Sams laszivem Seufzen, bohrte sie ihre Zunge in das kleine Loch auf der Spitze. Sie leckte gierig über das erigierte Glied und meinte das Pulsieren des nahenden Höhepunktes zu spüren – und zog sich zurück. Sie wusste selbst nicht, weshalb sie das tat. Aus Rache vielleicht. Möglicherweise aber auch, weil sie noch nie zuvor Sperma gekostet hatte. Aber ihr war klar, dass es Samuel nicht gefallen würde.

»Schlange«, presste er atemlos vor Lust hervor und vergrub seine Hand in ihren langen braunen Haaren. Er riss ihren Kopf zurück, was nicht schmerzhaft war, sondern vielmehr eine

Geste, damit sie ihn ansehen musste. »Ich dominiere dieses Spiel und habe dir nicht erlaubt aufzuhören.«

Mit finsterer Miene führte er seine Penisspitze wieder an ihren Mund, den Naomi willig öffnete. Er schob seinen Schaft hinein und begann sofort, vor und zurück zu schaukeln. »Sieh mich an! Wehe du schaust weg oder schließt deine Augen. Ich bin dein Herr und bestimme über dich. Dein Körper gehört mir!«

Naomi presste fest ihre Lippen um den Phallus. Eigentlich hätte sie sich erniedrigt fühlen müssen, aber das war nicht der Fall. Vielmehr fühlte sie sich begehrt und in ihrer Weiblichkeit bestätigt. Es machte sie ungeheuer an, von Sam benutzt zu werden. Immerhin rammte er ihr seinen Schaft nicht hart in die Mundhöhle, sondern nahm sie achtsam. Dadurch, dass ihr Blick mit seinem verschmolz und sie zu ihm aufschaute, führte er ihr vor Augen, dass er der Spielleiter war und Macht über sie besaß. Es war unglaublich, sie kniete vor einem Mann und ließ zu, dass er mit ihr tat, was er wollte. Und es gefiel ihr, weil er damit nicht nur seine Erregung anstachelte, sondern auch ihre.

»Dein Körper gehört mir«, hallte es in ihr wider. Alles in ihr schrie: Ja! Wann würde er sie endlich in Besitz nehmen und sie dort erobern, wo die Feuchtigkeit aus ihr herausfloss, wie noch nie zuvor in ihrem Leben. Die Feuchte rann ihre Schenkel herab und kitzelte sie, ihr Schoß schmerzte vor Verlangen und ihre Brüste spannten sich vor Begierde, während Samuels steinhartes Glied so lange zwischen ihre Lippen stieß, bis diese sich wund und geschwollen anfühlten.

Naomi hatte vermutet, dass er sich in ihren Rachen ergießen würde, um sie endgültig auf ihren Platz zu verweisen, stattdessen zog er seinen Penis aus ihr heraus und kniete sich zwischen ihre Beine. Maliziös grinsend griff er an seine Gesäßtasche und zeigte ihr, was er soeben herausgeholt hatte. In seiner Hand lag ein Griff aus Edelstahl, an dessen Ende ein Rad mit sechs fünf Millimeter langen Dornen war.

»Danke mir«, forderte er sie auf. »Ich habe das Dornenrad mit den wenigsten Stacheln ausgesucht.«

»Danken? Für Schmerzen?« Welch absurde Idee! Denn dass es sich dabei um ein Folterinstrument handelte, war ihr klar.

»Für die Großzügigkeit deines Herrn, ein geringes Maß an Qual ausgewählt zu haben.« Das Grinsen verschwand aus seinem Gesicht. »Ich kann auch das Rad mit den zwanzig Dornen holen. Es liegt in derselben Schublade, wo Gerte und Spreizstange waren. Also? Ich warte.«

Fassungslos starrte sie ihn an. Er erwartete ernsthaft, dass sie ihm dankte. Wieder einmal hätte sie ihn am liebsten ihre langen Fingernägel spüren lassen, doch gleichzeitig saugte sich jede ihrer Poren mit Lust voll. Sie nistete sich selbst in Naomis Brustkorb ein, in dem ihr Herz aufgeregt schlug und hin und her gerissen war. Ihr Körper war durchtränkt von Wollust. So etwas Berauschendes hatte sie noch nie erlebt. Naomi wollte noch nicht, dass die Session vorbei war.

Die Worte kamen ihr schwer über die Lippen. Doch da sich Samuel erheben wollte, seinen Blick fest auf das Sideboard geheftet, sagte sie rasch: »Danke.«

Er hielt in seiner Bewegung inne. »Das kannst du besser.«

»Ich danke dir«, weil er seine Nase rümpfte, fügte sie eiligst hinzu, »mein Herr.«

Verlegen senkte sie den Blick, doch Samuel zwang sie, ihn wieder anzuschauen. »Das kann meine kleine Sub besser.«

Während die Feuchtigkeit aus ihr herausströmte, fühlte sich ihr Mund trocken an. »Ich danke dir … von Herzen … mein Herr … für deine Großzügigkeit«, sie räusperte sich, »dass du mir nicht so … wehtun wirst, wie du es könntest.«

»Hm«, machte Sam und ließ ihr Kinn los, »ganz nett für den Anfang.«

Aber Naomi sah ihm an, dass sie ihn beeindruckt hatte und dass ihre Worte ihn anmachten. Sein Glied, das aus dem Hosenschlitz ragte, stand wie eine Eins, und Sam atmete wieder schwerer.

Behutsam führte er das Dornenrad über ihre Oberschenkel, eine fleischige Stelle, um sie an den Schmerz zu gewöhnen. Er war ertragbar, fand Naomi und entspannte sich. Doch dann rollte das Rad über ihre Körperseite höher. Je näher die Dornen ihren Brüsten kamen, desto nervöser wurde sie. Sie rutschte auf den Knien hin und her, doch die Angst ließ das Pulsieren in ihrer Mitte anschwellen. Es stellte sich als unbegründet heraus, denn das Rad sprang auf ihren Oberarm über und schien als Ziel ihre Schulter zu haben. Als es allerdings plötzlich doch über ihren Busen rollte, schrie Naomi erschrocken auf. Sam hatte sie in die Irre geführt. Ihn amüsierte das köstlich, denn seine Mundwinkel wölbten sich, und es trat ein frivoles Funkeln in seine Augen. Naomi allerdings keuchte, weil die Dornen sie piekten. Der Schmerz war unangenehm, aber immer nur von kurzer Dauer. Samuel schob das Rad langsam voran und übte kaum Druck aus. Trotz seiner Freude an der Dominanz ließ er sich nie gehen, sondern blieb stets beherrscht und achtete darauf, es nicht zu übertreiben. Für Naomi war nicht der Schmerz das überwältigende, sondern die Lust, die er erzeugte. Aber nicht nur die bittersüße Qual heizte das Feuer zwischen ihren Schenkeln an, es war allein das Bewusstsein, sich Sam auszuliefern. Ganz nach seinen Wünschen konnte er sie jederzeit Lust oder Leid durchleben lassen.

Samuel kreiste mit dem Rad um ihren Warzenhof und schürte damit ihre Angst. Ihre Nippel standen hochrot und erigiert ab. Ihr Brustkorb wogte auf und ab. Gespielt ungeschickt, als wäre es ein Versehen, rollte er das Rad über ihren Hof, zuckte entschuldigend mit den Achseln und entlockte Naomi ein Aufkeuchen. Scharf sog sie die Luft zwischen den Zähnen ein. Sie schüttelte stumm ihren Kopf, da sie befürchtete, er könnte auch ihre Spitzen nicht verschonen, sie konnte sich aber nicht überwinden, ihn anzubetteln, milde zu sein. Immer öfters überschritt er den Rand ihrer Warzenhöfe. Die Dornen bissen in die empfindliche, dünne Haut. Naomi konnte kaum ruhig sitzen bleiben. Aber sie wusste, sie würde nur alles schlimmer machen, wenn sie sich wehrte oder herumzappelte. Außerdem war die Pein erträglich. Es tat weh, sicherlich, aber nicht auf eine barbarische Art und Weise, sondern eine, die Lustschmerz erzeugte. Inzwischen brannten ihre Warzenhöfe und ihre Nippel standen leuchtend rot ab, dabei hatte Sam sie bisher verschont. Zu ihrer Verwunderung stellte Naomi fest, dass sich die dunkle Seite in ihr sogar danach sehnte, den Schmerz zu erfahren, den die Dornen ihrer Brustspitze entlocken würden, doch Samuel ließ von ihrem Busen ab, rollte an ihrer anderen Körperseite wieder herunter und drückte das Rad in ihren Venushügel.

»Bitte nicht«, winselte Naomi nun doch.

Eine Weile wartete Samuel einfach nur ab und beobachtete, wie Naomi immer unruhiger wurde, da sie sich der Strafe nicht entziehen konnte. Sam saß immer noch zwischen ihren Beinen, ihre Spalte klaffte schutzlos auf und verströmte den betörenden Duft ihrer Libido. Sie konnte ihm nicht verheimlichen, dass alles, was er ihr antat, ob wundervoll oder grausam, ihre Lust steigerte. Deshalb gab es keinen Grund für ihn, nicht fortzufahren. Doch er quälte nicht sofort ihren Schoß, sondern rollte das Rad neben ihren äußeren Schamlippen vor und zurück. Die Ankündigung empfand Naomi als weitaus schlimmer als die tatsächliche Pein. Zu wissen, was auf sie zukam, machte sie verrückt.

Sie drückte ihre Knie gegen Sams Beine, als könnte sie ihn wegschieben. »Du bist grausam«, brachte sie mühsam hervor und seufzte kehlig.

»Es gibt Dinge, die sind viel grausamer als Schmerz.« Während er das Dornenrad das erste Mal über ihre große Schamlippe zog, legte er Zeige- und Mittelfinger auf ihre empfindsamste Stelle und rieb über das bereits mehrfach stimulierte Knötchen.

Naomis Erregungskurve schoss abrupt in die Höhe und raubte ihr sekundenlang den Atem. Als die Dornen auch in ihre zweite äußere Schamlippe pieksten und der Schmerz sich mit der Lust paarte, stöhnte sie laut und hemmungslos. Selbst wenn sie gewollt hätte, ihre Geilheit ließ sich nicht länger zügeln. Ihre Klitoris war völlig überreizt, was die Stimulation zu einer bittersüßen Tortur machte.

»Bettele, Naomi«, hörte sie Sam wispern, denn sie hatte ihre Augen geschlossen. »Du weißt, dass ich dich nicht kommen lassen werde.«

Ihr Gesicht verzerrte sich zu einer von Lust und Leid verzerrten Maske. Sie zitterte am ganzen Körper. Ihre Augen waren feucht, als Naomi sie öffnete. Sie durchlebte Himmel und Hölle zur selben Zeit und wusste, dass Samuel gewonnen hatte. »Ich … ich halte das nicht mehr aus. Bitte, Herr … ich flehe dich an, tue mir das nicht noch einmal an. Ich kann nicht mehr«, jammerte sie, während Sam sie zwang, den Gipfel der Ekstase erneut so quälend langsam zu erklimmen, dass es ihr schwerfiel, die richtigen Worte zu finden. »Du hast die Kontrolle über mich. Lass mich das nicht noch einmal durchleben. Ich … ich würde alles tun, um endlich kommen zu dürfen.« Keuchend flehte sie: »Bitte, nimm mich.«

»Du willst es wirklich, nicht wahr?« Überrascht hielt er inne, nahm aber seine Finger nicht von ihrem Kitzler. Vermutlich war er davon ausgegangen, dass sie von ihm schnellstmöglich zum Orgasmus gerieben werden wollte. Hauptsache, sie kam zum Höhepunkt, irgendwie, nur bald.

»Ich möchte dich in mir spüren«, säuselte Naomi benommen vor Lust, »möchte von dir genommen werden und durch dich kommen. Darf ich, Herr?« Die folgende Bitte klang mehr wie ein Stöhnen.

Samuel nahm sie in den Arm. Seine Lippen streiften ihre Halsbeuge, dann schmiegte er seine Wange an ihre und flüsterte in ihr Ohr: »Ich hätte dich nicht gleich bei der zweiten Session gevögelt, aber nichts lieber als das.«

Naomi erschauerte wohlig. Gerne hätte sie noch länger in seiner Umarmung verharrt, aber sie ließ sich bereitwillig nach vorne ziehen, stützte sich auf den noch immer gefesselten Händen ab und fand sich auf allen vieren wieder.

Ohne weitere Zeit zu vergeuden, kniete sich Sam hinter sie, zwischen die von der Stange gespreizten Beine und massierte ihre Pobacken. Wollüstig knetete er ihre Rundungen und zog die Gesäßhälften auseinander, um schwungvoll von hinten in sie einzudringen.

Überwältigt stieß Naomi die Luft aus ihren Lungen. Sie genoss mit jeder Faser ihres Körpers, von Sam ausgefüllt zu werden. Sein Schaft war heiß und hart, und er zögerte nicht länger, sondern bewegte sich sofort in ihr. Die ersten Stöße waren kurz und hart, und Naomi musste sich dagegenlehnen, um nicht nach vorne gedrückt zu werden. Es fühlte sich gut an, so verdammt gut, dass sie bei jedem Eindringen laut stöhnte. Sam schien das nicht zu stören, es schien ihn sogar noch anzufeuern, denn er stieß nun zwar sanfter, aber regelmäßiger zu und fiel bald in einen weichen Rhythmus. Sein Glied presste die Feuchtigkeit aus ihr heraus. Es schmatzte obszön, was Naomi ein Lächeln entrang.

Der Korridor des Gästehauses war erfüllt von Stöhnen, Seufzen, Schmatzen und dem Geräusch, wenn Haut auf Haut traf. Mit jedem Stoß brachte Sam Naomi dem Orgasmus näher und je näher sie kam, desto schneller drang er in sie ein. Kein Schneckentempo. Keine Serpentinen. Diesmal ließ er zu, dass der Höhenflug sie unmittelbar zum Gipfel führte. Und so dauerte es nicht lange, bis der Orgasmus Naomi erschütterte und sich in einem Aufschrei entlud. Zitternd und zuckend blieb sie auf allen vieren und kämpfte gegen den Drang an, sich einfach auf den Teppich zu legen und sich vom Nachglühen einlullen zu lassen. Doch Sam war noch nicht am Ziel und presste auch den letzten Tropfen Lust aus ihr heraus, indem er sie weiterhin stieß. Nach kurzer Zeit ergoss er sich in sie. Sein ekstatischer Schrei hallte durch das Haus, er war beinahe animalisch – tief, rau und grollend.

Schnaufend hob er Naomis Oberkörper an und schmiegte sich an ihren Rücken. Er klang noch immer atemlos, als er amüsiert bemerkte: »Du hättest die ganze Zeit nur das Safeword aussprechen müssen, und die Qual hätte ein Ende für dich gehabt.«

»Hatte sie doch.« Sein Brustkorb fühlte sich so stark an, seine Arme um ihre Hüften so männlich. Viel zu gut! Immerhin war er ein Erpresser. Mein Erpresser, dachte sie irrwitzigerweise besitzergreifend, als würde es sich um ein Kosewort handeln. »Genau dann, wenn mein Herr es wollte.«

16

Journaleintrag Samuel McAvoy, Donnerstag, 5. Juli, 5:05 a.m.

Die Sonne geht bald auf und ich sitze immer noch in der Küche. Bisher habe ich nicht einmal gelüftet. Naomis Duft schwängert immer noch die warme Luft im Inneren meines Domizils. Ich möchte ihn nicht hergeben. Es war schon schwer genug, sie gehen zu lassen. Wer hätte das gedacht! Seit zwei Stunden starre ich auf den Teppich, auf dem sie auf allen vieren gekniet hat, während ich sie von hinten stieß wie ein Hund seine Hündin.

Im Display meines Laptops spiegelt sich mein blödes Grinsen. Zum Glück kann Naomi es nicht sehen, denn sonst wüsste sie, dass nicht nur ich Macht über sie besitze, sondern sie auch über mich. Ich kann nicht aufhören, an sie zu denken.

Ihre letzten Worte hallen mir immer noch im Ohr. Sie hat mich tief beeindruckt. Ihre Leidenschaft, ihr Drängen, ihre Hemmungslosigkeit. Naomi ist die geborene Sub. Ich habe es doch gewusst! Nun gut, sie ist nicht gerade fügsam. Aber welcher Dominus will schon ein naturdevotes Schoßhündchen haben, wenn doch das Abrichten den meisten Spaß macht? Halt, nein! Das will ich gar nicht. Sie soll ihren eigenen Kopf behalten, denn ich liebe es, mich an ihr zu reiben.

Ein Blick auf die Uhr. Schon wieder sind zwanzig Minuten vorbei. Ich träume zu viel zwischen den einzelnen Sätzen. Von ihr. Wenn ich so lange für mein Manuskript brauche, werde ich nie fertig werden. Aber ich habe einen Vertrag zu erfüllen und brauche das Geld, allerdings darf mich Naomi dabei keinesfalls beobachten, sonst würde sie aus allen Wolken fallen. Wie soll ich mich auf meinen Job konzentrieren, wenn sie mir ständig im Kopf herumspukt?

Viel lieber als an meinen Texten zu arbeiten, schreibe ich ihr eine Einladung zu der nächsten Session. Leider bleiben nicht mehr viele Paarungen übrig. Carol und Bill werden wohl herhalten müssen. Wenn sie wüssten!

Wäre Naomi über Nacht geblieben, hätte ich sie geweckt, indem ich in sie eingedrungen wäre. Sie hätte überrascht ihre Augen aufgeschlagen, dann aber bereitwillig ihre Schenkel gespreizt – für mich, ihren Herrn –, da bin ich mir sicher, denn sie saugt die Lust, die ich ihr bereite, auf wie ein Schwamm und verströmt sie gleichzeitig. Ich bin verrückt nach ihr.

Wow, welch eine Frau!

17

Naomi hatte geschlafen wie ein Stein. Von Samuel dominiert zu werden, hatte sie derart erschöpft, dass sie vollkommen satt und zufrieden sofort eingeschlummert und erst um zehn Uhr aufgewacht war. Nun stand sie vor dem Badezimmerspiegel und fand, dass sie seltsam verändert aussah. Sie konnte es an nichts Bestimmtem festmachen. Es kam ihr so vor, als würde sie unter der Haut strahlen, ein Aufflackern irgendeines versteckten Lichtes in ihr. Die Lebensflamme? Das Feuer der Libido?

»Jetzt wirst du esoterisch«, spöttelte Naomi und beendete ihre Morgentoilette. Als sie ihren Badeanzug, weiße Shorts und ein schwarzes Träger-Shirt anzog, spürte sie wieder das Ziehen zwischen ihren Beinen. Muskelkater! Er erinnerte sie bei jeder Bewegung an die Zügellosigkeit der letzten Nacht – und an Samuel.

Was tat sie nur? Sie dachte unentwegt an ihn, dabei sollte sie in San Francisco bei Cheng sein. Doch anstatt sich in ihren Wagen zu setzen und nach Hause zu fahren, wollte sie zum Racoon Creek spazieren, um sich im Wasser abzukühlen und nachzudenken. Mit einem Badetuch über dem Arm trat sie in den Flur.

»Mist«, hörte sie jemanden fluchen. Etwas fiel polternd zu Boden.

Naomi ging zu der einzigen Tür, die offen stand und spähte hinein. »Ist alles in Ordnung, Tante Carol?«

Augenblicklich lief Carol rot an. Einige Videokassetten lagen auf dem Boden vor ihr zerstreut. »Alles bestens. Du brauchst mir nicht zu helfen«, beeilte sie sich zu sagen und räumte die Kassetten zurück in den TV-Schrank, vor dem sie hockte. Einige Polaroidfotos rutschten aus einer der Hüllen und verteilten sich vor ihr auf dem Teppich.

War das ein Delfin? Er sah irgendwie komisch aus. Naomi reckte ihren Hals, aber bevor sie Näheres erkennen konnte, hatte Carol die Fotos schon aufgehoben und zurückgesteckt. Carol schloss den Schrank so schwungvoll, dass es einen lauten Knall gab und beide Frauen zusammenzuckten.

Entschuldigend zuckte ihre Tante mit den Schultern. Eilig rappelte sie sich auf und führte Naomi aus dem Zimmer heraus. Sie zog die Tür hastig zu, richtete ihre Frisur und strich mehrfach über ihren knielangen Rock. »Ich habe nur etwas gesucht, aber es war nicht dort, wo ich es vermutet hatte. Hast du schon gefrühstückt?« Carol schob sie förmlich in Richtung Treppe.

Naomi hob ihre Augenbrauen und sah ihre Tante irritiert an. So nervös hatte sie Carol selten erlebt. »Ich bin auf dem Weg zum Racoon.« Zum Beweis hob sie das Badetuch hoch. Aus dem Augenwinkel bemerkte sie, dass Carol den Zimmerschlüssel hatte stecken lassen und deutete zurück.

Doch ihre Tante missverstand und drängte sie unnachgiebig die Treppe hinunter ins Erdgeschoss. »Mach dir keine Sorgen, ich finde … es schon noch. Geh ruhig schwimmen und genieße den Tag.« Bevor Naomi etwas erwidern konnte, verschwand Carol in den kleinen Garten, der sich hinter dem Haus befand.

»Was war das?« Kopfschüttelnd schaute sie ihrer Tante hinterher. Lizzy würde den Schlüssel schon entdecken. Wenn der Raum bis dahin aufstand, war das nicht weiter schlimm.

Als Naomi ins Freie trat, schlug ihr die Hitze entgegen. Wie heiß mochte es sein? Sechsunddreißig Grad? Und das am Vormittag. Wahrscheinlich brachten die hohen Temperaturen Carol durcheinander. Kopfschüttelnd ging Naomi durch die Reihen mit Weinreben, zuerst schnell, dann zunehmend langsamer, und wunderte sich, dass es noch Menschen gab, die Videos besaßen. Aber Carol und Bill waren nicht mehr die Jüngsten, und die Kassetten mussten noch aus vergangenen Zeiten stammen. Traf das auch auf die Fotos zu? Im Pazifik gab es natürlich Delfine, aber sie von der Küste aus zu sehen, war eher ungewöhnlich und kam selten vor. Außerdem musste man sehr nah dran sein, um den Delfin so gut erkennbar zu fotografieren, wie es auf dem Polaroid der Fall war. Naomi konnte sich jedoch nicht daran erinnern, dass Carol und Bill jemals in Urlaub gefahren wären oder eine Bootstour entlang der Pazifikküste gemacht hätten. Für gewöhnlich mieden sie Touristenattraktionen.

Als sie am Racoon Creek ankam, war sie schweißgebadet. Sie entkleidete sich und stieg seufzend ins glasklare Wasser. Wie gut es tat, vom kühlen Nass umschmeichelt zu werden! Für den Moment spürte sie nicht einmal mehr den Muskelkater. Augenblicklich kehrte die Reue zurück. Nein, das stimmte nicht ganz, sie bereute nichts, aber die Schuldgefühle waren genau deshalb umso erdrückender, denn letzte Nacht hatte sie nicht nur den Sex genossen, sondern Samuel mit Haut und Haaren begehrt.

Kurz tauchte Naomi unter und wischte sich dann mit beiden Händen die Wassertropfen aus dem Gesicht. Sie gehörte nicht hierher, nicht auf Maroon und nicht zu Sam. Ein Teil von ihr gab ihm die Schuld, schließlich zwang er sie dazu, sich ihr hinzugeben. Für ihn gehörte der Sex nur zu ihrem Handel. Doch für Naomi waren ihre Treffen mehr als das.

Sie ließ ihre Hand durch das Wasser gleiten und beobachtete die sanften Wellen, die entstanden. Die Sessions führten sie in einen neuen Kosmos der Lust ein, ohne Entbehrungen, dafür voller Ausschweifungen. Naomi kannte sich in der Welt von SM noch nicht aus, aber das, was sie bisher erfahren hatte, faszinierte sie. Hier fand sie, was sie bei Cheng vermisste.

Sie sehnte sich nach weiteren Erlebnissen dieser Art. Mit Samuel und niemand anderem.

Er ging weitaus feinfühliger und rücksichtsvoller vor, als sie es erwartet hatte. Der Erpresser in ihm lockte sie zwar zu den Treffen, doch dort traf sie auf Sam, den Lehrer.

Kein einziges Mal hatte er ihr eine Praktik aufgezwungen oder sie zu etwas genötigt, das sie nicht wollte. Im Gegenteil, er hatte ihr sogar noch Kontrolle über das Spiel verliehen. Als er ihr das Safeword gab, hatte sie das im Inneren berührt.

Und sie vertraute ihm, ja, das tat sie. Sollte sie um Gnade bitten, war sie fest davon überzeugt, dass er sie sofort gehen lassen würde. Woher kam nur dieses Vertrauen?

Naomi erschrak, weil eine Forelle ihr Bein streifte, dann lachte sie laut. Sie wurde wieder nachdenklich. Hoffentlich verführte sie nicht die grenzenlose Lust, nach der sie sich jahrelang verzehrt hatte, dazu, ihr Vertrauen zu leichtfertig zu verschenken. Erst jetzt wurde ihr bewusst, wie lange sie auf guten Sex verzichtet hatte. Sie wollte nicht ungerecht sein, am Anfang war Cheng ein guter Liebhaber gewesen. Doch während seine Begierde immer weiter geschrumpft war, war Naomis Lust parallel dazu angewachsen. Vielleicht drückte die Arbeit auf seine Libido, denn Cheng fühlte sich dazu verpflichtet, seinem Namen, der übersetzt »erfolgreich« bedeutete, alle Ehre zu machen.

»Beruflicher Erfolg steht für ihn an erster Stelle, nicht ich«, stellte Naomi zerknirscht fest, sie formte ihre Hände zu einer Schale und trank einige Schlucke des reinen Wassers. Wieder ein gravierender Unterschied zu Samuel. Wann immer sie zusammen waren, stand sie im Mittelpunkt, sie und ihre Lust. Er widmete ihr seine volle Aufmerksamkeit, verwöhnte sie, selbst wenn er sie leiden ließ, denn sogar durch Schmerz bereitete er ihr Lust.

Als würde Naomi sich selbst aus ihren Tagträumen reißen wollen, schlug sie auf die Flussoberfläche, so dass ihr das Wasser ins Gesicht spritzte.

Sam und Cheng zu vergleichen war müßig.

Sie hatte Samuel in einer Art Urlaubsatmosphäre getroffen. Was wusste sie schon über ihn? Er vergnügte sich mit ihr, nichts weiter, für ihn gab es keinen Stress, anders als bei Cheng, der Kunden, das Gericht und seine Eltern gleichsam zufriedenstellen musste. Möglicherweise hatte er deshalb auch keine Zeit, um einen einzigen Gedanken an eine Trauung zu verschwenden. Eigentlich war es Naomi nicht anders ergangen. Sie hatte erst daran gedacht, als der Druck von außen zunahm und die Frage, wann denn endlich die Hochzeit stattfand, sie drängte, sich dem Thema zu widmen. Der Wunsch war nicht aus ihr gekommen.

Sie tauchte bis zum Mund unter und atmete flach durch die Nase. Bis auf das Säuseln des langsam fließenden Flusses war es still. Es ging kein Lüftchen, kein Vogel sang, und keine Grille zirpte. Das Napa Valley hatte wegen der Hitze in den Schongang zurückgeschaltet, genauso wie Naomi, als sie hierhergeflüchtet war. Ihr Kopf war freier, nun, da sie zur Ruhe kam.

Sie horchte in sich hinein, aber auch jetzt verspürte sie kein Verlangen zu heiraten. Konnte es sein, dass sie nur ja gesagt hätte, hätte Cheng sie jemals um ihre Hand gebeten, weil alle das von ihr erwarteten?

Wenn sie ihr Gewissen beiseiteschob und an Cheng dachte, schwieg ihr Inneres. Was hatte das zu bedeuten?

Naomi legte ihren Hinterkopf auf das Ufer und bewegte ihre Beine gemächlich. »Man geht nur eine Ehe ein, wenn man glücklich ist.« Als glücklich würde Naomi ihre Beziehung nicht bezeichnen. Cheng bestimmt auch nicht, sonst würde er ihr mehr Zuneigung entgegenbringen.

Während sie im Wasser lag und den Blick auf das klare Blau des Himmels gerichtet hatte, schlich sich der Delfin wieder in ihre Gedanken, den sie auf einem der Fotos, die ihrer Tante aus dem TV-Schrank gefallen waren, gesehen hatte. Er hatte irgendwie komisch ausgesehen. Jetzt fiel Naomi ein, woran das lag – er hatte keine Augen gehabt! Und war von einem unnatürlichen matten Dunkelblau gewesen. Seltsam künstlich. Wie ein Badewannenspielzeug. Für Kinder.

»Oh, mein Gott!«, stieß Naomi aus und richtete sich abrupt auf. Beinahe wäre sie auf den Kieselsteinen, die den Untergrund bedeckten und mit einem Algenflaum bewachsen waren, ausgerutscht. Sie ruderte hektisch mit den Armen und fand ihre Balance wieder. Konnte es sein, dass Fotos von Bills Kind zwischen den Videokassetten versteckt waren?

Es kribbelte in ihren Zehenspitzen. Carols seltsames Verhalten ließ Naomi keine Ruhe. Aufgewühlt stieg sie aus dem Racoon Creek. Sie schlang das Handtuch um die Hüften, nahm ihre Sachen und machte sich auf den Rückweg zum Haus. Ihr Killerinstinkt war geweckt. Allerdings wollte sie ihm diesmal nicht nachgeben. Doch als sie vor ihrem Zimmer stand, sah sie, dass der Schlüssel zu der geräumigen Ecksuite, die Carol und Bill bewohnten, immer noch im Schloss steckte. Die Versuchung war zu groß, Naomi konnte ihr nicht widerstehen. Sie plante ja nicht, das ganze Zimmer zu durchsuchen wie bei Rachel und Chad, sondern hatte nur vor, kurz im TV-Schrank nachzuschauen. Mehr nicht.

Aufgeregt warf sie ihre Kleidung auf den Sessel, der in ihrem

Raum gleich rechts neben der Tür stand, und schlich zur Suite. Teufelchen und Engelchen, die auf ihrer Schulter saßen, kämpften miteinander, als sie die Hand nach dem Türgriff ausstreckte. Naomi zögerte. Sie durfte nicht in fremde Räume einbrechen. Aber wenn sie es nicht tat, würde sie nie erfahren, was das größte Geheimnis der Familie Brookstone war.

Das Teufelchen gewann schließlich. Schnell huschte Naomi in die Suite und schloss leise die Tür hinter sich. Sie atmete tief durch, um sich zu beruhigen, aber ihr Puls raste weiterhin. Der Hochflorteppich kitzelte ihre Füße, als sie zum Schrank ging. Sie hockte sich davor und zog leise die Schranktür auf. Dort vor ihr lagen die Fotos. Carol hatte sie nicht zurück in die Videohüllen geschoben, sondern sie auf das Abspielgerät gelegt.

Naomi kaute auf ihrer Unterlippe herum, während sie die Polaroids nahm. Ihre Handflächen waren feucht. Da war er ja, der Delfin. Doch als sie erkannte, um was es sich handelte, errötete sie an Stellen, an denen sie nicht geglaubt hätte, dass es überhaupt möglich wäre. Das, was sie sah, war kein Kinderspielzeug, sondern ein Vibrator, der wie ein Delfin geformt war. Deshalb hatte er keine Augen und wirkte künstlich. Auf dem Foto steckte er zwischen Carols Brüsten, die sie zusammendrückte. Glücklicherweise verdeckten ihre Hände ihre Brustspitzen und nur ihr Oberkörper war abgelichtet worden.

Mit offenem Mund betrachtete Naomi die anderen Schnappschüsse. Sie waren weniger dezent und zeigten neben Carol auch einen entblätterten Bill. Scheinbar hatten sie einen Heidenspaß mit der Kamera gehabt. Auf den Rückseiten war jeweils der 30. Juni dieses Jahres notiert worden. Die Fotos waren neu! Und am selben Tag aufgenommen worden, als Naomi einen letzten Versuch gestartet hatte, mit Cheng zu schlafen. Doch er hatte sich gerade mal dazu herabgelassen, sie mit der Hand zu befriedigen, während Carol und Bill ihre Frivolität gemeinsam ausgelebt hatten, wie es sein sollte.

In diesem Moment fiel ihr Blick auf die Videokassetten. Einige waren neueren Datums, andere wiederum stammten aus den siebziger Jahren. Allerdings standen keine Filmtitel auf den Etiketten, sondern handgeschriebene Notizen, deren Zweideutigkeit nur anhand der Regelmäßigkeit zu erkennen war.

Bill spritzt Gonzalez' Boot ab, vor der San Pablo Bay, August 1978
Carol bewässert die Weinreben, Westhang, Oktober 1985
Am Fuße der Vaca Mountains gelegen und trotzdem einen Gipfel bestiegen, März 1998

Naomi riss fassungslos ihre Augen auf. Ihre Tante und ihr Onkel schossen nicht nur Nacktfotos von sich, sondern filmten sich auch beim Sex! Das hätte sie niemals von den beiden gedacht. Es war schockierend. Und wundervoll. Sie hielten ihre Ehe frisch, indem sie ihr Sexleben interessant gestalteten. Beneidenswert.

Schnell legte Naomi die Fotos zurück und schloss die Schranktür. Plötzlich fühlte sie sich niedergeschlagen. Sie lehnte die Stirn gegen die Kirschholzfront und schloss die Augen.

Alle Paare führten ein erfülltes Liebesleben, nur sie nicht. Doch! Allerdings mit dem falschen Mann. Mit Samuel.

18

Am Abend hatte sich die Luft kaum abgekühlt. Umso mehr freute sich Naomi über die Klimaanlage in Samuels SUV, einem nachtblauen Geländewagen, der glänzte, als hätte Sam ihn für diesen Abend extra gewaschen und poliert. Immer wieder schielte sie zu ihm hinüber, denn er sah in seiner eleganten dunklen Hose und dem engen ärmellosen Shirt umwerfend aus. Nur die Handschellen, die an einer Gürtelschlaufe befestigt waren, gaben einen Hinweis darauf, was er in dieser Nacht vorhatte.

Seitdem er Naomi beim Dinner zugeflüstert hatte, er würde sie gegen zehn Uhr vor dem Haupthaus abholen, um mit ihr eine SM-Party zu besuchen, war ihre Aufregung keine einzige Minute abgeklungen. Dass sie sich mit ihm treffen würde, um das Kapitel über Carols und Bills Frivolitäten zu loschen, vergaß sie schon bald. Sie würde das erste Mal ihre neu entdeckte Neigung öffentlich machen. Das war viel wichtiger. Aufregend, aber auch beängstigend. Sie kannte sich kaum mit der dunklen Seite der Lust aus und hatte wenige Erfahrungen am eigenen Leib gemacht, auch wenn diese sie berauscht hatten, wie kein sexuelles Erlebnis zuvor. Aber war das nicht der Grund für den Ausflug? Sam wollte damit ihren Horizont erweitern und sie war bereit dazu, sich auf das Abenteuer einzulassen.

Als er abrupt von der Straße in ein Waldstück einbog, schaute sie erstaunt zurück. Er fuhr in einen Forstweg und parkte so, dass sie von der Straße nicht gesehen werden konnten. Lächelnd griff er hinter den Rücksitz, zauberte einen Karton hervor und reichte ihn Naomi. »Dein Outfit für heute Abend. So hübsch, wie du in deinem Plisseekleid aussiehst, es entspricht nicht dem Dresscode.«

Da er den Wagen verließ, stieg auch sie aus. Sie stellte den Karton auf der Motorhaube ab und öffnete ihn. Überrascht keuchte sie und strich über das edle Brokat-Korsett. »Wunderschön.«

Naomi entkleidete sich und schlüpfte zuerst in das Korsett, dann befestigte sie die Strapse daran und zog die halterlosen Strümpfe an, um sofort in die High Heels aus schwarzem Lack zu steigen, die schwindelerregend hoch waren. Da sie mit den Pfennigabsätzen im Waldboden einsackte, stützte Sam sie, während sie den Ledermini um ihre Hüften schlang und den Verschluss vorne einhakte.

»Der Rock ist ja nicht mehr als ein breiter Gürtel.« Unentwegt zupfte sie am Saum, aber das Leder bedeckte kaum ihren frisch rasierten Schoß.

»Er ist perfekt.« Seine Nase streifte ihren Nacken, sie hatte ihre Haare hochgesteckt. »Genauso wie du.«

Naomi wandte sich um. Hatte sie richtig gehört? Doch bevor sie an seinem Gesicht ablesen konnte, ob er es ernst meinte oder nur Süßholz raspeln wollte, hatte er sich schon herumgedreht. Er entnahm dem Handschuhfach einige Seiten Papier. Da sie neben dem Auto standen, fiel nicht genügend Licht der Scheinwerfer darauf, so dass Naomi nur die fett gedruckten Namen Carol und William Brookstone entziffern konnte. Ein Feuerzeug tauchte in Sams Hand auf. Im nächsten Moment stand auch schon das Papier in Flammen. Er ließ es auf den Waldboden fallen und trat es aus, damit die Bäume kein Feuer fingen.

»Dann brauche ich wohl nicht mehr mit zur Party zu kommen.« Kess zuckte Naomi mit den Achseln. »Aber selbstverständlich hast du noch eine Version auf deinem PC.«

»Die Datei habe ich gelöscht, bevor ich losgefahren bin.« Eine Pause entstand, in der nur das Rascheln der Blätter zu hören war. Schließlich streckte er ihr die Hand entgegen. »Vertraust du mir?«

Naomi wollte auf die Party gehen, aber vor allen Dingen eine weitere Nacht mit Samuel verbringen. Sie ergriff seine Hand und ließ sich zur Beifahrertür begleiten. Ohne zu zögern stieg sie ein, doch in Wahrheit wusste sie nicht, inwieweit sie ihm vertrauen konnte. Sam lenkte seinen Wagen zurück auf die Straße und fuhr weiter. Gedankenversunken schaute Naomi aus dem Fenster. Als Dominus schien er einem Ehrenkodex zu folgen. Aber was war mit Samuel McAvoy, dem Mann, dem Autor, dem Journalisten? Erst jetzt wurde ihr bewusst, dass sie nie mehr als die Überschriften der Kapitel gelesen hatte. Er konnte irgendwelche Papiere durch den Schredder gejagt oder verbrannt haben. Vielleicht hatte er die Dateien auf seinem Laptop tatsächlich gelöscht. Aber was war mit seinen Sicherungskopien? Es gab genug Hintertürchen und sie ahnte, dass er mit allen Wassern gewaschen war.

»Woran denkst du?«, fragte er plötzlich.

Innerlich zuckte Naomi zusammen. Sie fühlte sich ertappt. »Wirst du auf der Party mit mir spielen?«

»Vielleicht.«

»Ich weiß nicht, ob ich das kann …«, sie legte die Hände auf ihren Schoß, denn der Rock bedeckte im Sitzen gerade mal ihren Venushügel, »ob ich das will.«

»Du wirst rot. Natürlich willst du.« Schmunzelnd drehte er die Klimaanlage eine Stufe höher. »Ich könnte dir jetzt sagen, dass es sich deiner Kontrolle entzieht und die Entscheidung einzig allein bei mir liegt, aber das werde ich nicht. Ich mache auf der Party nichts, was du nicht möchtest, denn du sollst Spaß haben.« Er sah sie kurz an. »Schau dich um, das ist mir wichtig. Du sollst deine Tabus herausfinden, aber auch, was du gerne einmal erleben würdest. Und wenn du so weit bist, werden wir spielen.«

Naomi spürte Wärme in sich, doch sie strahlte nicht von ihrem Unterleib aus, sondern die Quelle musste irgendwo in ihrem Brustkorb sitzen. In diesem Augenblick traf sie eine Entscheidung. Sam mochte keine blütenweiße Weste haben, und sie kannte ihn kaum, aber heute Nacht würde sie sich hundertprozentig auf ihn einlassen. Ein Herr, der so umsichtig mit seiner Sub umging, konnte unmöglich ein schlechter Mensch sein.

Beiläufig legte Samuel seine Hand auf ihren Oberschenkel. »Halte deine Beine immer geöffnet, damit ich jederzeit Zugang habe.«

Kaum hatte Naomi ihre Schenkel gespreizt, begann er, sie zu streicheln. Er kam ihrer Spalte immer näher, doch er berührte sie nicht. Zu Naomis Erstaunen erwachte ihre Erregung trotzdem – oder gerade deshalb. Das sehnsüchtige Pochen in ihrem Schoß machte sie während der ganzen Fahrt wahnsinnig. Unruhig rutschte sie auf ihrem Sitz herum, worüber sich Sam köstlich amüsierte.

Nach einer Stunde kamen sie zur Küste. Der Mondschein ließ das schwarzblaue Wasser des Pazifiks glitzern, als würden Millionen von Meeresleuchttierchen unter der Oberfläche schwimmen. Sam bog nach links auf den Highway 1 ab, der in Richtung Bodega Bay führte, das wegen seiner wunderschönen Strände berühmt war, aber auch, weil die Bucht Alfred Hitchcock 1963 als Kulisse für »Die Vögel« gedient hatte.

Von nun an wechselten sich flache Graslandschaften und

Klippen ab. Sam schaltete die Klimaanlage aus und fuhr das Seitenfenster herunter. Frischer Wind wehte ins Wageninnere. An der Küste war es merklich kühler als im Napa Valley. Erleichtert atmete Naomi auf. Sie glaubte sogar Salz und Algen zu schmecken. Anders als ihre Mom hatte sie keine Abneigung gegen das Meer entwickelt, sondern wünschte sich, ein Bad in den Fluten zu nehmen.

Anstatt geradeaus nach Bodega Bay City, einem idyllischen Fischerort mit gerade mal zweitausend Einwohnern, zu fahren, lenkte Sam den SUV nach rechts auf die Landzunge, die den Hafen vom Meer trennte und im Bodega Head mündete. »Ich habe in der Stadt im Hotel *Pelican* zwei Zimmer für uns gebucht, weil die Nacht lang werden wird.«

»Zwei?«

Der Sarkasmus in ihrer Stimme war ihm nicht verborgen geblieben. »Vielleicht nehme ich dich auch mit auf meins und lasse dich nackt auf dem Boden vor meinem Bett schlafen.«

»Das würdest du nicht tun.« Sie presste bestürzt ihre Lippen aufeinander.

»Ich bin dein Herr, schon vergessen?« Siegessicher lehnte er den Ellbogen aus dem Fenster, ohne das Lenkrad loszulassen. »Und das bedeutet, ich kann mit dir tun und lassen, was ich will.«

»Eben meintest du doch, du würdest mich zu nichts zwingen.«

»Du musst besser zuhören, Subbie«, tadelte er sie und schnalzte. »Ich sagte, ich würde dich auf der Party zu nichts drängen, weil du noch ein Welpe bist. Wenn wir alleine sind, sieht die Sache anders aus. Ich werde dich vor den anderen schützen, nicht aber vor mir.«

Da war er wieder – der Schuft! Sam hatte immer ein Hintertürchen in der Hand. Wieso erregte seine Unverschämtheit sie?

Weil sie nicht glaubte, dass er sie wirklich auf dem Boden schlafen lassen würde? Sie konnte die Mechanismen noch nicht durchschauen, spürte jedoch die Reaktion ihres Körpers. Ihr Schritt wurde feucht, und ihre Brustspitzen erigierten. Es bereitete ihr Lust, von ihm dominiert zu werden. Er war der erste Mann in ihrem Leben, der sie zu einem sexuellen Wesen machte, der die Lust vollkommen ausschöpfte und der sie ins Zentrum seiner Aufmerksamkeit rückte. Im Grunde drehte sich alles um sie. Das war etwas Neues für Naomi, hatte sie ihr Leben als erwachsene Frau doch vollkommen nach Cheng ausgerichtet.

Samuel fuhr durch ein Waldstück. Als es sich lichtete, kamen sie an eine Ringmauer. Offensichtlich war Sam schon einmal hier gewesen, denn er grüßte den Wachmann, der vor dem Eisentor stand mit Vornamen und überreichte ihm seine Einladung. Manolo öffnete das Tor, und Samuel gab Gas. Er parkte am Ende des Grundstücks vor der Villa, die Naomi nicht nur beeindruckte, weil sie luxuriös aussah, sondern vor allen Dingen wegen der exklusiven Lage. Naomi wollte sich gar nicht erst vorstellen, wie teuer es war und welche Kontakte man haben musste, um eine Sondergenehmigung zu bekommen, damit man auf dem Bodega Head wohnen durfte. Eventuell konnte man von der Klippe aus, auf der das helle und moderne Haus stand, sogar die Walwanderungen beobachten, die Touristen in die Bodega Bay lockten.

Als Naomi vor dem Eingang stand, wummerte ihr Herz aufgeregt in ihrem Brustkorb. Samuel gab ihr Zeit durchzuatmen, griff ihren Oberarm und führte sie ins Innere, als wäre sie sein Besitz. Bei jedem Schritt spürte sie die Feuchtigkeit zwischen ihren Schenkeln. Sam hatte sie für dieses neue Abenteuer gut vorbereitet und ihre Lust bereits im Auto geweckt. Die Räume waren sehr offen angelegt und hatten keine Türen. Strahler, die an den cremefarbenen Wänden hingen, tauchten die Räumlichkeiten in ein warmes, gemütliches Licht. In einer Ecke waren eine Bar und ein Büffet aufgebaut. Naomi entspannte sich etwas, denn diese Villa hatte nichts von einer düsteren SM-Höhle, wie sie befürchtet hatte. Die Gäste schauten zu den Neuankömmlingen und Naomi bekam eine lustvolle Gänsehaut, denn die Blicke der Fremden streichelten sie förmlich.

Sam neigte sich zu ihr und flüsterte mahnend: »Lass die Arme einfach hängen und hör auf, den Rock nach unten zu ziehen!«

»Wo ist die Toilette?« Nervös schaute sie sich um. »Man kann meine Brustwarzen sehen. Ich muss mein Dekolleté richten.«

»Lass es! Zeig, was du zu bieten hast.«

Naomi betrachtete die anderen Besucher eingehend. Auch sie waren offenherzig gekleidet, trugen hautenge Latexanzüge, auf denen sich ihre Geschlechter abmalten, Büstenhalter mit Aussparungen für die Nippel, Lederstrings, die aus nicht viel mehr als einem dünnen Band bestanden, das zwischen den Beinen hindurchlief und die Schamlippen teilte, Schafte, die nur von einem Cockring gehalten wurden, und einige Sklaven und Sklavinnen, die, bis auf ein Halsband, vollkommen nackt waren. Naomi kam aus dem Staunen nicht mehr heraus und empfand ihre Bekleidung beinahe als bieder. Sam hatte ihr mit dem Outfit nicht zu viel zugemutet, das sah sie nun ein.

Plötzlich strömten alle nach draußen. »Was geht da vor sich?«

»Eine öffentliche Session vielleicht. Lass uns nachschauen.« Noch immer hielt Sam ihren Arm fest und führte sie durch die Diele und durch einen großen Raum in Richtung Terrasse.

Hatte Naomi richtig gesehen? Irritiert blickte sie über die Schulter zurück. Tatsächlich, dort in der Ecke lag ein Mann.

Er wirkte, als hätte man ihn in Latex eingeschweißt. Eng schmiegte sich das glatte schwarze Material um seinen Körper und beraubte ihn jeglicher Bewegungsmöglichkeit. Eine Vorrichtung spreizte seinen Mund, an diesem Mundspreizer war ein Schlauch befestigt, damit er Luft bekam.

»Das ist ein Vakuumbett. Es wird zum Beispiel zur Mumifizierung benutzt. Durch den Schlauch kann der Sub zwangsernährt werden.« Ihr schockiertes Gesicht amüsierte ihn, daher setzte er noch einen drauf. »An manche Betten kann man Reizstromgeräte anschließen.«

»Wie furchtbar!«

»Ihn macht es geil.« Sie schüttelte ungläubig den Kopf, daher fügte er hinzu: »Nur weil du dieser Spielart nichts abgewinnen kannst, solltest du nicht entsetzt darüber sein, wenn andere Doms und Subs sich durch sie erregen. Wer SM praktiziert, muss auch anderen gegenüber tolerant sein. Oft genug werden wir, die SM leben, von außen mit Intoleranz konfrontiert.«

»Du hast Recht. Es tut mir leid.« Was wagte sie, über andere zu urteilen, ihre Familie und ihre Freunde würden doch augenblicklich eine Rettungs- und Bekehrungsaktion starten, als wäre sie einer Sekte beigetreten, würden sie erfahren, dass sich Naomi einem Fremden sexuell unterwarf.

»Auch dich machte es an, dich mir auszuliefern. Was er dort macht, ist nur eine andere Variante. Keine Sorge, seine Domina steht daneben und passt gut auf ihn auf.« Sam zog sie an den Rand der Terrasse, denn die anderen Gäste standen im Garten und von der Erhöhung aus konnten Naomi und Samuel über ihre Köpfe hinweg schauen. Doch was Naomi sah, machte sie sprachlos!

In den Rasen war eine kreisrunde Schneise gefräst und betoniert worden. Ein Sulky drehte darauf seine Runden, doch er wurde nicht von einem Pferd, sondern von einer jungen Frau gezogen. Naomi glaubte sich verguckt zu haben, doch an den Händen trug sie tatsächlich Handschuhe, die wie Hufe aussahen. Ein Lederharness, in den ein trensenartiger Knebel eingebaut war, fasste ihren Kopf ein. Es gab sogar Scheuklappen! Ein künstlicher Pferdeschweif schaute zwischen ihren Pohälften heraus, und Naomi vermutete, dass er von einem Analplug gehalten wurde. Der Oberkörper der Frau steckte ebenfalls in einem Geschirr, das mit einer Leine verbunden war, die der Fahrer in der Hand hielt. Sichtlich stolz saß er auf dem Sulky und lobte seine Stute für ihre Gelehrigkeit und ihre elegante Gangart. Gerte und Peitsche, die er in der freien Hand hielt, kamen nicht zum Einsatz.

»Siehst du die geschnürten Lackstiefel?« Sam stand hinter ihr und sprach leise in ihr Ohr. »Sie haben keinen Absatz, so dass das Ponygirl gezwungen ist, auf den Zehenspitzen zu laufen. Wenn du genau hinhörst, kannst du ein Klacken hören, denn in die Schuhsohlen sind Edelstahlhufeisen eingearbeitet.«

»Es gibt verrückte Dinge auf der Welt.«

»Alles ist erlaubt, so lange beide Partner Spaß daran haben und es der Gesundheit oder anderen nicht schadet.« Seine Hand glitt von ihrem Oberarm zu ihrem Busen und begann, ihre Spitze hin und her zu drehen. »Jo, der Veranstalter, ist der einzige Besitzer eines Reitstalls, den ich kenne.«

»Reitstall?«, echote sie und stellte fest, dass sie atemlos klang. Sam umfasste ihre Brüste von hinten und massierte sie von den Ansätzen bis zu den Brustwarzen. »In San Diego. Dort lässt er auch decken. Ich zeige dir den Stall bei Gelegenheit.«

Wollte er sie schockieren oder meinte er das ernst? »Macht dich Ponyplay an?«

Verführerisch lachte er und streifte ihre Ohrmuschel mit

seinen Lippen. »Nicht so sehr die Spielart, aber mir gefällt es, wenn Menschen ihre sexuellen Wünsche ausleben, egal wie bizarr sie sind.« Er knabberte an ihren Ohrläppchen und drückte ihre Brustspitzen, bis Naomi unruhig wurde. »Mach dir nicht so viele Gedanken. Ich habe nicht vor, dich zu einem Ponygirl zu erziehen. Dominanz und Unterwerfung sind genauso erregend, es kommt nur auf den Partner an. Alles, was ich möchte, ist, dass du dich öffnest.«

Einige Gäste kehrten ins Haus zurück, andere vergnügten sich im Garten. Auch Sam führte Naomi wieder ins Innere, vielleicht weil ausschließlich dort die Geräte standen. Als sie an dem Vakuumbett vorbeikamen, sah Naomi, dass das Latex auch eine Öffnung für das Geschlecht hatte, denn das Glied des Sklaven ragte steil heraus. Ein fremder Herr, der vor Naomi das Haus betreten hatte, ging zu der Herrin des vakuumierten Subs, tuschelte mit ihr und reichte ihr dann die Leine seiner rothaarigen Sklavin, deren blasse Haut von roten Striemen gezeichnet war. Die Herrin, die so hohe Absätze trug, dass Naomi niemals darin hätte gehen können, zog die Sklavin zum Vakuumbett, befahl ihr, sich hinzuknien, und drückte ihren Kopf auf den Phallus des ausgelieferten Mannes nieder. Artig stülpte die Rothaarige ihre Lippen über den Schaft und fing an zu saugen.

Naomi starrte fasziniert auf die Hemmungslosigkeit, die so öffentlich und selbstverständlich ausgelebt wurde, und drängte sich gleichzeitig ängstlich näher an Sam. »Du wirst mich doch wohl nicht verleihen, oder?«

»Niemals«, sagte er energisch. Er fasste ihr Kinn und zwang sie, den Blick von dem Sklaven zu reißen, der gezwungen war, bewegungslos dazuliegen, während eine Fremde ihn oral befriedigte, eine Frau, die seine Herrin für ihn ausgewählt hatte, nicht er. »Heute Nacht bin ich mehr als nur dein Herr für eine

Session. Ich bin dein Gebieter. Du gehörst mir, bist mein Besitz, und ich teile nicht.«

»Lass nicht zu, dass andere mich anfassen«, bat sie inbrünstig und legte ihre Hände an seinen Oberkörper. Einen Sklaventausch zu beobachten erregte Naomi. Sie selbst jedoch konnte sich nicht vorstellen, mit jemand anderem als Samuel intim zu werden. Dann sagte sie etwas, das sie ebenso sehr erstaunte wie Sam. Die Worte waren in ihrem Bauch entstanden und kamen ihr über die Lippen, bevor ihr Kopf über die Tragweite nachdenken konnte. »Ich gehöre nur dir.«

Sein Daumen strich liebevoll über ihre Unterlippe. Im nächsten Moment schmiegte sich sein Mund an den ihren. Er küsste sie sanft und sinnlich, voller Gefühl und Zuneigung. Doch je länger der Kuss andauerte, desto leidenschaftlicher wurde er. Sam presste seine Lippen auf die ihren und drang mit der Zunge in ihren Mund ein. Während sich seine Hand in ihren Haaren vergrub und sie wissen ließ, dass er, ihr Gebieter, bestimmte, wann der Kuss beendet war, glitt die andere tiefer und griff ihre Pobacke fest. Sein Knie teilte ihre Schenkel und zwang sie, die Beine zu öffnen. Jeder Gast konnte nun Naomis Kehrseite und ihre Spalte von hinten sehen. Aber nach allem, was Naomi bisher auf der Party erlebt hatte, war das harmlos. Sie genoss es sogar. Es war ein kleines bisschen schamlos und obszön. Allerdings sagte ihr Bauchgefühl, dass das nur der Anfang war.

Nachdem Samuel sich von Naomi gelöst hatte, zeigte er ihr die Villa und erklärte ihr die Spielräume und Geräte. Dabei waren sie bei der einen oder anderen Session zugegen. Immer öfter neckte und reizte Sam Naomi, während sie zuschauten, wie sich die anderen Besucher hemmungslos vergnügten. Mal streichelte er ihre Scham sanft, mal kniff er sachte in ihre Nippel und drang sogar mit den Fingern in sie ein, bis sie stöhnend und sich windend in seinen Armen lag und stetig lockerer wurde. Immer öfter wurden sie von anderen Gästen beobachtet. Verlegen schloss Naomi ihre Augen, doch je mehr die Lust die Oberhand gewann, desto mehr schwand ihre Scheu. Nach einer Weile schaute sie die Zuschauer sogar direkt an, um sich einen zusätzlichen Kick zu holen.

Es war schon weit nach Mitternacht, als Samuel ihr tief in die Augen sah. »Das Safeword gilt auch hier. Vertrau mir und lass dich fallen.«

19

Naomis Blick flackerte. Wenn sie jetzt nicht widersprach, würde er sie vor aller Augen unterwerfen. Sie fürchtete sich, doch diese Furcht erzeugte auch Lust, und ihr wurde bewusst, dass sie den Point of no Return längst überschritten hatte. Ihre Erregung war zu weit fortgeschritten und sie würde sich über die ungenutzte Gelegenheit, eine solch außergewöhnliche und intensive Erfahrung zu machen, maßlos ärgern, ahnte sie. Wer wusste schon, ob diese Chance je wiederkommen würde? Bald musste sie zurück nach Hause, sie konnte schließlich nicht ewig auf Maroon bleiben. Würde sie Samuel dann wiedersehen? Oder lief ihre Zeit mit ihm ab? Die Verzweiflung schenkte ihr Mut.

Sie wagte kaum zu atmen, als Samuel sich auf den mit Leder überzogenen Strafbock setzte, der wie ein umgedrehtes U aussah. Sein Blick, so liebevoll und stolz, passte nicht recht zu den Absichten, die Naomi klar waren. Ihr Herz galoppierte, denn er zog sie zu sich und legte sie mit dem Bauch auf seine Oberschenkel. Ihr knapper Rock rutschte hoch und entblößte ihren Hintern. Sich derart frivol einem Publikum zu präsentieren, heizte Naomis Lust weiter an, und sie versuchte sich mit dem Gedanken zu beruhigen, dass die Gäste dieselbe Gesinnung hegten wie sie und ebenso freizügig waren.

Naomi ließ sich von der Situation berauschen und genoss es, Sams Hände zu spüren. Wie die Ruhe vor dem Sturm streichelte er zärtlich ihre Gesäßhälften. Doch sein Griff wurde immer fester, bis er sie schließlich knetete. Als er das erste Mal unerwartet mit der flachen Hand zuschlug, gab Naomi einen spitzen Schrei von sich, mehr vor Schreck als vor Schmerz. Augenblicklich lief sie hochrot an. Sie hielt sich an Samuels Bein fest, mehr um emotionalen Halt zu finden, und wartete auf den nächsten Schlag, der nicht kam. Erneut massierte Sam ihre Kehrseite. Er kniff in die prallen Backen und strich sachte durch ihren Spalt. Naomi glaubte schon, er würde ihr doch nicht den Po versohlen, aber sie hatte sich getäuscht, denn schon klatschte seine Hand ein zweites Mal auf ihren Hintern. Diesmal schrie sie nicht, keuchte nur, was ihr nicht minder peinlich war.

Bevor das Gefühl der Verlegenheit aufkommen konnte, folgte schon ein weiterer Schlag auf dieselbe Stelle, und noch einer gleich hinterher. Instinktiv versuchte Naomi sich aufzurichten, doch Samuel legte seine Hand in ihren Nacken, drückte ihren Oberkörper wieder nach unten und löste den Griff diesmal nicht. Sie wehrte sich zwar gegen ihn, aber nur halbherzig, denn sie genoss es, seine Überlegenheit zu spüren. Ihre Gesäßhälfte pochte vor Schmerz, ihr Schoß vor Lust und ihr Herz vor Verlangen nach diesem Mann. Unnachgiebig fuhr er fort, ihre Kehrseite mit seiner Handfläche zu bearbeiten. Naomi wurde immer unruhiger, denn inzwischen tat ihr Po weh. Aber Sam schaffte es, dass der Schmerz gleichmäßig und erträglich blieb. Er schob ein Knie zwischen ihre Beine und öffnete sie, wodurch gleichzeitig ihr Schritt aufklaffte und sich den Zuschauern präsentierte. Sams Schläge waren rhythmisch, fest, aber nicht brutal, und trafen nun nicht mehr nur ihre Pobacken, sondern auch die Innenseite ihrer Oberschenkel. Sie kamen ihrer Mitte gefährlich nah, was Naomi umso feuchter werden ließ. Ihre Hände krallten sich in Samuels Hose, Naomi spannte immer wieder kurz ihren Hintern an und keuchte immer öfter. Als Sam plötzlich mit der Handkante durch ihre Spalte rieb, stöhnte Naomi laut auf. Ihr Unterleib drückte sich wie von selbst gegen seine Hand, als wäre er ein eigenständiges Wesen, was Sam dazu veranlasste, Naomi von seinem Schoß zu schieben und ihr aufzuhelfen.

»Ich habe die Kontrolle über die Session, nicht du und deine Lust.« Mahnend presste er sie fest an sich. Er strich mit dem Daumen über ihren Mund und drang mit seinem Finger zwischen ihre Lippen, so dass sich Naomi selbst schmeckte. Dann drückte er sie auf den Strafbock nieder, so dass sie rittlings daraufsaß.

Beinahe hätte sie ihn ängstlich weggestoßen, als er ihre Beine zu den Lederschlaufen führte, die an den Stempeln angebracht waren. Aber sie ließ es zu, dass er sie fesselte. Nun waren ihre Schenkel gespreizt und ihre Spalte präsentierte sich dem Publikum rot und geschwollen. Naomi bemerkte noch die Feuchtigkeit am Eingang, bevor Samuel sie anwies, sich mit dem Rücken auf den Bock zu legen, dann band er ihre Hände an die anderen beiden Stempel. Die Position, in der Naomi fixiert war, stellte sich als ungemütlich heraus, da ihr Kopf nach unten hing, aber das war Teil des Spiels, und somit versuchte Naomi, sich damit abzufinden. Sie wollte Samuel eine gute Sub sein und ihm vor den Gästen keine Schande bereiten.

Sie konnte nicht sehen, wo er war, spürte aber plötzlich seine Finger auf ihrem Venushügel. Obwohl er sanft darüberstrich, lag eine subtile Drohung in dieser Geste, denn er machte Naomi bewusst, dass sie genauso hilflos und ausgeliefert war wie der Sklave im Vakuumbett, und Samuel mit ihr tun und lassen konnte, was er wollte. Hauchzart glitten seine Fingerspitzen über ihre äußeren Schamlippen. Er schob sie zu den Seiten weg, und Naomi keuchte vor Verlegenheit, denn die Zuschauer mussten nun jedes Detail ihrer Scham sehen können. Samuel entblößte sie vollständig und goss damit Öl ins Feuer ihrer Lust.

Ihr Blickfeld verdunkelte sich, denn er hatte sich dicht vor ihren Kopf gestellt. Seine Hose stand offen, und sein erigiertes Glied ragte heraus. Er ließ sich auf ein Knie nieder, fasste seinen Phallus und führte seine Spitze zu ihrem Mund. Bereitwillig öffnete Naomi ihn. Der Schaft drang in sie ein, und sie schloss gierig ihre Lippen darum. Wie gut er schmeckte! Nach Erregung, nach ihm. Noch nie hatte sie einen Mann kopfüber oral befriedigt. Es erschien ihr mühsamer zu lecken und zu saugen, auch wegen des Gefühls der Demütigung, das in ihr aufwallte, da Sam sie in diese unbequeme Position gebracht hatte und nun ihren Mund benutzte. Aber er missbrauchte sie ja nicht, sie ließ es schließlich zu, dass er all diese unfassbaren Dinge mit ihr tat, und sie besaß noch immer den Schlüssel zur Freiheit – das Safeword. Daher hörte sie auf zu hadern und hob ihren Kopf an, damit sein harter Schaft tiefer in ihren Mund gleiten konnte. Sie rechnete damit, dass er die Kontrolle übernehmen und zwischen ihre Lippen stoßen würde, wie er es am Tag zuvor schon getan hatte, um ihr vor Augen zu führen, wer das Spiel dominierte. Aber Samuel ließ sie gewähren, vielleicht weil er Naomi nicht überfordern wollte oder befürchtete, ihr zu tief in den Rachen vorzudringen. Sie war ihm dankbar dafür, dennoch stellte es sich als Kraftakt heraus, den Kopf immer wieder anheben zu müssen. Ihre Nackenmuskulatur tat ihr weh, ihr überdehnter Rücken schmerzte und ihre Arme und Beine rebellierten gegen die Fesselung.

Just als sie anfing zu schnaufen, zog Samuel sich zurück. »Gut gemacht«, sagte er sanft und stand auf.

Naomi atmete tief durch und zerrte an den Lederschlaufen, aber sie gaben keinen Millimeter nach. Sam verschwand wieder aus ihrem Blickfeld. Gerade noch hatte sie seine bläulichrote Penisspitze und die Adern an seinem Schaft sehen können, die sie so männlich fand, als sie im nächsten Moment auch schon seine Handfläche an den Innenseiten ihrer Oberschenkel spürte. Gefühlvoll kraulte er ihre warme Haut und tätschelte ihre Beine, zuerst sanft, dann zunehmend energischer. Doch dabei blieb es nicht. Das Tätscheln ging auf ihre Scham über. Es war kein Schlagen, sondern vielmehr ein Klopfen, das die Erregung aus ihrem Schritt herauslockte. Erregt rang Naomi nach Atem. Ihr Brustkorb wogte auf und ab, was aufgrund ihrer Haltung – sie kam sich vor wie eine der »weichen Uhren« auf Salvador Dalis Gemälden – obszön wirken musste, denn ihr üppiger Busen wurde jedes Mal nach oben gehoben und somit in den Fokus der zahlreichen Betrachter gerückt.

Als Sam plötzlich in sie eindrang, stöhnte sie laut auf. Die Zuschauer tuschelten. Das Rascheln von Stoff drang an Naomis Ohr. Neugierig wandte sie den Kopf und begegnete dem Blick einer rassigen Schönheit, die das »Kleid der O« trug, wie Naomi aus dem Ratgeber *Ekstase durch Unterwerfung* wusste. Es handelte sich dabei um eine Nachahmung eines speziellen Rokokokleids, das die französische Autorin Pauline Réage ihrer weiblichen Hauptfigur auf den Leib geschrieben hatte. Die Korsage besaß keine Schalen, so dass die Brüste der Schwarzhaarigen frivol herabhingen. Ihre Warzenhöfe leuchteten in einem derart satten Rot, sie mussten angemalt worden sein. Der Rock war viergeteilt und vorne gerafft, so dass jeder Gast ihre Spalte sehen konnte, die von einem Streifen zarten Flaums bedeckt war. Ihr Herr hatte ihren Rock geteilt und war ungeniert von hinten in sie eingedrungen. Während er seine Sklavin mit sanften Stößen nahm, und das mitten in dem Ring aus Zuschauern, der sich um den Strafbock geformt hatte, ließ er Naomi nicht aus den Augen.

Ihr kam das alles zu unglaublich vor, um wahr zu sein! Samuel zog sich zurück und glitt erneut in sie hinein. Sie hörte ihn stöhnen, auch ihn erregte die Situation sehr. Seine Hände glitten über ihren Körper, bis sie auf Naomis Brüsten lagen. Langsam begann er, sie zu stoßen, und zwirbelte gleichzeitig ihre Brustspitzen. Sein Schaft presste ihre Feuchtigkeit heraus, so dass ihre Geschlechter in ihrer Feuchte schwammen und das Eindringen geschmeidig war.

Naomis Erregung war weit fortgeschritten. Um nicht augenblicklich zu kommen, bemühte sie sich, ihre Lust zurückzuhalten. Sie hielt die Luft an, ihr Körper verkrampfte sich, und sie schnitt ungewollt Grimassen, was ihr vor den Gästen so peinlich war, dass sie kräftig ausatmete und versuchte, sich zu entspannen – und erreichte genau das Gegenteil, denn ihre Lust schoss empor, und Naomi stöhnte so lasziv, dass ihre Stimme ihr seltsam fremd vorkam.

Sams Stöße berauschten sie. Er drang inzwischen kraftvoll und besitzergreifend in sie ein, genauso wie sie es wollte, wie sie es gerne hatte. Ausdauernd sponn Sam einen Kokon der Ekstase um sie, bis die Lust Naomi vollkommen einlullte und sie das Publikum vergaß. Alle Muskeln taten ihr weh, aber selbst dieser Schmerz steigerte ihre Erregung, weil er Teil des Spiels und somit ein Teil von Samuel war. Sam, ihr Herr. Nein, er war in dieser Nacht mehr als das, hatte er gesagt. Ihr Gebieter! Sie war sein Eigentum, wurde jedoch nicht nur von ihm unterworfen, sondern auch beschützt, und er lehrte sie all die Dinge, ohne die sie glaubte, nicht mehr leben zu können. Sie wollte diesen Orgasmus so sehr, sie wollte Samuel und sie wollte SM. Alle Bedenken fielen von ihr ab, der ganze Ballast, den sie tagtäglich mit sich herumtrug, verpuffte, und ihre moralischen Schranken zerbröselten, weil Naomi auf einmal klar sah.

Völlig befreit schrie sie auf und kam. Die Besucher störten

sie nicht, es gab nichts mehr, was sie verlegen machte. Der Höhepunkt schüttelte sie so heftig durch, dass sie automatisch an den Fesseln riss und sich die Lederschnallen in ihre Handgelenke bohrten. Noch immer pumpte Sam in sie hinein. Naomis Vaginalmuskeln bearbeiteten ihn mit kräftigen Kontraktionen, so dass er sich in sie ergoss und stöhnend über ihr zusammenbrach. Er stützte sich rechts und links neben ihrem Körper auf dem Strafbock ab. Sein Atem strich über ihre heiße Haut. Sein Keuchen klang, als wäre er völlig fertig. Sam küsste sie rund um ihren Bauchnabel und verharrte dann noch einmal, die Stirn zwischen ihrem Busen, da sein Atem sich immer noch nicht beruhigt hatte. Selig lächelte Naomi.

Sie lächelte sogar noch, als sie längst aus dem Fahrstuhl des *Pelician* stiegen und den Korridor entlangschlenderten, um zu ihren Hotelzimmern zu gelangen. Vermutlich würde sie das Lächeln nie wieder loswerden. Es schien wie eingemeißelt, als hätte Samuel wie ein Bildhauer ihr Gesicht bearbeitet, denn sie hatte sich verändert. Nicht ihr Aussehen, wohl aber ihr Inneres. Naomi wusste, dass sie nie wieder dieselbe sein würde.

Sie blieb auf dem Gang stehen und sah Sam zu, der seine Schlüsselkarte in das Schloss seines Zimmers steckte und die Tür einen Spaltbreit aufdrückte. Da er ihren Blick bemerkte, drehte er sich zu ihr um. Eine Weile standen sie sich stumm gegenüber. Gerade als Naomi ihm eine Gute Nacht wünschen und weitergehen wollte, schob er seine Tür einladend ganz auf.

Ihr Herz schlug einen Takt schneller. »Nur, wenn ich nicht auf dem Boden schlafen muss.«

»Das wird meine Entscheidung sein.« Seine Mundwinkel zuckten. »Es ist ein Risiko. Aber ist es das wert?«

Unsicher verlagerte sie ihr Gewicht von einem Fuß auf den anderen. Würde er wirklich …? Zuzutrauen wäre es ihm. Aber diese Nacht mit ihm war so intensiv gewesen, dass Naomi sie auch mit ihm beenden wollte, denn sie fühlte sich ihm ganz nah. Also trat sie ein, bereit die Konsequenzen zu tragen, wie auch immer sie aussehen mochten.

Nach einer gemeinsamen Dusche, bei der sie sich gegenseitig liebevoll eingeseift und abgebraust hatten, fand sich Naomi in Samuels Armen wieder und konnte nicht sagen, wann sie das letzte Mal so glücklich gewesen war.

20

Trotz ihrer Erschöpfung wachte Naomi schon nach zwei Stunden auf. Auch Samuel schlief nicht mehr, denn er zog sie enger an sich. Sie war zu aufgekratzt, um noch einmal einzuschlummern. Da es Sam genauso ging, standen sie bereits in den frühen Morgenstunden auf dem Balkon des Hotels und ließen ihren Blick über die Bodega Bay schweifen.

Er hatte sich von hinten an sie geschmiegt und hielt sie so fest, als wollte er sie nie wieder loslassen. »Komm, wir frühstücken woanders. Ich kenne einen Geheimtipp.«

Nachdem er die Zimmer bezahlt hatte, schlenderten sie gemeinsam durch die Gassen des idyllischen Fischerorts. Das erste Mal, seit Naomi von San Francisco geflüchtet war, kam tatsächlich Urlaubsstimmung bei ihr auf. Es waren nur vereinzelt Einheimische auf den Straßen. Die Touristen drehten sich um diese Uhrzeit noch einmal in den Betten der Pensionen um oder saßen beim Frühstück in den Hotelrestaurants. Dabei war der Morgen die schönste Tageszeit, fand Naomi und sog den Duft von Sommer, Sonne und Meer tief in ihre Lungen. Obwohl die Sonne schon hoch am Himmel stand, waren die Temperaturen noch angenehm. Die Meeresbrise brachte kühle Luft vom Pazifik zur Küste und ließ das Wasser des kleinen Hafens, zu dem Sam sie führte, gegen die Planken schwappen.

Das schwimmende Restaurant *At Pete's* stellte sich wirklich als Geheimtipp heraus. Ein Fischer hatte seinen Kutter ausgeschlachtet und zwei einfache kleine Tische ins Innere gestellt.

Ein weiterer Tisch stand auf dem Deck unter freiem Himmel. Pete, ein älterer Mann mit wettergegerbtem Gesicht und buschigen Augenbrauen, bereitete das Frühstück persönlich in der kleinen Kombüse zu. Obwohl er nur zwei mobile Herdplatten besaß, konnten die Gäste alles – frisch und heiß – bestellen, was es auch in den Hotels gab: Würstchen, Spiegel- und Rührei, Pancakes und Waffeln. Alles, was das Herz begehrte, fand Naomi und staunte nicht schlecht über die Speisekarte, denn es gab neben Brot, Cerealien und Saft sogar frisches Obst. Eine große Auswahl für so eine kleine Klitsche. Von außen war der Kutter wenig einladend. Die cyanblaue Farbe blätterte vom Boot ab, und abgesehen von dem Stück Treibholz am Mast, auf dem ungelenk mit einem Pinsel ›Event-Gastronomie‹ geschrieben stand, wies nichts auf das Frühstücksrestaurant hin.

Begleitet vom Krächzen einiger Möwen, genossen Naomi und Samuel das Essen und Petes Gesellschaft, der sich über seine Gäste freute und ihnen die Pancakes, die sie nicht gegessen hatten, in Alufolie einpackte. Naomi und Sam brachten den Proviant zum Wagen und gingen dann zum Strand. Hand in Hand spazierten sie durch den Sand, ließen sich die Sonne aufs Gemüt scheinen und wateten mit nackten Füßen durchs Meerwasser. Hand in Hand, wie zwei Verliebte. Lächelnd sah Naomi zu Sam.

Zurück am Auto hielt er Naomi an der Schulter fest. »Wenn wir schon mal hier sind, sollten wir uns das Potter Schoolhouse aus Hitchcocks Vögel ansehen, meinst du nicht auch?«

Eifrig nickte Naomi und strahlte, denn Samuel wollte auch noch nicht zurück zum Weingut und die Zweisamkeit aufgeben.

Sie fuhren etwas weiter ins Landesinnere bis zu dem Gebäude, dessen weiße Fassade der Regisseur für seinen Thriller hatte abfilmen lassen. Das Haus ist nicht halb so aufregend wie mit Sam zusammen zu sein, dachte Naomi und betrachtete lieber ihn als die Touristenattraktion, die in Privatbesitz war. Es ging ihr dabei nicht einmal so sehr um das Abenteuer der gestrigen Nacht, nicht um den Herrn, sondern den Mann. Das erste Mal teilten sie völlig normale Dinge miteinander, Dinge, die Paare nun einmal miteinander taten, wie essen gehen, Muscheln am Strand suchen und sich langweilige Bauwerke ansehen, nur um länger zusammen zu sein.

Naomi und Sam ersparten es sich allerdings, in den Souvenirladen, der sich im Erdgeschoss befand, zu gehen. Als die Hitze zunahm, da die Sonne immer höher stieg und im Landesinneren die Meeresbrise fehlte, entschieden sie schweren Herzens, sich auf den Heimweg zu machen.

Samuel ließ sich auf der Rückfahrt Zeit und fuhr langsam durch die Gärten aus Weinreben und Obstplantagen. Naomi kannte das Napa Valley von Kindesbeinen an, aber dieser grüne Flecken Erde hatte noch nie so schön ausgesehen. Jedoch wusste sie, nicht das Tal hatte sich verändert, sondern sie selbst, denn heute betrachtete sie es mit den Augen einer verliebten Frau.

Es ging schon auf Mittag zu, als sie auf Maroon ankamen. Zuerst war niemand zu sehen. Alle schienen sich vor der Sonne in die Gebäude geflüchtet zu haben. Doch dann erspähte Naomi aus der Ferne zwei Personen, die vor dem Haupthaus standen. Rosamar stand auf der Treppenstufe im Eingang und plauderte mit einem Mann, scheinbar ein Besucher, denn ein Wagen parkte auf dem Vorplatz. Ein Auto, das Naomi bei näherer Betrachtung bekannt vorkam – ein silbermetallic farbener Lincoln. Auch der blaukarierte Anglerhut, den der Mann trug. Sie hatte die Kopfbedeckung schon immer furchtbar gefunden. Schlagartig war ihr übel. Vor Nervosität verschluckte sie sich und musste husten. Je näher sie kamen, desto mehr schwitzte sie. Sie wischte ihre Handflächen an ihrem Kleid ab und spürte, wie ihre Wangen brannten.

Ahnungslos hielt Samuel vor dem Haus. Bevor er sie zum Abschied küssen konnte, sprang Naomi aus dem SUV und wäre beinahe gestolpert, da sich ihre Schuhe im Saum verhedderten.

Cheng fing sie gerade noch rechtzeitig auf und drückte sie an sich. »Ich habe es nicht mehr ohne dich ausgehalten.«

Völlig durcheinander hing Naomi in seinen Armen. Ihr war elend zumute. Sie fühlte sich überrumpelt und ertappt – von beiden Männern.

Rosamar lächelte sie an, als wollte sie sagen: »Jetzt ist ja wieder alles gut«, und verschwand im Inneren des Hauses.

Nachdem Cheng sie losgelassen hatte, warf er Sam, der inzwischen neben der Fahrertür stand und seltsam blass um die Nase aussah, einen bitterbösen Blick zu. »Ich dachte, du brauchst Zeit für dich. Und nur für dich.«

»Samuel ist Carols und Bills Gast. Ich …«, sie musste urplötzlich dringend das WC aufsuchen. »Ich habe ihm geholfen, einige, sagen wir mal, Besorgungen zu machen. Er kennt sich in der Stadt, in St. Helena, nicht aus. Und die beiden, Carol und Bill meine ich, hatten keine Zeit. Da habe ich mich angeboten.«

Samuel kam um das Heck seines Geländewagens herum und reichte ihr den Karton, in dem sich Korsett, Strapse und High Heels befanden. »Ich danke Ihnen für Ihre freundliche Hilfe, Miss Coffin. Die Gespräche mit Ihnen waren sehr anregend. Einen schönen Tag noch.«

Am liebsten wäre Naomi im Erdboden versunken. Sie starrte den Karton entsetzt an, als wäre eine Bombe darin versteckt. Im übertragenen Sinn traf es das sogar, denn sollte Cheng jemals erfahren, was sich darin befand, würde er explodieren.

Als Naomi Sam, der den Weg zum Gästehaus hinauffuhr, hinterherschaute, kam sie sich vor wie eine Verräterin. Nie hatte sie auch nur den Gedanken erwogen, ihn darüber aufzuklären, dass sie in festen Händen war. Absichtlich, wie ihr erst jetzt bewusst wurde.

Vermutlich hätte Naomi seine Erpressung mit dieser Information stoppen können, wie eine Session mit einem Safeword.

Aber sie hatte es gar nicht gewollt.

21

Journaleintrag Samuel McAvoy, Freitag, 6. Juli, 13:15 p.m.

Seit über einer Stunde streife ich durch das Gästehaus und komme mir so hilflos vor wie sonst nur meine Lustdienerinnen. Nur dass dies keine erregende Session ist, sondern ich in der Realität gefangen bin. Die Wahrheit ist viel grausamer, als ich es je sein könnte.

Naomi hat einen Freund.

Und sie hat ihn verschwiegen.

Was soll ich davon halten? Hat sie die ganze Zeit mit mir gespielt? Oder hat sie ihn nicht erwähnt, weil er ihr nichts bedeutet? Hätte ich von ihm gewusst, wäre sie mit dem größten aller Tabus besetzt gewesen. Ich hätte sie nicht angerührt, ich schwöre es!

Sie kommt mir vor wie der Wolf im Schafspelz, wie eine Sirene aus der griechischen Mythologie, die mit ihrem bezaubernden Gesang die Kapitäne anlockte, so dass ihre Schiffe an den Felsen zerschellten.

Meine Illusion, Naomi könnte mehr als nur das Opfer meiner Nötigung sein, nämlich die Frau, an deren Seite ich jede Nacht einschlafen möchte, ist zerplatzt. Ich sollte abreisen. Sofort! Aber ich kann nicht, denn ich habe in ihre Augen geschaut und dieselbe Sehnsucht darin gelesen, wie sie in mir glüht.

Hör auf zu jammern, schreit es in mir, du warst die Spinne, die sich ahnungslos an der Beute eines anderen genährt hat und dadurch selbst zum Opfer wurde. Es ist meine eigene Schuld. Ich habe mit dem Feuer gespielt und drohe nun darin zu verbrennen.

Ich liebe Naomi. Jede Faser meines Körpers begehrt sie. Auch mein Herz. Vor allen Dingen mein Herz. Es ist das eines Kämpfers. So schnell gebe ich nicht auf.

Auch wenn ich ungewöhnliche Wege gehen muss.

22

Naomi schloss die Tür ihres Zimmers, schob den Karton mit den verfänglichen Kleidungsstücken unter das Bett und versuchte, die angespannte Stimmung zu lockern. Ihr Lächeln wirkte jedoch gekünstelt. »Hast du mich wirklich so sehr vermisst?« Das konnte sie kaum glauben.

Rosamar hatte spontan einen kleinen, aber feinen Brunch bereitgestellt. Jillian und Jefferson waren dazugestoßen. Durch die Plaudereien hatte das Essen zwei Stunden gedauert. Quälende zwei Stunden. Cheng hatte sich aus Höflichkeit mit den beiden unterhalten und Naomi bis auf einige böse Blicke nicht beachtet. Ihr war das recht gewesen, denn sie war völlig durcheinander. Mühsam hatte sie einen trockenen Bagle runtergewürgt und nun war ihr übel davon. Die Teilnahme am Lunch hatte Cheng eigenmächtig im Namen von ihnen beiden abgesagt.

»Was treibst du eigentlich auf Maroon?« Aufgebracht warf Cheng seine Laptoptasche auf ihr Bett. »Ich habe im Internet ein Foto von dir und diesem Typen entdeckt, auf der Website der Napa Valley News.«

»Von Sam und mir? Das kann nicht sein.« Sie schüttelte energisch den Kopf, aber etwas regte sich in ihr, sie wusste es nur noch nicht zu deuten. »Hast du mir hinterherspioniert?«

»Ich habe nach Neuigkeiten über die Maroon Winery gesucht, weil sie zu deinem Leben gehört und du gehörst zu mir, doch das scheinst du vergessen zu haben.«

»Scht«, machte sie und bat inbrünstig: »Sprich leiser.«

Cheng tat ihr den Gefallen, presste aber die Worte umso verbissener heraus. »Er hat dich begrabscht, in aller Öffentlichkeit, und du hast zugeschaut und ihn nicht abgewehrt.«

»Was redest du da?« Die gespielte Empörung nahm sie sich selbst nicht ab, denn sie hatte noch ganz andere Dinge mit Samuel vor Zuschauern gemacht. Aber auf der SM-Party in der Bodega Bay waren Fotoapparate, Kameras und Handys untersagt gewesen.

»Es war das erste Mal, dass du den Independence Day nicht mit mir gefeiert hast. Damit kann ich leben.« Cheng riss sein Laptop förmlich aus der Tasche. »Aber musste es gleich mit einem anderen Kerl sein?«

Endlich begriff Naomi. Sie hatte sich am 4. Juli mit ihrer Familie, den Angestellten und Samuel das Feuerwerk, das die Stadt St. Helena jedes Jahr zur Feier der Unabhängigkeitsunterzeichnung spendierte, angeschaut. Als ein Fotograf aufgetaucht war, hatte Sam sie in seine Arme gezogen, wodurch ihr Eiscreme auf den Busen gefallen war. Just in dem Augenblick, als Sam mit einer Serviette über ihre Bluse getupft hatte, hatte der Fotograf auf den Auslöser gedrückt. Das Foto hatte es zwar nicht in die Printausgabe der Napa Valley News geschafft, denn die Ausgabe des 5. Juli hatte Naomi vorsorglich überprüft, wohl aber auf die Homepage der größten Lokalzeitung des Tals. So etwas Blödes!

»Sam wollte mir nur helfen, weil mir ein Missgeschick passiert ist.« Eine lahme Ausrede.

»Fang bitte an, deinen Koffer zu packen. In einer Stunde fahren wir nach Hause.«

Chengs Ton missfiel ihr gewaltig! »In einer Stunde?«

Alles, woran sie denken konnte, war, dass sie Sam nie wiedersehen würde. Ihre Hand krampfte sich um die Karte, die sie in der Tasche ihres Kleids trug. Während Cheng nach dem Brunch sein Laptop aus dem Wagen geholt hatte, hatte Sandro ihr eine kleine auberginefarbene Klappkarte in die Hand gedrückt, bevor er kichernd in den Garten verschwand. Naomi hatte sie heimlich im WC gelesen. Es war eine Botschaft von Sam. Eine Einladung, um den letzten Enthüllungstext zu löschen, ein Kapitel, das Naomi völlig übersehen hatte – ihr Eigenes!

Sie musste Samuel noch einmal treffen, daran führte kein Weg vorbei. Immerhin hatte er sie in der Hand und es waren noch nicht alle Dinge geklärt. Das war aber nur die halbe Wahrheit. Sie fühlte sich wie eine Süchtige, die den Entzug auf sich zukommen sah. Ein letztes Mal – zumindest auf Maroon – wollte sie sich ihm hingeben und sich danach vorerst verabschieden. Sie konnte sich nicht vorstellen, ihn nie wiederzusehen.

Ihr schlechtes Gewissen wog so schwer, dass ihre Beine zitterten.

»Lass uns bis zum Abendessen bleiben.« Diesmal war sie es, die ihre Stimme erhob, weil er sofort abblockte. »Ich kann nicht sang- und klanglos verschwinden, das tue ich meiner Familie nicht an!«

Mit einer wegwischenden Handbewegung setzte sich Cheng an den Tisch. »Ich verliere durch diese Reise einen ganzen Tag im Büro. Ich muss nur noch meine Mails checken, dann fahren wir nach Hause, Liebes.«

Wut stieg in Naomi auf. Was bildete er sich eigentlich ein? Dass sie seine Leibeigene war? Es erregte sie, sich sexuell dominieren zu lassen, aber das hieß keineswegs, dass sie sich auch gerne im Alltag unterordnete. Sie hatte sich viel zu lange von Cheng herumkommandieren lassen. Alles, was sie sagte, prallte an ihm ab. Er schaute sie nicht einmal richtig an.

Die Ecke der Karte in ihrer Tasche stach in ihren Handballen, und der sanfte Schmerz fühlte sich lebendig an. »Wir bleiben bis zum Dinner. Finde dich damit ab! Bearbeite du nur deine Mails, ich werde mich schon mal von ein paar Leuten verabschieden.«

»Wie redest du denn mit mir?« Erstaunt nahm er seine Brille ab und begann die Gläser zu putzen, als würde er nicht glauben, dass die Frau, die vor ihm stand, seine Freundin war.

»Wenn du ein Problem damit hast, auf mich zu warten, kannst du schon mal nach Frisco vorfahren.« Naomi schlenderte lässig zur Tür, doch ihr Puls raste, weil sie Cheng das erste Mal Gegenwind bot. »Wir werden eh mit zwei Autos zurückfahren müssen.«

»Nein, nein, ich warte auf dich, Darling«, lenkte er kleinlaut ein, setzte seine Brille auf und widmete sich längst wieder seinem Laptop, noch bevor Naomi das Zimmer verlassen hatte.

Genervt rollte sie mit den Augen, aber das nahm er sowieso nicht mehr wahr. Er machte es ihr leicht, ihn zu hintergehen, aber das rechtfertigte ihren Betrug nicht. Leise schloss sie die Zimmertür hinter sich, verließ das Haus und spazierte durch die Weinreben. Es sah aus, als würde sie ziellos umherstreifen, dabei wurde sie vom Gästehaus angezogen wie ein Magnet.

Ganz sicher würde Cheng morgen, an einem Samstag, zu Pinpoint Precision fahren, um die verlorene Zeit aufzuarbeiten. Wochenenden im Büro waren nichts Ungewöhnliches für ihn. Naomi würde ihn begleiten müssen, um sich auf den aktuellen Stand zu bringen und Montag wieder voll einsatzfähig zu sein.

Bei diesen Aussichten baute sich eine Abneigung in ihr auf, die sie dazu brachte, die Beine in die Hand zu nehmen und loszulaufen, als würde sie verfolgt. Getrieben von Sehnsucht und Begehren eilte sie zu Samuel, doch als sie leise durch das kniehohe Eisentor, das immer offen stand und mehr Dekoration als zweckdienlich war, den Garten betrat, verließ sie der Mut. Sie hatte ihn vor den Kopf gestoßen. Was würde sie erwarten?

Schweigend betrachtete sie ihn. Sam saß auf der Terrasse und schrieb etwas in ein Moleskin. Er sah umwerfend aus. So männlich! So sinnlich und gleichzeitig stark! Unweigerlich fragte sich Naomi, ob sie bei ihm bleiben würde, wenn er sie darum bäte.

Samuel schaute auf, doch er lächelte nicht. Obwohl er sich zurücklehnte, wirkte er angespannt. Nachdenklich musterte er Naomi. Dann legte er den altmodischen Füllfederhalter, den er noch in der Hand hielt, auf den Tisch und kam zu ihr.

Naomi war noch aufgeregter als bei ihrem ersten Treffen. Verlegen kreuzte sie ihre Arme und hielt ihre Oberarme fest, damit das Beben ihres Körpers nicht allzu offensichtlich war. »Es tut mir leid. Ich hätte ihn erwähnen sollen.«

»Erwähnen?« Sam blieb zwei Schritte vor ihr stehen, die Distanz enttäuschte Naomi. Pikiert hob er eine Augenbraue. »Meinst du wirklich, ich hätte dich verführt, wenn ich von deinem Freund gewusst hätte? Auch ich habe Anstand und Moral.«

»Und die Enthüllungsberichte?« Diese Spitze hatte sie sich nicht verkneifen können. Der Auslöser für ihre Affäre war der falsche gewesen und warf einen Schatten auf all die wundervollen Dinge, die sie mit Samuel erlebt hatte.

Aufgebracht winkte Sam ab. »Vergiss diese dämlichen Berichte!«

»Wie kann ich das?«

»Deinen Freund hast du doch auch vergessen … zu erwähnen.«

Gereizt, da die Rollen plötzlich vertauscht waren – sie war in diesem Augenblick die Böse, und Sam war derjenige, dem sie Unrecht getan hatte – stemmte sie ihre Hände in die Hüften und lenkte ab: »Fangen wir jetzt endlich an?«

»Warum die Eile?« Provozierend legte er den Kopf schief. »Wirst du erwartet?«

»Sam, bitte.« Nervös spielte sie mit ihrem Ohrring. »Das letzte Kapitel ...«

»Gnade.«

»Wie bitte?« Was hatte das jetzt zu bedeuten?

Er hob beide Hände, als würde er sich ergeben. »Ich habe das Safeword ausgesprochen. Die Session ist vorbei, bevor sie angefangen hat. Das letzte Kapitel schenke ich dir.«

»Das ... das geht nicht. Das Safeword ist doch für Subs.« Verwirrt starrte sie ihn an.

»Wer sagt, dass nicht auch Doms es benutzen dürfen? Meine Grenze ist erreicht. Ich will nicht weitergehen.« Vehement schüttelte er den Kopf. »Es sei denn ...«

»Was?« Naomi begehrte ihn! Sie konnte ihn nicht verlassen, ohne noch einmal mit ihm geschlafen und in seinen Armen gelegen zu haben.

»Nein, das wäre wohl zu viel des Guten. Da habe ich eine Frau gefunden, die zu einer Leidenschaft fähig ist, die meiner ebenbürtig ist, und dann erfahre ich, dass sie einem anderen Mann gehört. Es wäre auch zu schön gewesen, um wahr zu sein. Dauerhaftes Glück, das über Sessions hinausgeht, scheint mir verwehrt zu bleiben. Immer nur Herr, niemals Gebieter. Oder doch nicht?« Sam hielt inne. Er trat nah an sie heran, hob ihr Kinn an und tauchte tief in ihren Blick ein. »Ich sehe den inneren Kampf in deinen Augen, aber du musst dich entscheiden.«

Ihr Herz galoppierte so heftig, dass ihr Brustkorb schmerzte. »Entscheiden?«

»Ich verleihe meine Lustdienerin nicht. Sie gehört mir alleine. Ist mein Besitz, mein Eigentum!« Dann brachte er es auf den Punkt: »Ich will nicht die Rolle des Geliebten einnehmen, ich unterwerfe mich niemals.«

Die Gefühle brachen über ihr zusammen. In Gedanken sah sie, wie sie mit Cheng Schluss machte, ihre Wohnung verlor, ihren Job ebenfalls, aber auch die Sicherheit einer langen Beziehung und plötzlich mit nichts dastand.

Was wusste sie schon von Samuel? Nicht einmal, ob er Geschwister hatte oder seine Eltern noch lebten, wo oder wie er wohnte, welche Hobbys er hatte, wie er seinen Kaffee trank, welche Filme und Bücher er mochte. Nichts, außer dass er dominant war und SM lebte. Ihr wurde bewusst, dass sie außer Sex nichts verband. Außergewöhnlicher, faszinierender, atemberaubender Sex!

Außerdem schrieb er für die Yellow Press und bereicherte sich am Elend anderer Menschen. Zögerlich wollte sie wissen: »Hast du wirklich alle Kapitel auf deinem Laptop gelöscht? Keine digitalen Sicherheitskopien oder Ausdrucke?«

»Du vertraust mir immer noch nicht.« Es war eine Feststellung, keine Frage. »Ich dachte, wir hätten das hinter uns gelassen, aber wir sind uns noch so fremd wie vor unserer Absprache.«

»Erpressung«, korrigierte sie ihn schnippisch und kam sich im selben Moment kindisch vor. Warum hatte sie das gesagt? Aus Angst vor der eigenen Courage, weil sie es nicht über die Lippen brachte, ihm ihre Gefühle zu gestehen?

Seine Miene gefror. Er trat einen Schritt zurück und steckte seine Hände in die Hosentasche. »Du tust mir weh.«

Diese Worte aus Samuels Mund zu hören, schnürte Naomi die Kehle zu, sie erschütterten sie innerlich, weil ihr bewusst wurde, dass auch er verletzbar war. Bisher hatte sich Naomi von der Fassade des selbstbewussten Mannes und beherrschten Dominus blenden lassen. Aber Sam war keine Figur aus ihrer Fantasie, die sie ein- und ausblenden konnte, wenn ihr nach erotischen Abenteuern war, er war aus Fleisch und Blut. Doch die Erkenntnis kam zu spät, Naomi hatte seine Gefühle bereits mit Füßen getreten.

»Ich habe deine Sehnsüchte erkannt und sie Wirklichkeit werden lassen. Aber für dich werde ich immer ein Schuft bleiben. Das ist mehr als schade, denn du irrst dich. Ich habe am Anfang nicht fair gespielt, aber gerade du solltest mich nicht verurteilen. Unsere Abmachung ist hiermit hinfällig, du bist frei, und das Enthüllungsbuch wird nie erscheinen.« Als er zur Terrasse ging, stapfte er so fest auf, dass sich der Rasen dort, wo er hintrat, nicht mehr aufrichtete. Er nahm das Notizbuch, in dem er bei ihrer Ankunft geschrieben hatte, vom Tisch, und kehrte zu ihr zurück. »Hier drin findest du den Beweis, dass ich dir und deiner Familie nie etwas Böses antun wollte.«

Samuel reichte es ihr so energisch, dass sie es zwangsläufig annahm. Während er sie einfach stehen ließ und im Gästehaus untertauchte, betrachtete sie das Moleskin skeptisch. Sie ahnte, was der Inhalt war – die handschriftlichen Notizen, die er sich über die sexuellen Geheimnisse der Familie Brookstone gemacht hatte. Das Original! Wahrscheinlich wollte Sam damit bei ihr punkten, doch es bedeutete nichts, so lange sie nicht wusste, ob er nicht doch irgendwo Kopien versteckt hatte.

Einen Moment lang stand sie kurz davor, ihm das Buch impulsiv vor die Terrassentür zu werfen, weil er sie mit billigen Tricks zu ködern versuchte, aber so naiv war sie nicht. Dann überlegte sie es sich anders, denn was sie einmal in der Hand hatte, wollte sie nicht wieder hergeben, daher schob sie das Buch in die Tasche ihres Kleids, ohne einen Blick auf die Einträge zu werfen. Bestenfalls würde es sich doch als Zugeständnis und somit als Zeichen seiner Zuneigung entpuppen.

Ein Geräusch ließ Naomi erschreckt herumfahren. Es hatte wie empörtes Schnaufen geklungen und war von irgendwo hinter den Holunderbüschen und Wildrosensträuchern, die den Garten einfassten, gekommen.

War Cheng ihr heimlich gefolgt und hatte alles mit angehört?

23

Als Naomi hinter die Büsche schaute, konnte sie jedoch niemanden sehen. Sie hockte sich hin und lauschte. Da war das Schnaufen wieder! Es kam von der Obstplantage, die etwas weiter den Hang hinauf begann. Der Höhenunterschied erklärte, weshalb das seltsame Geräusch bis zum Gästehaus dringen konnte. Geduckt schlich Naomi näher. Durch das mediterrane Klima gediehen im Napa Valley die besten Orangen in ganz Kalifornien, eine zusätzliche Einnahmequelle für alle Weingüter; für die Maroon Winery, die einen der erfolgreichsten Merlot produzierte, allerdings nur ein Zubrot.

Je näher Naomi den Obstbäumen kam, desto mehr formte sich ein Bild vor ihren Augen, das so unglaublich war, dass sie es zuerst nicht richtig wahrnehmen und einordnen konnte. Nachdem sie sich hinter die letzte Reihe mit Reben gehockt und durch eine Lücke geguckt hatte, erkannte sie es endlich. Überrascht riss sie ihre Augen auf!

Keine zwei Armlängen entfernt, hing Chad kopfüber von einem dicken Ast. Nackt! Sein Schaft stand erigiert von seinen Lenden ab. Der Anblick erinnerte Naomi an die SM-Party in der gestrigen Nacht. Auch Samuels Phallus hatte sie aus einer ungewöhnlichen Perspektive gesehen, nur war sie es gewesen, die mit dem Kopf nach unten gehangen hatte.

Jennifer, die Tochter eines mit der Maroon Winery konkurrierenden Weinbauern, stand breitbeinig vor ihm und küsste den steifen Penis genüsslich. Ihre kleinen, festen Brüste malten sich auf dem Spaghettiträgertop ab, offensichtlich trug sie keinen Büstenhalter.

»Zieh endlich deinen Slip aus, Baby«, brachte Chad mühsam hervor und wollte Jenns Oberschenkel packen, doch sie wich ihm aus.

»Hände weg! Sonst hör ich sofort auf.« Ihr Blick glitt zu ihren Jeansshorts, die im Schatten des Baumes lagen. Dann trat sie wieder näher an ihn heran. »Das Höschen musst du dir erst verdienen – indem du stillhältst.«

»Das kann ich nicht. Hier unten riecht es verführerisch nach dir.« Er spannte seine Bauchmuskeln an, hob den Oberkörper an und schnupperte an Jenns Schritt. Mit rosigen Wangen öffnete sie ihre Beine für ihn, so dass er mit dem Gesicht zwischen ihre Schenkel gelangen konnte. Er atmete hörbar tief ein, inhalierte ihren Intimduft und zupfte mit den Lippen an ihrem Slip, bis sein ganzer Körper vor Anstrengung zu zittern begann. Schnaufend ließ er sich wieder hängen. Seine Wangen leuchteten rot. Mit schmerzverzerrtem Gesicht massierte er sein Sixpack.

Daher kam also das Schnaufen. Schmunzelnd schüttelte Naomi den Kopf.

»Für deinen Ungehorsam muss ich dich leider bestrafen«, sagte Jenn streng und löste ihr Haargummi. Ihre braunen Haare ergossen sich über ihre Schultern, dadurch sah sie etwas erwachsener aus als mit dem Pferdeschwanz. Behutsam schob sie das Gummi über seinen Penis bis zur Wurzel und band ihn dadurch ab. Durch den sanften Blutstau wurde das Glied noch härter. Ein einziges Mal leckte Jenn über die Penisspitze, was Chad ein lautes Stöhnen entlockte.

»Scht«, Jennifer legte ihren Zeigefinger an ihre Lippen und schaute sich um. »Sei doch leise.«

Rasch duckte sich Naomi hinter die Weinreben.

»Wir sind so weit abseits von allem, hier hört uns niemand«, sagte Chad schwer atmend. »Und um Sam brauchst du dir keine Gedanken zu machen. Er ist sehr offen, was Sex angeht.«

O ja, dachte Naomi und erinnerte sich nicht nur an ihre eigenen Treffen mit ihm, sondern auch daran, wie er Rachel gelehrt hatte, Chad lustvoll zu dominieren. War ihr Cousin noch mit ihr zusammen? Fuhr er zweigleisig? Naomi empörte sich im ersten Moment darüber, doch dann krampfte sich ihr Magen zusammen, weil sie kein Deut besser war. Vom ersten Moment an hatte sie Sam begehrt.

Jenn zwirbelte Chads Nippel und entlockte ihm einige laszive Seufzer, bevor sie die Schmetterlingsklammern aus ihrem Haar nahm, und sie darauf klemmte. Zuerst verzog er keine Miene und schaute lediglich erstaunt. Doch je länger die Klammern in seine Brustwarzen zwackten, desto mehr verzerrte sich sein Gesicht. Er bat Jenn jedoch nicht, sie abzunehmen, sondern litt schweigend. Lediglich sein Phallus zuckte.

Zufrieden nahm Jenn Chads Glied tief in ihren Mund auf. Langsam zog sie sich wieder zurück, wobei sie ihre Lippen auf den harten Schaft presste. Keuchend vor Erregung hielt sich Chad an ihren Fußgelenken fest, aber sie stand zu nah vor ihm, als dass er sein Gesicht in ihr Höschen hätte drücken können. Zärtlich züngelte sie über den Penis, bohrte ihre Zunge in die Öffnung an der Spitze und saugte genüsslich daran. Während sie den Phallus immer wieder in ihren Mund gleiten ließ, schob sie ihren Zeigefinger unter das Haargummi und wickelte es einmal darum, wodurch sich die Schlinge enger zog. Das Blut staute sich noch mehr und der Schaft wurde so knüppelhart, dass zahlreiche Adern hervortraten und er sich verfärbte. Seufzend leckte Jenn mit der ganzen Länge ihrer Zunge darüber und stieß mit der Hand beiläufig an eine der Schmetterlingsklammern.

Schmerz durchzuckte Chad. Er schrie auf und stöhnte dann erregt. Jenn fuhr die Adern seines Glieds mit der Zungenspitze nach und ließ Chad behutsam ihre Zähne spüren. Chad zappelte inzwischen, als würde er unter Strom stehen. Mit geschlossenen Augen hing er kopfüber vom Baum, stöhnte brünstig und spannte seinen Körper immer wieder kurz an.

»Ich kann nicht mehr«, krächzte er, und Naomi war unsicher, ob er damit seine Haltung oder seine Lust meinte.

Rasch löste Jenn das Gummi und die Klammern und legte beides auf ihre Jeans. Chad, dessen Hände den Boden berührten, versuchte in den Handstand zu kommen und sich geschickt abzurollen, doch das ging gründlich schief.

Du bist nicht wie King Louis, feixte Naomi in Gedanken, sondern eher wie Balu, der Bär.

Seine Arme knickten ein – Naomi vermutete, dass ihm schwindelig geworden war – und er fiel wie ein nasser Sack auf den Grasteppich, der seinen Sturz glücklicherweise dämpfte. Auf dem Rücken blieb er schließlich liegen und keuchte erschöpft.

Sofort war Jennifer bei ihm. Liebevoll strich sie ihm einige Haarsträhnen aus der Stirn. »Alles in Ordnung, honey?«

Er nickte und lachte verlegen. Verliebt schaute er zu ihr auf. »Ziehst du jetzt endlich deinen vermaledeiten Slip aus, bitte?«

Sie schenkte ihm ein warmes Lächeln und streifte das Höschen ab. Überrascht keuchte er, als sie sich rechts und links neben sein Gesicht kniete und er unmittelbar auf ihre gespreizte Spalte sah.

»Du bist so schön, so wunderschön.« Genüsslich ließ er seinen Blick von ihrer Scham über ihre Brüste, an die sich das Trägershirt eng schmiegte, hinauf zu ihrem Gesicht gleiten.

Er streichelte ihren Rücken und begann ihre Gesäßhälften zu kneten, während er ihren Duft inhalierte. Seine Lippen streiften ihre Oberschenkel. Immer wieder küsste er ihre Beine und rieb seine Wangen an ihrer Haut.

Als er einen Kuss direkt auf ihre empfindsamste Stelle platzierte, atmete Jenn laut ein und stieß im nächsten Augenblick alle Luft aus ihren Lungen aus.

Chad leckte durch die Täler ihrer Scham. Vorsichtig saugte er die Schamlippen ein und rieb sie mit seinen Lippen aneinander. Er massierte ihre Pohälften immer fester und seufzte immer öfter. Weit streckte er seine Zunge heraus, um mit der Spitze ihre Öffnung zu umkreisen. Zwischendurch leckte er immer wieder ihre Feuchtigkeit aus seinen Mundwinkeln.

Da er jedoch nicht in sie eindrang, öffnete Jenn ihre Schenkel weiter für ihn. Gierig stieß Chad seine Zunge in sie hinein.

Mehr konnte Naomi nicht erkennen. Trank er von Jenn? Bearbeitete er sie mit flinken Zungenschlägen? Was immer er tat, es machte seine Freundin heiß.

Jenns Stöhnen feuerte ihn an. Er gab sein Bestes, Schweiß perlte von seiner Stirn. Als Chad nach Luft rang, bemerkte er, dass Jennifer ihr Shirt hochgeschoben hatte und ihre Brüste streichelte. Fasziniert beobachtete er, wie sie ihren Busen massierte und ihre Brustspitzen rieb.

Er streckte seinen Arm aus, um an die Schmetterlingsklammern zu kommen, doch sie lagen zu weit weg. Lachend warf Jenn ihren Kopf in den Nacken und schaukelte ihr Becken vor und zurück, so dass es immer wieder Chads Gesicht streifte. Neckend spitzte er seine Lippen. Wann immer sie über die Klitoris rieben, gab Jennifer dieses helle, mädchenhafte Stöhnen von sich, das Chad offensichtlich erregte, denn sein Glied zuckte jedes Mal.

Nach einer Weile packte er Jenns Hüften, rollte sich zur Seite und legte sich auf sie. Um sie nicht mit seinem Gewicht zu belasten, schmiegte er sich an ihre Seite und neigte sich über sie. Liebevoll küsste er ihre Stirn, ihre Wangen, ihr Kinn. Während er ihre Halsbeuge streichelte, stieß er seine Zunge in ihren Mund, worauf Jenn die Arme um seinen Oberkörper schlang und ihn enger an sich drückte.

Sie öffneten ihre Münder weit, schnäbelten so sanft, so gefühlvoll und innig, als wollten sie sich nie wieder loslassen, als wäre der andere das Kostbarste auf der ganzen Welt.

So sieht Liebe aus, dachte Naomi und seufzte innerlich. Sie rieb ihre feuchten Handflächen an ihrem Kleid ab und stieß an einen harten Gegenstand – das Moleskin.

Chad half Jenn, das Shirt abzustreifen. Doch er warf es nicht achtlos fort, sondern legte es über ihre Augen. Vertrauensvoll ließ sie ihn gewähren, als er ihren Hals und ihr Dekolleté mit tausend Küssen überzog. Er legte eine Hand seitlich an ihren rechten Busen und drückte dagegen, so dass die Brustwarze in die Höhe wuchs – direkt in seinen Mund hinein. Allerdings bediente er sich nicht sofort an ihr, sondern ließ sie zuerst seinen heißen Atem spüren und kitzelte sie dann mit seiner Zunge. Jennifer seufzte wohlig und wand sich unter seinen Berührungen.

Da das Shirt drohte, von ihren Augen zu rutschen, rückte sie es zurecht. Chad nutzte die Gelegenheit, griff ihre Handgelenke und hielt sie neben ihrem Kopf fest. Begierig lutschte er an ihren Nippeln, saugte hier und da die empfindsame Haut ihrer Brüste ein, bis ihr Busen besprenkelt mit Knutschflecken war, als wollte er Jenn als die Seine zeichnen, und küsste danach beruhigend jede der rot-bläulichen Stellen.

»Ich konnte mich einfach nicht beherrschen.« Keuchend brachte er die Entschuldigung hervor, gab ihre Arme frei und hinterließ eine heiße Spur aus Küssen auf ihrem Bauch, während er tiefer glitt.

Stirnrunzelnd lüftete Jenn kurz ihr Shirt, riss ihre Augen auf, als sie sah, dass sie unzählige Liebeszeichen von Chad trug, und legte den Stoff glücklich grinsend wieder auf ihr Gesicht.

Kaum dass er ihren Venushügel liebkoste, öffnete sie auch schon ihre Beine für ihn. Ihr Becken war schmal und ihre Spalte rasiert, sah Naomi. Die kleinen Schamlippen besaßen einen jungfräulichen Charme, aber Naomi ahnte, dass Jenn alles andere als eine Jungfrau war. Obwohl sie noch die zarte Statur eines Mädchens hatte, zeigte sie bereits die Leidenschaft einer Frau.

Chad starrte mit glänzenden Augen auf ihren Schoß. Als er einen Kuss auf ihre Klitoris hauchte, bäumte sich Jenn auf. Sie krallte die Hände in seinen Schopf und wimmerte leise. Behutsam leckte Chad die Feuchtigkeit von ihren Schamlippen. Er rieb seine Wangen an ihrer Mitte und badete förmlich in ihrer Feuchte. Als er mit zwei Fingern in sie eindrang, stöhnte sie kehlig. Einige Male nahm er sie auf diese Weise und genoss den Anblick seiner Finger, die ihre Öffnung spreizten, und Jennifers lustverzerrtes Gesicht. Erregt kroch er höher und schmiegte sich wieder an ihre Seite.

Naomi staunte, dass ihr Cousin seine Lust derart gut kontrollieren konnte, denn Chad führte sein Glied zwar an Jenns Schritt, doch anstatt sofort in sie hineinzustoßen, fasste er es unterhalb der Penisspitze an und ließ diese über ihren Kitzler kreisen. Jenn hechelte, krallte ihre Finger in die Wiese und rupfte einige Grashalme aus. Mit der anderen Hand hielt sie sich an Chads Rücken fest und kratzte ihn, doch er merkte es kaum, da seine eigene Erregung zu weit fortgeschritten war. Er konzentrierte sich darauf, seine Lust zurückzuhalten, spannte seine Gesäßhälften immer wieder an und begann zu zittern. Schließlich drang er zwischen ihre Beine und rieb mit seinem Schaft über ihre geschwollene Mitte.

Chad war weitaus beherrschter und zärtlicher, als Naomi es

für möglich gehalten hatte. Es musste eben nur die richtige Person kommen. Jenn schien ihn bis zu einem gewissen Grad gezähmt zu haben.

Er schob sich über sie und führte seinen Schaft behutsam in sie ein. Erregt bäumte sich Jenn auf. Sie schlang die Beine um seine Hüften und zog ihn in ihre Arme. Während Chad langsam begann, sie zu nehmen, tauchten ihre Blicke ineinander. Sie küssten sich heißblütig, rieben ihre Gesichter aneinander und liebkosten sich.

Berauscht von der Lust, hielten sie sich schließlich nur noch fest und schlossen ihre Augen. Sie gaben sich vollkommen der Ekstase hin. Chad stieß Jenn so sanft, so unglaublich vorsichtig, dass es Naomi den Atem raubte. Er vergrub sein Gesicht in ihrer Halsbeuge, zwischendurch küsste er, trunken vor Begierde, dann und wann ihre Schulter. Je näher er dem Höhepunkt kam, desto fester drückte er Jenn an sich.

Naomi konnte kaum erkennen, wo der eine anfing und der andere aufhörte, sie verschmolzen zu einem Wesen, dem berühmten Tier mit den zwei Rücken, jedoch waren sie nicht nur vereint durch Leidenschaft. Es umgab die beiden eine einzigartige Magie, die selbst Naomi spürte; eine Verbundenheit, die weit über Leiber, Lust und Körpersäfte hinausging. Liebe.

Genauso sinnlich wie ihr Wiegen war auch ihr Orgasmus. Jenn biss in Chads Schulter und er, offenbar gefangen in seinem eigenen Rausch, schien es nicht einmal zu spüren. Stöhnend spannte er seine Muskeln an und ergoss sich in Jenn. Er bettete sie sanft ins Gras, küsste sie ein weiteres Mal und legte sich dann neben sie.

Eine Weile lagen sie Arm in Arm nackt wie Adam und Eva auf der Obstwiese. Bis Jenn sich träge erhob. Gähnend reckte sie ihre Arme in die Luft. »Ich muss los.«

»Schon?« Chad sprang auf und versuchte sie zu packen, doch sie wich rechtzeitig aus und rannte zu ihrer Kleidung.

In diesem Moment bemerkte Naomi etwas, das sie verstörte. Auch auf die Gefahr hin, entdeckt zu werden, steckte sie ihren Kopf etwas weiter zwischen den Weinreben hindurch, um das Muttermal auf Jenns Rücken besser sehen zu können. Doch ihre Hoffnung, sie würde sich nur einbilden, dass es seltsam aufgequollen wie eine schwarze Gewitterwolke aussah, bestätigte sich unglücklicherweise nicht.

Das durfte nicht wahr sein! Mit etwas Fantasie sah das Mal aus wie eine Traube Weinbeeren. Wie Onkel Bills Leberfleck.

Rasch zog sich Naomi zurück. Sie presste eine Hand auf ihren Mund, um nicht loszuschreien. War Jenn Williams uneheliches Kind? Rachel konnte es nicht sein, denn Carol und Bill wussten von der Liebschaft zwischen ihr und Chad und hätten ihr ein Ende bereitet. Allerdings hatten die beiden keinen blassen Schimmer, dass sich Chad heimlich mit Jennifer traf.

Eine Katastrophe bahnte sich an!

24

Naomi entfernte sich so leise wie möglich. Jetzt war nicht der richtige Zeitpunkt, um Jenn und Chad darauf anzusprechen. Es lag nah, dass keiner der beiden im Bilde war. Vielmehr musste Naomi mit jemandem reden, der in das Familiengeheimnis eingeweiht war, und so viel sie wusste, waren das nur William, Carol und Jillian. Andere Personen kamen dafür nicht in Frage! Gott bewahre, wenn sie einem Unwissenden gegenüber diese Ungeheuerlichkeit aufdecken würde.

»Vielleicht ist alles ganz anders«, redete sich Naomi gut zu, während ihre Füße immer schneller den Hang hinunterliefen, vorbei am Gästehaus und ihren eigenen Problemen. »Vielleicht hat Onkel Bill gar kein uneheliches Kind und Jenns Muttermal war nur ein Erdklumpen, der an ihrem Rücken haftete.«

Und Samuel und Cheng schlagen dir ein Dreierverhältnis vor, hörte sie eine sarkastische Stimme aus ihrem Inneren; Cheng sorgt für die Sicherheit in deinem Leben und Sam für das Abenteuer.

Ohne anzuhalten, fuhr sich Naomi durchs Gesicht, als wollte sie diese Stimme fortwischen. Das alles war so unwahrscheinlich. So furchtbar! Konnte das Leben nicht ein einziges Mal einfach sein?

Plötzlich erschrak Naomi fast zu Tode. Sie stieß mit jemandem zusammen, der so leise und in gebückter Haltung zwischen den Weinreben hindurchschlich, dass sie ihn nicht bemerkt hatte.

»He, he, Mädchen, ist der Teufel hinter dir her?« Bill richtete sich lachend auf, packte in seiner grobschlächtigen Art ihre Oberarme und schob sie von sich fort.

Schwer atmend legte Naomi eine Hand auf die Stelle, unter der ihr Herz aufgeregt pochte. »Hast du mich erschreckt.«

»Tut mir leid.« Verlegen zuckte er mit den Achseln. Dann schaute er sich mürrisch um. »Hast du Chad gesehen? Der Junge muss hier irgendwo sein. Er lungert ständig in der Nähe des Gästehauses herum. Mr. McAvoy scheint ihn beeindruckt zu haben, er zieht meinen Sohn an wie eine Motte das Licht.«

Naomi schluckte schwer. Ihr Cousin mochte tatsächlich von Sam fasziniert sein, aber den Grund dafür sollte Bill lieber nicht erfahren. Auch durfte er unter keinen Umständen den Hang hinaufsteigen.

»Ich habe es satt, dass er sich ständig vor der Arbeit drückt. Entweder er fängt an, sich für die Maroon Winery zu interessieren, oder er ist raus!« Endlich ließ Bill ihre Arme los.

Obwohl der leichte Schmerz nachließ, verspürte Naomi keine Erleichterung, denn der Knoten in ihrer Brust war sogar noch angewachsen.

»Meine Geduld ist am Ende. Dann muss er sich halt einen Job suchen«, er machte eine unwirsche Wegwerfbewegung. »Ich beschäftige keinen faulen Arbeiter, auch nicht, wenn er mein Sohn ist.«

Innerlich kämpfte Naomi mit sich. Sie wollte Jenn und Chad nicht auffliegen lassen, schon weil sie nicht wusste, was ihr Cousin für Jennifer und Rachel empfand. Aber sie musste ihn schützen, ihn vor einem schlimmen Fehler bewahren! Sie entschloss sich, das Pferd von hinten aufzuzäumen.

»Ich weiß von deinem Kind«, sagte sie geradeheraus. »Nicht Chad und Jill, sondern … das andere.« Das Uneheliche.

Jegliche Farbe wich aus Bills Gesicht. »Woher?«

Sie schüttelte nur den Kopf, denn sie wollte nicht erklären, dass sie ihre Tante und ihre Cousine belauscht hatte. Bill sollte nicht sauer auf sie sein oder gar auf Carol und Jill für ihre Unachtsamkeit. Damit wäre in dieser prekären Situation niemandem geholfen. Es ging hier nicht um Schuldzuweisung, sondern darum, zu verhindern, dass Chad sich und damit die ganze Familie Brookstone unwissentlich ins Unglück stürzte.

Erneut griff Bill Naomis Oberarme, aber diesmal so vorsichtig, als fürchtete er, sie könnte zerbrechen. »Ich hätte es dir sagen sollen. Schande über mich! Aber ich hatte versprochen zu schweigen, und du weißt, dass ich Versprechen halte.«

»Chad hättest du aufklären müssen.«

»Du weißt doch, wie er ist. Verschwiegenheit gehört nicht zu seinen Stärken.« Theatralisch seufzte er.

Das sah Naomi anders, immerhin ließ er sowohl Rachel als auch Jenn im Ungewissen über die Konkurrentin.

Ihr Onkel lächelte gequält. »Seit du volljährig wurdest, quäle ich mich damit herum.«

»Jenn…« Wie einen Köder warf sie diesen Namen aus, um Bill wieder auf den richtigen Weg zu lenken. Es ging hier nicht um sie. Naomi konnte damit leben, dass man sie nicht über das uneheliche Kind aufgeklärt hatte, aber Chad hätte es erfahren müssen. Er hatte eine Stiefschwester. Und er mochte sie mehr, als es gut für beide war.

»Meinst du die Tochter von Gus Linderman von der Harvest Winery?« Verwirrt runzelte er die Stirn. Dann verdüsterte sich sein Blick. »Dieses Aas lagert seinen Merlot neuerdings auch in europäischen Eichenfässern. Seine stammen zwar aus Frankreich, hat mir ein Vögelchen gezwitschert, aber sie sind nicht aus französischer Traubeneiche. Als könnte er mir das Wasser reichen!«

»Deine Tochter«, begann Naomi zaghaft von neuem.

»Ich habe keine Ahnung, woher du es weißt, aber das ist auch nicht wichtig.« Er stieß die Luft aus seinen Lungen aus, als wäre eine große Last von ihm gefallen. »Ich bin unendlich froh, dass es endlich raus ist. Geheimnisse liegen mir nicht, ich bin eine ehrliche Haut. Bitte, verzeih mir, dass ich dir nichts gesagt habe, aber ich hatte es Carol und Catherine geschworen.«

Naomis Knie wurden weich. Sie verstand noch immer nicht, wovon Bill sprach, aber die Unterhaltung ging in eine Richtung, die ihr nicht behagte.

Unsicher wollte Bill sie in seine Arme ziehen, überlegte es sich aber anders, als wollte er sie nicht bedrängen. »Als Anthony, dein Vater, mit seinem Contender kenterte …«, er schaute kurz zum Himmel auf, als würde er dort nach den richtigen Worten suchen oder um die Unterstützung des Verstorbenen bitten. »Als Tony nicht mehr heimkehrte, hörte deine Mom nicht mehr auf zu weinen. Sie vergrub sich zu Hause, ließ die Jalousien geschlossen und ging weder ans Telefon, noch öffnete sie die Tür. Wir kamen nur herein, weil wir einen Notfallschlüssel hatten. Die Wohnung, es war wie in einer Gruft. Cat aß und trank fast nichts mehr. Sie hätte sich aufgegeben, hätten Carol und ich uns nicht abwechselnd um sie gekümmert.«

Er strich beruhigend über ihre Arme. »Es war ständig jemand bei ihr, entweder deine Tante oder ich, um dafür zu sorgen, dass sie aß und trank, und um sie aus dem Appartement zu locken. Der andere hielt Maroon am Laufen. Für uns alle drei war es eine schwere Zeit, nicht nur wegen der Trauer, sondern auch wegen der Doppelbelastung.«

Röte stieg in seine Wangen. »Aber in dieser schrecklichen Phase standen wir uns auch so nah wie nie zuvor und auch nie wieder danach. Da ist es passiert. Ich fühle mich Carol gegenüber schuldig, aber nicht gegenüber Cat. Noch immer hege ich tiefe Gefühle für sie.«

»Du und Mom.« Eine Ahnung erwachte in Naomi. Ihr wurde schummrig, und sie war froh, dass Bill sie festhielt.

»Wir beide hatten uns verliebt. Ich hoffe sehr, dass du mir das glaubst. Es ging nicht nur um körperliche Anziehung. Catherine war so anders als Carol und trotzdem ähnlich.« Sein Lachen klang beschämt. »Das ist schwer zu erklären. Sie sind beide ehrlich, verlässlich und solide, aber Cat war lebenslustiger. Sie trug vor dem schrecklichen Verlust immer farbenfrohe, offenherzige Kleidung, lachte viel und ging gerne aus, während Carol eher häuslich war. Versteh mich nicht falsch, ich liebe Carol. Auch in dieser Zeit habe ich sie geliebt. Aber als ich Cat, die ich sonst nur als Sonnenschein kannte, wie ein Häufchen Elend sah, weckte das meinen Beschützerinstinkt. Außerdem lernte ich sie während der Trauerphase von einer völlig neuen Seite kennen. Asche auf mein Haupt, sie war weitaus tiefsinniger, als ich es gedacht hatte. Es ist schwer nachzuvollziehen für Außenstehende.«

»Du bist fremdgegangen?« Mit ihrer Mom?

»Gott bewahre, nein!« Abwehrend hob er seine Hände. »Ich musste mich nicht zwischen ihnen entscheiden, zumindest zu diesem Zeitpunkt noch nicht. Carol war, sagen wir mal, gediegen, aber niemals bieder.«

Das nahm Naomi ihm ab. Den Beweis, die Videobänder, hatte sie selbst gesehen.

»Sie ist die beste Ehefrau, die ich finden konnte, und ich frage mich oft, ob ich sie überhaupt verdient habe. Damals hat sie meine Liaison mit Cat akzeptiert, weil ihr Verhältnis zu ihrer Schwester sehr innig war. Wir drei waren ein Team, ein unzertrennliches Trio, eine feste Einheit, die unerschütterlich erschien«, sagte er aus dem vollen Brustton der Überzeugung.

Fassungslos starrte Naomi ihn an. Ihre Mom, ihr Onkel und

ihre Tante hatten eine Dreiecksbeziehung geführt und es die ganzen Jahre über verheimlicht.

Erschöpft ließ Bill seine Arme sinken. »Bis deine Mom nach kurzer Zeit schwanger wurde.«

Naomi traute ihren Ohren kaum. »Aber als Dad starb, war sie doch schon …«, sie sprach den Rest nicht mehr aus, da Bill den Kopf schüttelte.

»Cat wird mir den Hals umdrehen, wenn sie erfährt, dass ich es dir gesagt habe, aber es ist ihre eigene Schuld. Sie hätte dich längst aufklären sollen.« Seufzend raufte er sich die Haare, die wirr abstanden, nachdem er die Hände hatte sinken lassen. »Carol wurde eifersüchtig. Das ging ihr zu weit. Ein Kind durfte nur mich und sie verbinden, weil wir verheiratet waren. Sie betrachtete Kinder als Krönung der Liebe und hatte große Angst, mich an deine Mutter zu verlieren. Cat zog sich daraufhin zurück, weil sie keinen Keil zwischen uns treiben wollte. Höchst anständig von ihr. Sie wollte unsere Ehe nicht zerstören. Noch heute empfinde ich sehr viel für sie, aber es ist keine Liebe mehr, sondern starke Zuneigung und Freundschaft.«

Bill wollte sie wieder an sich ziehen, doch Naomi trat einen Schritt zurück. Sie musste erst verdauen, was sie soeben erfahren hatte.

Betreten schaute Bill auf seine Schuhe und dann wieder Naomi an. »Deine Mom ist etwas Besonderes, genauso wie Carol, die uns beschwor, auf ewig zu schweigen, weil der Schmerz doch recht tief saß, aber auch um ihre Schwester zu schützen. Damals waren andere Zeiten. Die Menschen behandelten alleinerziehende Mütter, die zudem noch ein uneheliches Kind hatten, wie Aussätzige. Deshalb die Lüge über den Zeitpunkt deiner Zeugung, die kleine Zeitverschiebung.«

Alles drehte sich um Naomi. Die Sorge um Jenn und Chad war längst verblasst. Der Leberfleck auf Jennifers Rücken war nur ein gewöhnliches Muttermal gewesen. Dass die Form an Weintrauben erinnerte, musste sie sich eingebildet haben. Die Angst, Chad könnte seine Halbschwester lieben, hatte ihr einen Streich gespielt.

Bill trat zu ihr, und diesmal ließ Naomi es zu, dass er sie behutsam in seine Arme nahm. Liebevoll streichelte er über ihren Rücken. »Bitte, verzeih mir. Auch Carol und Cat. Wir meinten es nur gut. Ich … ich würde dir so gerne ein richtiger Vater sein. Das wollte ich schon immer. Darf ich?«

Naomis Augen wurden feucht. »Ich brauche Zeit«, sagte sie mit belegter Stimme, riss sich los und rannte davon.

25

Ziellos lief Naomi durch die Weinreben. Tränen glänzten auf ihren Wangen, sie machte sich nicht die Mühe, sie wegzuwischen. Das Moleskin stieß immer wieder gegen ihre Beine. Es nervte sie, aber sie hielt es nicht fest, weil sie mit den Armen ruderte, um schneller vorwärtszukommen.

Erst als plötzlich der Racoon Creek vor ihr auftauchte, hielt sie an. Sie stützte sich auf ihren Oberschenkeln ab und rang nach Luft. Schweiß perlte von ihrer Stirn. Keuchend ließ sie sich am Ufer auf ihre Knie ins Gras fallen, neigte sich vor und schaufelte sich kühles Wasser ins Gesicht. Langsam kam sie wieder zu Atem. Sie ließ ihren Blick über den Fluss schweifen und saugte die Idylle in sich auf. Hier war die Welt noch in Ordnung, in ihrem Inneren nicht mehr. Dann lehnte sie sich gegen die Silberweide, unter der sie kniete, und schloss für einen Moment ihre Augen.

Naomi horchte in sich hinein. Die Neuigkeit war wie ein Tornado durch sie hindurchgefegt – gewaltig und laut tosend –, aber er war weitergezogen und hatte nichts in ihrem Inneren zerstört. Woran lag das?

Noch immer konnte sie Bills Berührungen spüren und seinen ureigenen Duft nach Mann, frischer Luft, Sommersonne und Natur riechen. Er war ihr Vater, Himmel noch mal, ihr Dad! Eigentlich war er das schon immer gewesen. Er hatte sich seit ihrer Kindheit bemüht, Tony zu vertreten. Doch das war etwas anderes gewesen. Er war ein Vaterersatz gewesen, aber eben nur ein Ersatz, ein kleiner, aber feiner Unterschied.

Naomi hatte sich stets schlecht gefühlt, weil sich ihre Sehnsucht nach Anthony Coffin in Grenzen gehalten hatte. Aber wie konnte man jemanden vermissen, den man nicht kannte? Außerdem hatte sich ihre Mom derart krampfhaft bemüht, die Erinnerung an Tony aufrechtzuerhalten, dass Naomi sich regelrecht bedrängt gefühlt hatte. Cats Bemühungen hatten das Gegenteil bei ihr bewirkt. Während ihre Mom sie zwang, an jedem von Tonys Ehrentagen Kuchen im Hafen bei *Macy's Homemade Bakery* essen zu gehen, dabei Fotos anzuschauen, die vor Naomis Geburt aufgenommen worden waren, und alten Geschichten zu lauschen, die nichts mit ihr zu tun hatten, fragte sich Naomi insgeheim, wieso man die Geburtstage von Toten feierte. Als Kind hatte sie sehnsüchtig zu den Jungen und Mädchen geschaut, die auf dem berühmten Pier 39 Fangen spielten, und später als Teenager zu den Verliebten, die Hand in Hand über den Fisherman's Wharf spazierten, einer Werft, in der alte Lagerhallen zu Cafés, Restaurants und Kneipen umgebaut worden waren. Naomi hatte nicht in Erinnerungen schwelgen wollen, die nicht ihre eigenen waren, sondern sie hatte selbst etwas erleben wollen!

Rückblickend gab sie zu, dass sie deshalb so früh von zu Hause ausgezogen war. Cheng hatte ihr den Schlüssel zu seiner Wohnung angeboten, und sie hatte zugegriffen, ohne ein zweites Mal darüber nachzudenken. Zu dem Zeitpunkt war sie gerade neunzehn Jahre alt geworden und hatte unter den Geschenken wie immer auch eins von Tony gefunden, das selbstverständlich ihre Mom in seinem Namen gekauft hatte.

Welch ein falsches Spiel, dachte Naomi, schnaubte verächtlich und warf einen Stein ins Wasser. Aber sie wusste ja, dass ihre Mutter nur gute Absichten gehabt hatte. Sie hatte gewollt, dass Naomi in einer Art intakter Familie aufwuchs oder zumindest in Gedanken daran. Dabei war die Scharade unnötig gewesen. Catherine war eine gute Mutter. Naomis Kindheit war glücklich gewesen. Und es hatte sogar einen Mann in ihrem Leben gegeben, der ihr die männliche Sicht auf die Dinge vermittelt hatte – William Brookstone. Während Anthony trotz aller Bemühungen ihrer Mutter ein Schatten blieb, war Bill ein Mensch zum Anfassen, eine Bezugsperson, eine Vertrauensperson – real.

Naomi bemerkte, dass sie aufgehört hatte zu weinen. Ungeniert zog sie ihre Nase hoch und schniefte. Bill war immer ein Teil ihres Lebens gewesen. Er hatte ihr das Randall Museum mit seinem Streichelzoo gezeigt, gemeinsam mit ihr naturwissenschaftliche Experimente im Kinderlabor des Exploratoriums durchgeführt und sie ins Wachsmuseum eingeladen, um von ihr Fotos mit allen Berühmtheiten zu machen. Diese Bilder besaß Naomi noch heute. Als sie älter wurde, flüchtete Naomi öfters zu ihm ins Napa Valley und schüttete ihm ihr Herz aus. Sie vertraute ihm, sie fühlte sich ihm nah, und trotz seiner jahrelangen Verschwiegenheit empfand sie immer noch eine starke Verbundenheit mit ihm. Aber es hatte nichts damit zu tun, dass das gleiche Blut in ihren Adern floss – sondern weil er ihr Leben lang für sie da gewesen war.

Warum war sie dann so aufgelöst? Er hatte sie belogen, hatte sie im Ungewissen gelassen. Doch das Schweigen war nicht seine Entscheidung gewesen, sondern er hatte es zum Schutz seiner Familie getan. Aus demselben Grund, aus dem sie sich Samuel hingegeben hatte.

Seufzend holte sie das Notizbuch aus ihrer Tasche und wusste längst, dass sie Bill verzeihen würde. Sie liebte ihn, daran hatte sich nichts geändert. Natürlich sah sie ihn jetzt mit anderen Augen, aber die Dinge würden sich nicht grundlegend ändern, weil er immer schon die Vaterrolle in ihrem Leben übernommen hatte.

Aber was war mit Sam? Er war lange nicht so unschuldig, wie er ihr einzureden versuchte. Unschlüssig drehte sie das Moleskin in ihrer Hand. Wollte sie wirklich lesen, was er über die sexuellen Abenteuer ihrer Familienangehörigen gesammelt hatte? Nein, aber sie musste wissen, was genau er in Erfahrung gebracht hatte.

Ihr fiel ein, dass sie nie auch nur ein einziges Kapitel gelesen hatte, bevor Sam es im Schredder zerkleinert hatte. Abgelenkt durch ihr Begehren, war sie zu leichtgläubig gewesen.

Nervös schlug sie die erste Seite auf. Laut las sie die Überschrift: »Journaleintrag Samuel McAvoy«, und stutzte. Irritiert überflog sie die ersten Zeilen. Das, was er ihr gegeben hatte, war gar kein Notizbuch, sondern etwas viel Kostbareres. Sams Tagebuch! Er hatte es Mitte Juni begonnen. Aufgeregt blätterte Naomi vor, las hier und dort und langweilte sich schnell, denn Sam schrieb über das hübsche Gästehaus, das er bezogen hatte, was sich seit seinem ersten Besuch im Frühjahr auf Maroon im Napa Valley verändert hatte und wie froh er war, sich mit William Brookstone geeinigt zu haben, ja, sogar über das mediterrane Wetter. Kein Hinweis auf die Sexeskapaden der Familie Brookstone.

Samuel hatte das Weingut schon einmal aufgesucht, das hatte niemand erwähnt. Weshalb? Hatte Sam auch Onkel Bill in der Hand? Dad, korrigierte sie sich und spürte eine angenehme Wärme im Brustkorb. Klang gar nicht so übel. Sie musste sich zwar erst noch daran gewöhnen, was gewiss eine Weile dauern würde, aber es fühlte sich richtig an. Das war ein guter Anfang.

Flink blätterte sie die Seiten um und suchte nach einem Eintrag Anfang Juli. Hatte er etwas über ihr erstes Zusammentreffen geschrieben, damals, als sie einfach im Gästehaus aufgetaucht war, da sie nicht wusste, dass es belegt war, und seine Sexratgeber entdeckt hatte. Enttäuscht stellte sie fest, dass Samuel am 1. Juli nichts aufgeschrieben hatte. Doch auf der nächsten Seite fand sie die Notizen.

Naomi kommt mir vor wie eine Wildrose, die kurz vor dem Vertrocknen ist. Du spürst die Glieder meiner unsichtbaren Kette noch nicht, doch ich habe dich längst in Fesseln gelegt. Schon bald wirst du vor deinem Verlangen kapitulieren und dich mir hingeben. Lust und Leid liegen so nah beieinander. Unter meiner Führung werden sie verschmelzen. Dich in die Knie zwingen. Dein freches Mundwerk wird dann nur noch betteln. Um Gnade. Um mehr. Um endlich von mir gevögelt zu werden. Naomi, Naomi, hörst du mein Flüstern. Mein Locken. Komm zu mir.

Nein, nein, nein! Aufgebracht schlug sie das Moleskin zu und warf es ins Schilf. Was bildete sich dieser Kerl ein? Sie hätte sich niemals mit ihm einlassen und Cheng hintergehen dürfen. Es war falsch, widerwärtig! Wahrscheinlich saß er in diesem Moment im Gästehaus, stellte sich vor, wie sie seine erniedrigenden Berichte las und lachte in sich hinein, während er sein Enthüllungsmanuskript an seinen Verleger abschickte. Fast hätte sie ihm geglaubt, als er meinte, *sie* hätte *ihn* verletzt.

Armer Cheng! Er hatte es nicht verdient, hintergangen zu werden. Warum tat man Dinge, die man selbst nicht guthieß? Aus reiner Triebhaftigkeit? Weil man in seiner Beziehung unglücklich war? Alles nur lahme Ausreden! Man durfte nicht etwas Neues anfangen, bevor man das Alte nicht beendet hatte. Aber manchmal stolperte man in etwas hinein.

Warum konnte sie nicht einen Mann finden, der beides in sich vereinte: die Sicherheit, die Cheng ihr bot, und die Abenteuerlust, für die Samuel ein Experte war.

Cheng könnte seine dominante Neigung entdecken oder

Sam sich als solider Mann entpuppen, dachte sie, schüttelte über sich selbst den Kopf und legte sich im Schatten der Weide auf den Rücken ins Gras. Aber so funktionierte es nicht.

Cheng war kein Dominus und würde es auch nie sein. Selbst wenn er ihr den Gefallen täte und sie ab und an unterwarf, so könnte sie ihn doch nicht ernst nehmen, denn er war nun mal nicht von Natur aus dominant, zumindest nicht, was Sex betraf. Im täglichen Leben musste zwar alles nach seiner Nase tanzen. Seine Verbissenheit, mit der er Pinpoint Precision zum Erfolg führen wollte, hatte sich auf sein Privatleben übertragen. Allerdings äußerten sich seine Führungsqualitäten nicht im Bett. Im Gegenteil, der Druck im Job ließ seine Libido schrumpfen, glaubte Naomi.

Gab es überhaupt noch ein Leben zu zweit? Selbst in ihrer Freizeit nahmen sie Einladungen wahr, um Kontakte zu pflegen, die für das Unternehmen wichtig waren. Naomi selbst war Teil der Firma. Ihre gemeinsame Basis hatte sich verschoben, war nicht mehr eine Partnerschaft, sondern ihr Job. Aber Pinpoint Precision war Chengs Baby, sein Projekt, seine große Liebe – nicht die von Naomi.

Der Wunsch auszubrechen aus diesem starren Alltagstrott war unmerklich in ihr gewachsen und hatte sie in Samuels Arme gespült. Doch was war er? Eine Variable? Ihr Herz rebellierte. Nein, nein, niemals hätte sie sich *irgendwem* an den Hals geworfen. Er symbolisierte Abenteuer, Freiheit und grenzenlose Lust. Entgegen aller Vernunft sehnte sich jede Faser ihres Körpers nach ihm und nur ihm.

Naomi setzte sich wieder auf. Ihr Blick glitt zum Journal. Es drohte ins Wasser zu fallen. Hatten in dem Eintrag nicht auch nette Worte gestanden?

Ich werde dich nicht ausnutzen, sondern deine Fantasien wahr werden lassen. Eine andere Frau könnte deinen Platz nicht einnehmen. Ich will nur dich!

Getrieben von ihrer Neugier kroch sie zum Schilf und nahm das Buch. Sie las Sams Notizen vom 2. Juli noch einmal. Tatsächlich, er hatte geschrieben, dass er sie begehrte. Ihr Herz ging auf, aber aus den Sätzen war eindeutig herauszulesen, dass sein Verlangen rein körperlicher Natur war. Das war ihr zu wenig. Sie wollte mehr. Liebe, Partnerschaft, eine gemeinsame Zukunft. Aber das alles würde sie niemals in den Armen eines Enthüllungsjournalisten finden!

Naomi lehnte sich gegen den Stamm der Silberweide und schlug die Seite um. Der nächste Eintrag brachte ihr Blut in Wallung. Detailliert schilderte er die drei Orgasmen, die Naomi inmitten der Reben am helllichten Tag erlebt hatte, weil Sam es ihr befohlen hatte.

»Also doch!«, zischte sie aufgebracht, doch der Ärger schmolz mit jeder Zeile, die sie weiterlas.

Sie kam heute Nacht nicht meinetwegen. Nur wegen der Lust, die ich verspreche. Das stört mich. Gewaltig! Ich muss der Wildrose geben, nach was sie dürstet. Sonst verliert sie das Interesse. Nicht sie ist diejenige, die genötigt wird. Bei genauer Betrachtung bin ich es, der gezwungen ist. Ich muss das Böse verkörpern. Damit sie sich in die Höhle des Löwen traut und mit mir spielt.

Naomi konnte kaum glauben, was dort geschrieben stand. Sie blätterte rasch vor, überschlug die Beschreibungen ihrer Lusttreffen, denn viel mehr interessierten sie Sams Gedanken. Es war Gold wert, in seinen Kopf reinschauen zu dürfen, und seine Einträge strotzten so von Leidenschaft, dass sie der Wahrheit entsprechen mussten.

Am 5. Juli, nachdem sie das erste Mal miteinander geschlafen hatten, schrieb er:

Im Display meines Laptops spiegelt sich mein blödes Grinsen.

Zum Glück kann Naomi es nicht sehen, denn sonst wüsste sie, dass nicht nur ich Macht über sie besitze, sondern sie auch über mich. Ich kann nicht aufhören, an sie zu denken. Ich bin verrückt nach ihr. Wow, welch eine Frau!

Plötzlich wurde Naomi heiß, sie streifte ihre Sandalen ab und tauchte ihre Füße in das kühle Wasser. Sie hatte ja keine Ahnung gehabt, wie sehr sie Sam beeindruckt hatte. Doch vor lauter Euphorie hatte sie einige Sätze überlesen, die ihr im ersten Moment im Gegensatz zu den Komplimenten unwichtig erschienen waren. Naomi las sie ein zweites Mal und spürte förmlich, wie ihr Puls anstieg.

Schon wieder sind zwanzig Minuten vorbei. Ich träume zu viel zwischen den einzelnen Sätzen. Von ihr. Wenn ich so lange für mein Manuskript brauche, werde ich nie fertig werden. Aber ich habe einen Vertrag zu erfüllen und brauche das Geld, allerdings darf mich Naomi dabei keinesfalls beobachten, sonst würde sie aus allen Wolken fallen.

»Verdammt«, fluchte sie. Samuel hatte sie nach Strich und Faden belogen. Mochte er auch Gefühle für sie hegen, die über sexuelle Anziehungskraft hinausgingen, er spielte unfair! Sie sprang auf und las im Stehen den letzten Eintrag.

Naomi hat einen Freund. Und sie hat ihn verschwiegen. Hätte ich von ihm gewusst, hätte ich sie nicht angerührt, ich schwöre es! Meine Illusion, Naomi könnte mehr als nur das Opfer meiner Nötigung sein, nämlich die Frau, an deren Seite ich jede Nacht einschlafe, ist zerplatzt. Ich liebe Naomi. Jede Faser meines Körpers begehrt sie. Auch mein Herz. Vor allen Dingen mein Herz. Es ist das eines Kämpfers.

Bestand sein Kampf etwa darin, ihr sein Journal zu geben und damit nicht nur seine Gefühle preiszugeben, sondern auch einzugestehen, dass er weiterhin an seinem Manuskript schrieb? Vollkommene Offenheit, auch auf die Gefahr hin, sie zu verlieren. Das beeindruckte sie, gleichzeitig hatte sie keinen blassen Schimmer, was er sich dabei dachte.

Ich liebe Naomi. Dieser Satz hallte immer wieder in ihr nach. *Ich liebe Naomi.* »Und ich liebe Sam«, sagte sie leise, fast traurig, zu sich selbst. Aber manchmal reicht das nicht. Ein Verhältnis, das mit Sex und Lügen begann, konnte nicht in eine ehrliche Partnerschaft münden.

Sie schlüpfte in ihre Sandalen, steckte das Buch zurück in ihre Tasche und machte sich auf den Weg. Egal, was aus ihr und Samuel werden würde, Naomi war sich beim Lesen über eine Sache sicher geworden.

Sie konnte nicht länger mit Cheng zusammenbleiben, denn ihr Herz gehörte einem anderen Mann.

26

Als Naomi am Hauptgebäude ankam, parkte ein weißer Van mit dem Logo der Maroon Winery in der Zufahrt. Er war achtlos mitten auf dem Weg, der zum Wohnhaus führte, abgestellt worden, was nicht weiter verwunderlich war, da die meisten Wagen zur Kelterei unterhalb der Mauer fuhren und daher die Straße oberhalb nur selten benutzt wurde.

Naomi, die hinter dem Van stehen blieb, war viel erstaunter darüber, dass Rachel eine große Koffertasche in den Jamaikafarben gelb, grün und schwarz vom Eingang in Richtung Mäuerchen zog. Offensichtlich war es ihr egal, dass die Tasche, die ohnehin schon zerschlissen aussah, über den Sandboden schabte. Rachel wischte sich über die Stirn und spähte zur Kelterei, vor der einige Arbeiter einen Kleinlaster mit Weinkartons füllten.

Hatte sie vor abzureisen? Oder machte sie nur einen Ausflug? Naomi konnte sich keinen Reim darauf machen. Sie sah zum Haus und erwartete Chad zu sehen, doch niemand kam. Wie herrlich es duftete! Das Küchenfenster war gekippt. Rosamar backte Kuchen oder Pasteten, die es zum Abendessen geben würde.

Rachel sah heiß aus, musste Naomi neidlos zugeben. Ihre schlanken, braungebrannten Beine ragten aus Jeans-Hot-Pants heraus, die sich eng an ihren Apfelhintern schmiegten. Die mit bunten Perlen bestickte Jeans-Weste bedeckte ihre Brüste mehr schlecht als recht; sie quollen seitlich heraus, und der Ausschnitt war unanständig tief. Naomi hätte auf jeden Fall ein T-Shirt darunter getragen, aber Rachel machte den Anschein, als hätte sie es an diesem Tag darauf angelegt, besonders sexy auszusehen. Scheinbar war ihr Plan, welcher das auch immer gewesen sein mochte, nicht aufgegangen, denn sie ließ die Arme hängen und murmelte verdrießlich einige Worte, die Naomi nicht verstehen konnte.

Rachel ging ins Haus zurück, kam jedoch sogleich wieder heraus. Sie schulterte ihren olivfarbenen Leinenrucksack mit dem Hanf-Symbol und schlenderte zu ihrem Koffer. Einige Sekunden lang stand sie unschlüssig herum, schaute mal den Hügel hinauf, als würde sie auf ein Taxi oder Chad warten, und dann wieder zur Kelterei.

Rachel, geblendet von der Sonne, schirmte ihre Augen mit einer Hand ab, spähte noch einmal die Straße, die von der Maroon Winery nach St. Helena führte, hoch und setzte sich seufzend auf das Mäuerchen. Dann schaute sie auf die Armbanduhr, die am Gurt des Rucksacks befestigt war, und schnalzte.

Naomi fasste sich ein Herz und ging zu Rachel, denn sie musste mit ihr reden, bevor es zu spät war. Sie setzte sich einfach neben Rachel auf das Mäuerchen und zeigte auf die Koffertasche. »Hi. Fährst du deine Eltern in Fresno besuchen?«

Eine dezente Röte stieg in Rachels Wangen. »Ich verlasse Maroon, für immer.«

»Was ist mit Chad?«

»Er hat sich für eine andere entschieden«, antwortete sie trocken, doch Naomi hörte die Verbitterung heraus.

Jenn. Sie und Chad hatten wirklich sehr verliebt ausgesehen. Während Naomi am Racoon Creek gesessen und gegrübelt hatte, musste er mit Rachel Schluss gemacht haben. Welch ein Tag! Sie war nicht die Einzige, die schwerwiegende Entscheidungen getroffen hatte. »Das tut mir leid.«

»Mir auch.« Rachel zuckte mit den Schultern, als wollte sie sagen, dass es eben nicht zu ändern sei.

Naomi fasste sich ein Herz, denn Rachel konnte jeden Moment abgeholt werden, und dann würde sie nie mehr Antworten auf einige Fragen bekommen. »Du stammst nicht aus Fresno, oder?« Da Rachel die Stirn runzelte, schob sie eine lahme Erklärung hinterher: »Sie haben da diesen speziellen Akzent. Bill hat ihn mir vorgemacht. Er ist kaum rauszuhören. Aber wenn man erst einmal weiß, worauf man achten muss, erkennt man ihn.«

»Jetzt ist auch schon alles egal«, sagte Rachel und ließ ihren Blick über das Tal schweifen, als würde sie sich auf diese Weise vom Weingut verabschieden. »Ich habe geflunkert. Eigentlich komme ich aus Salinas. Ich habe gehofft, Mr Brookstone damit auf meine Seite zu ziehen, weil er dort studiert hat. Das Foto seiner Abschlussfeier auf der California State University ist mir im Gang zu den Schlafräumen aufgefallen. Die Lüge kam wie von selbst über meine Lippen. Ich schäme mich dafür, aber ich kann sie nicht rückgängig machen. Es spielt auch keine Rolle mehr, denn ich habe eh verloren.«

»Nicht alles«, wagte sich Naomi mutig weiter vor und zeigte auf ihren Bauch. »Ist das Kind von …« Absichtlich nannte sie keinen Namen.

Rachel biss auf ihre Unterlippe. »Sieht man es schon? Ich bin doch erst im dritten Monat.«

Ihre Skrupel ignorierend, nickte Naomi, obwohl Rachel rank und schlank aussah.

Ein tiefer Seufzer stieg aus Rachels Kehle auf. »Chad hat nichts bemerkt, dabei haben wir täglich … wie auch immer, so etwas kann wohl nur eine Frau in dem frühen Stadium erkennen. Ich war schon schwanger, als ich auf das Gut kam, und hatte gehofft, in Chad einen Vater für mein Kind gefunden zu haben. Dafür war ich auch bereit, wegen meiner Heimatstadt zu lügen. Alles umsonst.«

»Wer ist der Vater?«

Rachel schnaubte. »Ich habe mit ihm zusammen im Qualcomm Stadium bei den Spielen der San Diego Chargers Nachos und Budweiser verkauft. Wir sind ein paarmal danach zusammen ausgegangen und haben Gras geraucht. Eines Tages kam er nicht mehr zur Arbeit. Keine Ahnung, ob er einfach weitergezogen ist.« Da Naomi sie entgeistert anschaute, sagte sie zu seiner Verteidigung: »Er wusste nicht, dass ich ein Kind von ihm erwarte. Herrgott, ich wusste es zu dem Zeitpunkt nicht einmal selbst. Er war ein freier Vogel, genauso wie ich. Aber durch das Kind muss ich umdenken. Ich kiffe nicht mehr, ich schwöre es!«

»Was wirst du jetzt tun?«

»Ich habe es ganz schön verbockt, mein Leben, meine ich.« Rachel zuckte mit den Achseln. »Aber ich kriege das schon wieder in den Griff. Meine Eltern wissen Bescheid und warten auf meine Heimkehr. Ich werde das Kind bekommen und versuchen, ihm eine gute Mutter zu sein, jawohl, das werde ich.«

Sie kannten sich im Grunde gar nicht, aber Naomi fühlte sich verpflichtet, ihre Hilfe anzubieten, nicht nur, weil ein Familienmitglied ihr wehgetan hatte, sondern auch weil sie immer half, wenn jemand in Not war. Cheng hatte ihr Helfersyndrom stets übertrieben gefunden, aber sie konnte nicht aus ihrer Haut. Wahrscheinlich hatte sie es von Bill geerbt, er war genauso. »Falls ich dir irgendwie helfen kann …«

Rachel schüttelte den Kopf. »Nein, danke, aber nett von dir.«

Verständnisvoll nickte Naomi. Sie stand auf, um ihr eigenes Leben ebenfalls in die richtigen Bahnen zu lenken und eine Aussprache mit Cheng zu suchen.

»Warte!« rief Rachel, zog ihre Koffertasche näher und kramte darin herum. »Du bist doch mit Samuel befreundet.«

»Ja?« Nervös gluckerte ihr Magen.

»Hier.« Rachel zog ein großes, dickes Buch heraus und reichte es ihr. »Es ist viel zu schwer, um es mitzuschleppen. Und wenn ich ehrlich sein soll, interessiert mich Wein nicht mehr. Vielleicht kannst du etwas damit anfangen. Sam hat es mir geschenkt, dann habe ich auch das Recht, es weiterzuverschenken. Ist mir egal, ob er das Scheiße findet.«

Verdutzt nahm Naomi es an. Es handelte sich um ein hochwertiges Sachbuch mit festem Einband, Schutzumschlag und glänzenden Seiten, und war so schwer, dass sie es mit beiden Händen hielt. »Almanach der kalifornischen Weine« stand in großen Buchstaben auf dem Umschlag. Dem Inhaltsverzeichnis entnahm sie, dass es neben einer Auflistung der Weingüter der bekanntesten Anbaugebiete Sonoma Valley und Napa Valley auch eine Besprechung der kleineren Weinbauern der Medocino und Lake Counties und der zentralen Küstenregion gab und sogar ein kleines Kapitel, in denen die Keltereien erwähnt wurden, die sich vereinzelt in den Gegenden von Sacramento, Los Angeles, San Diego und der Sierra angesiedelt hatten und eher Geheimtipps waren. Ein großer Teil des Buches befasste sich mit einer umfassenden Weinkunde, und es endete mit einem Weinlexikon.

Der Autor hatte sich große Mühe gegeben und hatte sich viel Arbeit gemacht. »Sam Ave«, sie sprach vor Überraschung seinen Namen laut aus.

Rachel sprang auf und wischte sich den Schmutz vom Gesäß. »Das ist sein Pseudonym für Sachbücher. Er schreibt ganz verschiedene Texte.«

O ja, dachte Naomi zerknirscht, zum Beispiel Enthüllungsartikel. Aber ein solch umfangreiches Buch über ein so ernstes

Thema wie Wein hätte sie ihm nicht zugetraut. Das passte nicht zu dem Yellow-Press-Reporter, den sie in ihm sah. Wieder einmal wusste sie nicht, was sie von ihm denken sollte. Alles, was sie sich über ihn zusammenreimte, musste sie wieder in Frage stellen, wenn sie ein neues Detail über ihn erfuhr.

Rachel nahm ihre Sonnenbrille ab, hauchte hinein und säuberte sie mit einem Zipfel ihrer Weste. »Der Almanach muss wohl sehr erfolgreich sein, meinte Chad. Er steht auch in Mr Brookstones Bibliothek.«

»Samuel McAvoy, ein Sachbuchautor – wer hätte das gedacht?«

»Nicht wahr?« Verschmitzt lächelnd setzte Rachel ihre Brille wieder auf.

Bevor eine peinliche Situation entstehen konnte, verabschiedete sich Naomi lieber und ging ins Haus. Ihr fiel es schwer, die Treppenstufen hochzusteigen, als wären sie an diesem Nachmittag doppelt so hoch wie normalerweise. Schuld war nicht die Wärme, sondern vielmehr die Angst vor dem anstehenden Gespräch. Aber sie musste es tun – jetzt!

Als sie das Zimmer betrat, schreckte Cheng auf. Er schob ein Buch unter ihr Kopfkissen. Hatte er etwa *Ekstase durch Unterwerfung* entdeckt und in dem Ratgeber geblättert?

Naomi bemühte sich ernst zu bleiben, trat ein und legte das Sachbuch auf den Tisch. »Wir müssen reden«, sagte sie sanft und zog einen Stuhl vor das Bett, auf dem Cheng saß.

»Wir sollten los.« Ungeduldig warf Cheng einen Blick auf seine Armbanduhr und erhob sich.

Naomi nahm demonstrativ Platz. »Setz dich bitte wieder.«

»Es ist schon spät, und du hast noch nichts gepackt.«

»Setz dich!«

Sie sagte das so energisch, dass er verblüfft ihrer Anweisung folgte. »Du bist anders, seit du von zu Hause weg bist. Diese Reise hat dir nicht gutgetan.«

»Und ob. Sie hat mir die Augen geöffnet.« Naomi konnte förmlich sehen, wie er sich anspannte, deshalb sprach sie so einfühlsam wie möglich weiter: »Hast du nicht auch in letzter Zeit gespürt, dass wir nicht mehr so gut harmonieren wie früher?«

»Was soll das heißen?« Nervös schob er seine Brille zurück auf die Nasenwurzel.

»Wir machen nichts, was Paare für gewöhnlich miteinander tun.«

»Wir gehen zusammen aus, nicht jedes Wochenende, aber regelmäßig.«

»Einmal im Monat«, da er tief einatmete, um zu widersprechen, lenkte sie ein: »Vielleicht sogar zwei- oder dreimal, aber immer nur auf Veranstaltungen, die Kunden oder Kollegen geben.«

»Es sind Partys, oder nicht?« Er zuckte mit den Achseln.

»So nennst du sie, ich nenne sie berufliche Verpflichtungen. Für dich ist das völlig in Ordnung. Aber für mich ist eine Grenze überschritten, wenn selbst die Freizeit fürs Geschäft draufgeht.« Er zog seine Befriedigung aus den Vertragsabschlüssen, die nach diesen Events folgten, und wenn er vom Gericht neue Fälle zugeschanzt bekam, für Naomi dagegen bedeutete all das nur mehr Arbeit. Tatsächlich tat er ihr sogar ein wenig leid, weil er unfähig war, das Leben zu genießen.

Cheng neigte sich vor und stützte sich mit den Händen auf seinen Knien ab. Eindringlich sah er sie über seine Brille hinweg an. »In Wahrheit geht es doch um diesen Kerl, mit dem du unterwegs warst, habe ich Recht?«

Teilweise traf das zu, doch es war nicht ausschlaggebend für ihre Entscheidung, sich von Cheng zu trennen. Selbst wenn aus Sam und ihr nie ein Liebespaar werden sollte, konnte sie nicht länger mit Cheng zusammen sein, denn sie hatte sich entliebt. Sie entschied, Sam vollkommen außen vor zu lassen, weil sie Cheng nicht wehtun wollte. »Es geht um dich und mich, um uns. Sei ehrlich, es gibt schon lange kein uns mehr. Wir sind nur noch nach außen hin ein Paar. Außer Pinpoint Precision haben wir keine Gemeinsamkeit mehr. Du hast nicht einmal mehr Lust auf mich.«

»Erst in der Nacht vor deiner Abreise habe ich dich zum Höhepunkt gebracht«, empörte er sich.

»Ich musste dich dazu überreden. Es war reine Pflichterfüllung für dich.« Beruhigend hob sie beide Hände, da sein Teint rote Flecken bekam und verriet, dass sie Recht hatte. »Es ist in Ordnung. Auch mir fällt es schwer loszulassen, aber wenn du ehrlich bist, weißt auch du, dass unsere Beziehung keine Zukunft hat.«

»Was willst du damit sagen?« Er nahm seine Brille von der Nase, putzte die Gläser mit dem Saum seines Pullovers und setzte sie wieder auf, ein deutliches Zeichen für Naomi, dass er nervös war.

»Die Liebe hat sich heimlich und leise davongestohlen, das ist mir auf Maroon bewusst geworden. Wir sind nur noch zusammen, weil wir es schon eine Ewigkeit waren, aus Gewohnheit.« Aus Bequemlichkeit.

Er wirkte betroffen, aber auch nachdenklich.

»Wir haben uns in verschiedene Richtungen entwickelt, haben inzwischen unterschiedliche Bedürfnisse, Ansichten und Erwartungen an das Leben, an eine Partnerschaft«, sie fuhr sich mit der Hand durchs Gesicht, »manchmal ist es eben so.«

»Ich weiß, dass ich zu viel arbeite«, gab er zu, »aber das kann doch nicht der Grund für deine Entscheidung sein, mich … mich zu verlassen.«

»Wir sind zusammengekommen, als ich erst achtzehn Jahre alt war. Mit neunzehn bin ich schon bei dir eingezogen, und seitdem helfe ich in deiner Firma mit.«

»Du möchtest etwas erleben, die verlorenen Jahre nachholen.« Cheng heuchelte Verständnis vor, aber in Wahrheit hörte Naomi den Vorwurf zwischen den Zeilen genau heraus. Er lehnte sich zurück, als wollte er mehr Abstand zwischen sich und Naomi bringen, denn sein Blick verriet ihr, dass er sich zurückgewiesen fühlte und gekränkt war.

»Ich bereue die acht Jahre mit dir nicht. Wir hatten wundervolle Zeiten, sonst wäre ich nicht so lange mit dir zusammengeblieben.«

Er hob seine Augenbrauen. »Du sprichst schon in der Vergangenheit?«

»Du hast dich zunehmend darauf konzentriert, Pinpoint Precision ganz nach vorne zu bringen, und du hast alles andere auf dieses Ziel ausgerichtet.« Aber er hatte sie dafür geopfert. Sie war ohnehin viel zu geduldig mit ihm gewesen. Das war jetzt vorbei. Ab sofort würde sie wieder mehr auf ihre eigenen Bedürfnisse achten. »Du hast mich vernachlässigt.«

»Das hättest du mir sagen sollen.« Seine Mundwinkel zogen sich nach unten.

Sie schnaubte. »Wie oft habe ich dich gefragt, wann wir denn mal länger verreisen könnten, nur wir beide? Ich habe dir klar zu verstehen gegeben, dass mir die Momente, die wir für uns haben, zu wenig sind, und dass wir kaum noch miteinander lachen.«

Chengs Miene war wie versteinert, aber seine Augen glänzten feucht. »Das hast du«, gestand er ein, »aber ich ahnte nicht, wie schlimm es um dich steht.«

»Um uns«, korrigierte sie ihn und brachte es auf den Punkt: »Du hast mich nicht ernst genommen.«

Zu ihrer Überraschung gestand er: »Das war nicht meine Absicht.«

»Leider ändert das nichts an der Situation.«

»Die Arbeit wird immer mehr. Ich weiß oft nicht, wo mir der Kopf steht.« Er massierte seine Schläfen. »Ich könnte versuchen, früher Feierabend zu machen. Vielleicht kann ich meine Sechstagewoche auf fünf verkürzen und samstags zu Hause bleiben. Unter Umständen …«

»Cheng«, unterbrach sie ihn scharf. Sie war es so leid, von halbherzigen Versuchen und Versprechungen zu hören. »Das hättest du vor langer Zeit schon machen sollen.«

Er schluckte schwer, sein Kehlkopf hüpfte. »Du bist fest entschlossen, nicht wahr?«

Naomi nickte. Das war sie tatsächlich. Sie hatte sich entschieden und wusste endlich, was sie wollte, und das war nicht Cheng.

»Das muss ich akzeptieren«, seine Stimme klang belegt, »auch wenn ich nicht weiß, warum du mir nicht noch eine Chance gibst.«

»Die hattest du, mehr als eine.«

»… und wie es weitergehen soll«, vollendete er seinen Satz verschnupft.

Ihr Gefühl sagte ihr, dass er in diesem Moment Pinpoint Precision meinte, aber sie mochte ihm auch Unrecht tun. Sie würde ihm nicht den Rücken zukehren, sondern für ihn da sein, jedoch nur noch als platonische Freundin.

Sie erhoben sich beide, und Naomi sah zu, wie Cheng mechanisch seine Sachen packte.

Ihre Augen wurden feucht, da eine Trennung wahrlich kein Grund zur Freude war, weil damit auch ein Lebensabschnitt zu

Ende ging. Sie würde sich eine eigene Wohnung und einen neuen Job suchen, auch wenn sie sicher war, dass Cheng sie weiterhin bei sich beschäftigen würde.

Aber damit war auch der Weg frei für eine neue Beziehung.

Ich bin ein Single, dachte Naomi mit gemischten Gefühlen. Sie musste unbedingt mit Samuel über sein Journal und das Sachbuch reden.

»Ich werde dann mal abfahren«, sagte Cheng.

Sein frostiger Ton tat ihr weh. Er vermied es, sie anzusehen.

»Ich komme morgen nach, denn ich habe noch einiges mit meiner Familie zu besprechen.« Sie hatte zwar keinen Freund mehr, hatte dafür aber einen Vater gewonnen. Die Entwicklungen der letzten Tage hauten sie fast aus den Schuhen, aber sie bemühte sich, die Haltung zu wahren, denn noch gab es eine Sache zu klären. Sam.

Gemeinsam gingen sie ins Erdgeschoss, wo sie auf Rachel trafen. Schimpfend steuerte sie auf das Telefon zu, das im Flur auf dem Sideboard stand.

Als sie Naomi und Cheng bemerkte, schluckte sie ihre letzten Flüche herunter. »Ein Bekannter wollte mich mit seinem Pick-up abholen und zum Hauptbahnhof nach Napa bringen, aber er kommt einfach nicht. Jetzt muss ich neben der Fahrkarte nach Salinas auch noch ein Taxi bezahlen. Wofür habe ich eigentlich den ganzen Monat geschuftet?«

»Ich kann dich mitnehmen.« Cheng zuckte mit den Achseln.

Nachdenklich kaute Rachel auf ihrer Unterlippe herum und fragte dann: »Liegt Napa City denn auf deinem Weg?«

»Wenn ich will, schon.« Aus dem Augenwinkel sah Cheng Naomi an, als wollte er ihre Reaktion prüfen, und setzte seinen Anglerhut auf.

»Echt?« Rachels Augen leuchteten und einen Moment lang

sah sie so aus, als wollte sie Cheng um den Hals fallen, doch wegen Naomi hielt sie sich zurück.

»Der kleine Umweg macht mir nichts aus.« Seine Stimme klang trotzig.

Er begleitete Rachel zu seinem Lincoln und drehte sich nur kurz zu Naomi um, eine Hand zum stummen Abschiedsgruß gehoben. Dann fuhren sie ab.

Während Naomi ihnen hinterherwinkte, hegte sie die Hoffnung, dass Cheng bald ein neues Glück finden würde.

Aufgeregt nahm sie das Moleskin aus der Tasche ihres Kleids, atmete tief durch und machte sich auf den Weg zum Gästehaus.

27

Samuel saß in der Hängematte auf der Veranda vor dem Haus. In der Hand hielt er ein Glas Rotwein. Er war so in Gedanken versunken, dass er Naomi zuerst gar nicht bemerkte. Erst als sie schon vor den zwei Treppenstufen stand, die auf die Terrasse führten, wurde sein Blick klarer. Aber er erhob sich nicht, um zu ihr zu kommen, sondern er schaute sie einfach nur an. Seine Miene war finster, aber nicht abweisend oder mürrisch, sondern als wäre er nicht sonderlich glücklich darüber, wie sich alles entwickelt hatte. Als befürchtete er schlechte Nachrichten.

Naomis Herz schlug bis zum Hals. Sie war unsicher, ob die Geschichte, die sie beide verband, ein gutes Ende nehmen konnte, immerhin hatte er sie mit unlauteren Mitteln in seine Arme getrieben, und sie hatte ihn im Unklaren über Cheng gelassen. Mit zittriger Hand legte sie das Moleskin auf die Balustrade, die die Veranda umgab, und wie eine Barriere zwischen ihr und Sam wirkte. »Ich bringe dir dein Journal zurück.«

Noch immer blieb er in der Hängematte sitzen. Er schwenkte sein Glas und betrachtete den rotierenden Wein. Schließlich nahm er einen Schluck und sah auf. »Hast du es gelesen?«

Auf einmal überkam sie Angst. Wenn sie seine Frage jetzt bejahte, würden sie über Liebe sprechen, aber sie hatte sich gerade erst von ihrem Freund getrennt. Alles ging plötzlich viel zu schnell. In einer Sekunde war sie fest liiert, in der nächsten solo. Von einem Moment zum anderen hatte sie einen Vater, der noch lebte. Daher lenkte sie ab: »Du bist Sachbuchautor. Ich habe den Wein-Almanach gesehen.«

»Ich schreibe, ja«, sagte er lapidar und stellte das Glas auf dem Beistelltisch ab.

»Auch für die Boulevardpresse.« Ihr Gesicht verzog sich eine Sekunde lang zu einem abfälligen Grinsen. »Ich habe deine Artikel gelesen.«

Schwungvoll erhob er sich. Er kam zum Geländer und setzte sich mit einer Gesäßhälfte darauf. »Das ist lange her, sehr lange. Damals probierte ich verschiedene Dinge aus. Was liegt in Kalifornien näher, als über Promis zu schreiben? Die Geschichten liegen förmlich auf der Straße herum, ich habe sie nur aufheben müssen, dachte ich zumindest in meiner Naivität. Aber man muss bohren, die Prominenten verfolgen, Druck ausüben, sie absichtlich in peinliche Situationen bringen oder schlichtweg etwas erfinden«, er verschränkte die Arme vor dem Oberkörper, »sagte mein Boss mir zumindest. Es widerstrebte mir vom ersten Moment an, die Patzer anderer Menschen auszuschlachten, deshalb habe ich nur wenige Berichte verfasst und dann gekündigt. Ich war sowieso ein schlechter Klatschreporter.«

Das war also der Grund, weshalb sie nur wenige Artikel unter seinem Namen hatte aufstöbern können. Zögerlich stieg sie die zwei Stufen hinauf und blieb einige Schritte von ihm entfernt stehen. »Warum veröffentlichst du Sachbücher unter Pseudonym?«

»Weil mein Name verbrannt war.« In Erinnerung an die damalige Zeit schnaubte er. »Wer nimmt schon einen Sachbuchautor ernst, der früher für den Hollywood Reporter oder das Star Magazine geschrieben hat? Also habe ich meinen Namen einfach gekürzt und Sam Ave daraus gemacht. Für mein anderes Projekt habe ich allerdings ein echtes Pseudonym gewählt.«

»Wovon sprichst du?«

Als er zu ihr kam, hielt sie kurz die Luft an, doch er blieb vor ihr stehen und lehnte sich mit der Schulter gegen den Balken, der die linke Seite des Aufgangs flankierte. Seine Augen funkelten belustigt. »Ich denke, du bist ein Ass in Sachen Recherche. Offensichtlich hast du nicht alles über mich herausgefunden.«

»Vielleicht war es mir nicht wichtig genug.« Kaum hatte sie dies ausgesprochen, bereute sie es auch schon.

»Das stimmt nicht, sonst wärst du jetzt nicht hier.« Sanft strich er mit seinem Handrücken über ihre Wange. »Illustro, das ist Latein und bedeutet erleuchten, aufklären und erläutern.«

Illustro, das sagte ihr etwas, doch sie wusste nicht was. Sie hatte dieses Wort schon einmal gelesen. Aber wo war das noch? Sie war bemüht, sich nichts anmerken zu lassen, doch Sam spürte, dass sie keine Ahnung hatte, wovon er sprach.

Er gab ihr einen Tipp. *Ekstase durch Unterwerfung* und *Sklavenerziehung mit gefühlvoller Härte*.

»Die SM-Ratgeber«, schoss es aus ihr heraus, denn ihr ging ein Licht auf. Den Namen Illustro hatte sie auf beiden Covers gelesen. »Du hast sie verfasst?«

Schmunzelnd nickte er. »Ein Autor soll sich des Themas annehmen, von dem er Ahnung hat, angeblich werden seine Bücher nur dann wirklich gut. Das ist Unsinn in meinen Augen, denn wer soll dann Krimis oder Horrorromane schreiben, aber ich bin diesem Leitsatz trotzdem gerne gefolgt, weil ich auf diese Weise zwei Leidenschaften vereinen konnte. Ich praktiziere SM, seit ich zwanzig bin. Warum sollte ich dann nicht mein Wissen und meine Erfahrung weitergeben?«

»Du hast definitiv ein Lehrer-Gen in dir.«

»Rachel und Chad«, begann er und befeuchtete seine Lippen mit der Zunge, »ich habe ihnen geholfen, die dunkle Seite der Lust kennenzulernen.«

»Und ihre Session detailliert notiert.« Ärger wallte in ihr auf. »Wie bei uns.«

»Sie haben dem zugestimmt, Naomi.«

»Hast du sie etwa auch erpresst?«

Mit zusammengekniffenem Mund wandte er sich ab und schaute über das Tal. Der Nachmittag war weit fortgeschritten, und die Schatten wurden immer länger. »Ich arbeite an einem neuen Illustro-Buch. Diesmal wird es kein Ratgeber werden, sondern ich sammele Erfahrungsberichte von Paaren, die das erste Mal SM praktizieren. Es soll den Lesern zeigen, dass sie nicht alleine mit ihrer Neigung sind und BDSM nichts Perverses ist, aber auch, dass manche Vorstellungen in der Realität anders aussehen und schon mal etwas schiefläuft. Man braucht Übung, um ein guter Dominus oder eine gute Domina zu werden und, aus der Sicht des Subs, Vertrauen zu fassen und sich fallen lassen zu können. Und wenn etwas in die Hose geht, darf man ruhig zusammen lachen. Rachel und Chad waren einverstanden, dass ich ihre Sessions aufschreibe, wenn ich andere Namen verwende. Das habe ich getan.«

»Hast du unsere Treffen aus demselben Grund aufgeschrieben?«

»Nur um noch eine Weile in Erinnerung zu schwelgen. Ausschließlich für mich!« Er drehte sich wieder zu ihr und stützte sich mit dem Ellbogen an dem Balken ab. »Über den Rest deiner Familie habe ich gar nichts notiert.«

»Aber die Kapitel …«

»Haben nie existiert. Ich habe dich lediglich in dem Glauben gelassen.«

»Um mich rumzukriegen?«, brauste sie auf.

»Um dir nah sein zu können. Ich entschuldige mich von

Herzen, es war falsch und ich bereue es«, er brach ab und raufte sich die Haare, »oder auch nicht. Ich möchte nichts missen, was ich mit dir erlebt habe, aber ich wünschte, unsere Treffen wären unter anderen Umständen zustande gekommen. Leider kann ich das nicht mehr ändern. Vielleicht wirst du mir meine Lüge nie verzeihen, doch durch mein Tagebuch solltest du zumindest wissen, dass ich kein abgebrühter Schurke bin.«

»Ich verstehe das alles nicht. Behaupte nicht, du würdest an keinem Enthüllungsbuch arbeiten.« Sie zeigte auf das kleine schwarze Notizbuch. »In deinem Journal gibst du zu, trotz unserer Abmachung daran weiterzuschreiben.«

Verwirrt hob er eine Augenbraue, dann umspielte ein Lächeln seine Lippen. »Ich habe befürchtet, wenn du mich an meinem Laptop sitzen siehst, gehst du davon aus, dass ich an den Enthüllungsberichten feile. Aber ich arbeite an anderen Texten, über die ich eigentlich nichts verraten darf.«

Sie rümpfte die Nase. »Noch mehr Geheimnisse, Illustro?«

»Nein«, er seufzte und schüttelte den Kopf, »besser nicht. Ich möchte lieber retten, was noch zu retten ist. Neben dem SM-Buch schreibe ich an einer Chronik über die Maroon Winery. Bitte sag William nicht, dass du davon weißt, denn es soll eine Überraschung für die ganze Familie werden.«

Bill hatte etwas damit zu tun? Das wurde ja immer kurioser.

»Er ist von meinem Almanach über das Weinanbaugebiet Kalifornien so begeistert, dass er mich engagiert hat, ein Buch über das Gut zu schreiben, nur deshalb bin ich hier. Im Sommer nächsten Jahres feiert Maroon seinen hundertfünfzigsten Jahrestag. Ich soll die Entwicklung dokumentieren, alle Beteiligten benennen und erwähnen, was jeder für das Unternehmen geleistet hat, und natürlich ausgiebig auf die Weine, besonders den preisgekrönten Merlot, eingehen. Natürlich wird es später auch zum Kauf angeboten werden. Diese Maroon-Bibel, wie ich sie nenne, soll ein Andenken für die Familie sein, aber William hofft auch, das Ansehen der Kelterei noch einmal in eine neue Sphäre zu heben: ein Weingut, das nicht nur mit anderen Gütern in einer Ausgabe erwähnt wird, sondern über das ein eigenes Buch existiert, muss sehr wichtig sein.« Sam zwinkerte.

»So was aber auch«, entwich es Naomi, die sich an die Notizen erinnerte, die sie bei Sam entdeckt hatte: *Carol und William in eindeutiger Pose ablichten, Jillian verführen, wertvolle Interna preiszugeben, Chad dazu bringen, die Hosen runter zu lassen, bohren, bis die ganze Wahrheit auf dem Tisch liegt!* Es ging nicht um schlüpfrige Details aus ihrem Intimleben, sondern um das Familienimperium. Samuel musste ihnen Informationen über das Weingut entlocken, ohne dass sie es merkten, um Bills Überraschung nicht zu verderben.

»Aber die Erpressung«, wandte Naomi kleinlaut ein.

Mit einem einzigen Satz wischte Samuel ihre Bedenken endgültig fort, ein Satz, den er so sanft, so sinnlich und gefühlvoll sagte, dass Naomi eine wohlige Gänsehaut bekam: »Sie ist nur ein Zeichen meiner unendlich großen Sehnsucht nach dir gewesen.«

»Cheng«, sie atmete tief durch. »Ich war nach Maroon gekommen, um über meine Beziehung zu ihm nachzudenken.«

»Und ich habe dich auch noch vom Grübeln abgelenkt.«

»Du hast mir die Augen geöffnet. Cheng und ich, wir hatten uns längst auseinandergelebt, ohne es zu merken. Er ist abgereist. Wir sind nicht mehr … wir haben uns getrennt.« Sie legte ihre Handflächen aneinander. »Es tut mir leid, dass ich dir nichts von ihm gesagt hatte.«

»Du hattest deine Gründe.«

»Ich war unglücklich mit Cheng und fühlte mich vom ersten Moment an zu dir hingezogen«, gestand sie. Ihr Blick erhellte sich. »Du kannst mich ja für diesen Fehler bestrafen.«

»Nein! Man darf niemals das Reich der Lust mit der Welt des Alltags vermischen. Das eine hat hiermit zutun«, er strich durch ihre Spalte, worauf sie erschauerte, »das andere hiermit.« Er nahm ihre Hand und legte sie auf seinen Brustkorb, damit sie seinen Herzschlag spürte.

Dann vergrub er seine Hand in Naomis Haaren, schmiegte seinen Körper an den ihren und küsste sie auf die Stirn, auf beide Wangen, ihr Kinn und die Mundwinkel. Jeder Kuss war voller Liebe und die Stellen, an denen seine Lippen ihre Haut berührten, brannten vor Verlangen. Als er sie auf den Mund küsste, öffnete sie ihre Lippen bereitwillig und hieß seine Zunge willkommen. Sie schlang ihre Arme um seine Taille, stöhnte, denn er verstärkte seinen Griff in ihren Haaren und erforschte ihre Mundhöhle ausgiebig. Sein Kuss war pure Leidenschaft!

Beiläufig nahm sie wahr, dass sein Schritt zwar eine Wölbung aufwies, diese aber weich gegen ihren Bauch drückte. Sein Glied war nicht steif und Naomi nahm diese Tatsache nicht als Beleidigung auf, sondern als Beweis dafür, dass er nicht nur ihren Körper begehrte, sondern wirklich um ihretwegen mit ihr zusammen sein wollte.

Nachdem Sam seine Lippen gelöst hatte, schaute er ihr tief in die Augen, während er seine Nasenspitze an der ihren rieb. »Ich liebe dich, Subbie.«

»Und ich dich erst, mein Gebieter«, antwortete sie voller Inbrunst und sagte ihm damit, dass sie ab sofort ihm gehörte, nicht nur während ihrer Sessions, sondern darüber hinaus, mit ihrem Körper und ihrem Herzen.

Daraufhin wurde sein Schaft hart.

Epilog

Samstag, 7. Juli

Eine Woche kann ein ganzes Leben verändern, dachte Naomi, während sie mit zittrigen Händen den Gürtel ihres lilienweißen Wickelkleids öffnete und den Stoff beiseiteschob, so wie Samuel es ihr befohlen hatte. Der Motor ratterte so aufgeregt, wie ihr Herz pochte. Noch immer parkte der SUV vor dem Gästehaus, denn Sam wollte erst losfahren, wenn Naomi »bereit« war. Wobei sich dieses »bereit« nicht etwa auf ihre Tasche oder die innere Stärke bezog, die sie brauchen würde, wenn sie die Aussprache mit ihrer Mom suchte, sondern rein lüstern gemeint war. Vorbereitet – entblößt und drapiert, ein Augenschmaus, aufgebaut wie ein köstliches Buffet, so dass er einfach zugreifen und sich bedienen konnte, wann immer es ihn danach gelüstete.

Sam saß auf der Fahrerseite, hatte den Oberkörper zu ihr gedreht und musterte sie gelassen, doch der Glanz in seinen Augen verriet seine Erregung. Mit dem rechten Ellbogen stützte er sich auf dem Sitz ab und rieb mit dem Knöchel seines Zeigefingers über seine Unterlippe. »Spreize deine Schenkel. Du solltest doch inzwischen wissen …«

»… dass ein Gebieter zu jeder Zeit freien Zugriff auf die Intimstellen seiner Sub haben muss«, fiel sie ihm ins Wort und sah sich nervös um. »Aber muss das im Auto sein?«

»Ich will allen zeigen, was mir gehört.« Seine Mundwinkel zuckten. »Sie dürfen schauen, aber nicht anfassen.«

Ihr schwante Übles. Als Cheng sie vor einer Woche im Wagen gestreichelt hatte, war es Nacht gewesen und die Chance, dass Passanten etwas von dem sündigen Treiben mitbekamen, war schwindend gering gewesen. Außerdem hatte sie auf der Party das eine oder andere Glas Champagner getrunken. Jetzt, am helllichten Tag, sah alles ganz anders aus! Sie war stocknüchtern, die Sonne stand hoch am Himmel und irgendwer würde garantiert auf sie aufmerksam werden. »Du verlangst wirklich, dass ich während der ganzen Fahrt nach San Francisco nackt neben dir sitze, nicht wahr?«

»Was beschwerst du dich? Es könnte immer noch schlimmer kommen. Ich könnte dich an den Sitz fesseln, dir die Augen verbinden, ein Schild umhängen, auf dem steht: ›Ich bin feucht‹ oder …«

»Schon gut«, zischte sie und öffnete ihre Beine. Ein heftiges Prickeln erfasste jeden Zentimeter ihres Körpers. Dieses Quäntchen Furcht, mit dem er sie neckte, erregte sie jedes Mal, das wusste er nur zu gut. Am Ende befolgte sie jede seiner Anweisungen, selbst wenn es sie Überwindung kostete, aber im Grunde glaubte sie nicht, dass er seine Drohungen tatsächlich wahrmachen würde. Doch allein die Möglichkeit, er könnte, wenn er wollte, reichte aus, um sie in die Knie zu zwingen. Seine Überlegenheit machte sie heiß und ihn ebenfalls, sie passten perfekt zusammen.

»Setz dich auf deine Hände«, wies er sie an. »Und da bleiben sie, was auch immer geschieht.«

Egal, ob er ihr Lust oder Leid bereiten würde, ob an einer Ampel ein Wagen neben ihnen hielt und der Fahrer Naomis Blöße entdeckte. In Gedanken spielte Naomi die Szenarien durch und war zuerst entsetzt, dann erregt, die Gefühle vermischten sich und sponnen einen bittersüßen Kokon um sie, der sie mit einer unsichtbaren Kette an Samuel band.

Sein Blick streichelte ihren Busen und ihre Brustspitzen richteten sich auf, was Sam mit einem Schmunzeln quittierte. Seine Hand legte sich auf die prallen Rundungen, knetete sie sachte und glitt tiefer, dorthin, wo sie blank rasiert war. Nichts durfte ihr Geschlecht verhüllen, wenn sie mit Sam zusammen war, kein Slip und auch kein Kraushaar. Dass er sie jederzeit befingern, in sie eindringen oder prüfen konnte, ob sie erregt war, führte dazu, dass sie sich in einem Zustand ständiger Erregung befand.

Um ihre Sehnsüchte zu schüren, ließ er seine Fingerspitzen über ihre Oberschenkel kreisen. Mit kräftigen Bewegungen strich er über ihre Beine, kniff sie behutsam und näherte sich ihren äußeren Schamlippen immer wieder, ohne sie am Ende zu berühren.

»Du bist schon nass, dabei habe ich noch gar nichts gemacht.« In gespielter Entrüstung seufzte er und fuhr los.

Schuft, dachte Naomi, deren Schoß vor unerfüllter Lust pochte, und lächelte ihn verliebt an. Als sie das Haupthaus passierten, war niemand zu sehen. Naomi brauchte sich nicht zu verabschieden, denn schon am Abend würde sie wieder auf Maroon sein. Sie hatte sich zum Mittagessen mit ihrer Mutter verabredet, um ihr zu berichten, was in den letzten Tagen alles vorgefallen war, dass sie sich von Cheng getrennt hatte und nun mit Samuel liiert war, dass sie von Bills Vaterschaft wusste und sich bereits mit ihm und dem Rest der Familie beim Frühstück ausgesprochen hatte.

Am Abend zuvor hatte Naomi Carol schon beiseitegenommen und, da sie keine weiteren Lügen mehr ertrug, ihr gebeichtet, sie mit Jillian belauscht zu haben. Ihre Tante war aus allen Wolken gefallen, weil sie glaubte, Naomi hätte dadurch einen falschen Eindruck bekommen. Sie versicherte ihr, dass sie Naomi über alles liebte, nur manchmal, das gestand sie schweren Herzens, gab es einen Stich in ihrem Inneren, der sie daran erinnerte, dass sie nicht die einzige Frau war, die ein Kind – die Krönung der Liebe – von Bill hatte. Aber diese unnütze Eifersucht brachte nichts, denn Bill war mit ihr verheiratet, mit keiner anderen Frau, und das schon seit 43 Jahren.

Naomi hatte Tränen der Schuld in Carols Augen gesehen, und sie hatte sie fest in die Arme geschlossen. Sie waren übereingekommen, die Vergangenheit ruhen zu lassen, und weiterhin eine Familie zu sein, denn das war ihr gemeinsamer Nenner, der sich selbst durch das zutage gekommene Geheimnis nicht geändert hatte. Sie hatten schon immer wie Pech und Schwefel zusammengehalten und würden das auch zukünftig tun.

Zu dieser Familie gehörten jetzt auch offiziell Jenn und Samuel, die beim Frühstück zwischen Naomi, Carol, Bill, Chad, Jill und Jefferson gesessen hatten, als wären sie immer schon Teil der Familie gewesen, als gehörten sie dorthin. Bill hatte seinem Sohn lediglich einen Klaps auf den Hinterkopf gegeben, nicht weil er sich mit der Tochter eines konkurrierenden Weinbauern eingelassen hatte, sondern weil er Rachel hingehalten hatte. Obwohl er ihren Namen nicht erwähnte, wusste Chad auch so Bescheid, wofür der Schlag gewesen war. Schimpfen konnte Bill nicht, schließlich war auch er vor sechsundzwanzig Jahren zweigleisig gefahren. Der große Unterschied jedoch bestand darin, dass Carol und Catherine voneinander gewusst und die Ménage à trois akzeptiert hatten.

Samuel lenkte den Wagen vom Weingut auf die sandige Nebenstraße, die aus dem St. Helena AVA herausführte. Warmer Wind wehte durch die geöffneten Seitenfenster herein und umschmeichelte Naomis nackten Körper. Sie bekam eine wohlige Gänsehaut und ihre Nippel zogen sich zusammen.

Sam wollte ihr helfen, einige Sachen aus Chengs Wohnung zu holen. Da dieser seinen Kummer in Arbeit ertränkte und im Büro war, würden sie sich nicht begegnen.

Sam hatte ihr vorgeschlagen, dass sie in seine Wohnung in Los Angeles einziehen könnte, doch sie hatte dankend abgelehnt. Sie wollte nicht schon wieder abhängig von einem Mann sein, sondern erst einmal auf eigenen Füßen stehen. Bis dahin würde sie bei ihm im Gästehaus auf Maroon wohnen, denn er würde noch einige Zeit mit der Arbeit an der Chronik über das Gut beschäftigt sein.

Die Kündigung bei Pinpoint Precision steckte bereits ausgedruckt und unterschrieben in ihrer Handtasche. Bis sie einen neuen Job fand, willigte sie ein, Sam bei der Recherche zu helfen. Falls sie denn überhaupt zum Arbeiten kommen würden.

Er hielt an der nächsten Kreuzung, die auf die Hauptstraße führte und nahm etwas aus dem Handschuhfach. Zwei goldene Glöckchen lagen auf seiner Handfläche. Er betrachtete sie lächelnd, entschied sich für eines und hielt es an ihre harte Brustspitze, es entpuppte sich als Nippelklemme, Naomi hielt die Luft an und stieß sie dann so kräftig aus ihren Lungen aus, dass ihr Brustkorb auf und ab wogte und sie gegen das Glöckchen stieß. Ein Klingeln war zu hören, zwar leise, aber das Geräusch erregte dennoch viel zu viel Aufmerksamkeit.

Kokett schaute Naomi Sam mit großen, unschuldigen Augen an. »Können wir nicht die Fenster schließen?«

»Es ist so ein schöner Sommertag. Es wäre viel zu schade, die Klimaanlage anzuschalten. Außerdem könntest du dich erkälten, so feucht wie du schon bist.«

Naomi stöhnte auf, als Sam das Glöckchen durch ihre Spalte zog, und die Klammer dann sofort an ihrer Brustwarze anbrachte.

Naomi verzog das Gesicht, denn die Klemme biss in ihren

Nippel, aber der Schmerz war auszuhalten. Während sie noch mit ihren Gefühlen kämpfte und Scham, Lust und Qual sich abwechselten, zwirbelte Samuel auch schon ihre andere Brustspitze. Stöhnend wand sich Naomi unter den Liebkosungen, die so guttaten und die Pein milderten. Da setzte er auch schon die zweite Klammer an die andere Warze.

Verträumt musterte er den Brustschmuck, stieß jedes Glöckchen einmal mit dem Finger an und entlockte nicht nur ihnen ein Klingeln, sondern auch Naomi ein Stöhnen, das zwischen Lust und Schmerz lag. Sie versuchte sich so wenig wie möglich zu bewegen, damit sie sich nicht zu sehr quälte, doch da Sam Gas gab, nach Petaluma abbog und der Geländewagen ruckelte, war das kaum möglich.

Immer wieder liebkoste er sie scheinbar beiläufig. Er zupfte an den Glöckchen, rieb über ihre anschwellenden Schamlippen und drang mit zwei Fingern in sie ein. Mal leckte er ihre Feuchte ab, mal schob er Naomi seine Finger in den Mund, damit sie sich selbst schmeckte. Sie war wie ein Büffet, an dem sie sich beide gütlich taten. Wider Erwarten war es sehr erregend, entblößt durch die Gegend zu fahren. Die Menschen am Straßenrand bekamen nichts mit, bis auf einen alten Mann, der überrascht stehen blieb und mit seinem Krückstock auf sie zeigte, aber da waren sie längst an ihm vorbeigefahren. Naomis Haut kribbelte wie elektrisiert. Sie fühlte sich gut, sexy, begehrenswert und so weiblich wie nie zuvor. Ganz Frau. Ganz Lust.

Als sie bereits St. Rafael ansteuerten, nahm Samuel Naomis Hand und führte sie zu seinem Schritt. Hart wölbte sich seine cremefarbene Leinenhose. Bereitwillig begann Naomi die Wölbung zu massieren. Je weiter sein Glied anschwoll, desto entrückter wurde Sams Blick. Sein Mund stand ein kleines Stück weit offen, er rang unentwegt nach Atem, was schließlich in Keuchen überging, und seine Augen glänzten fiebrig.

Plötzlich packte er ihr Handgelenk und zog es weg. Er befreite seinen Schaft von der Hose, griff in ihre Haare und führte ihr Gesicht zu seinem Phallus. Mit sanftem Druck brachte er sie dazu, seine Erektion zu küssen, brauchte dann jedoch beide Hände, um das Lenkrad festzuhalten, da er auf den Highway in Richtung San Francisco auffuhr.

Während Samuel das Tempo beschleunigte, stülpte Naomi ihre Lippen um den Penis und spürte, wie er in ihrem Mund endgültig hart wurde. Sie nahm ihn so tief auf wie es ihr möglich war, presste ihre Lippen fest darauf und ließ ihn langsam herausgleiten. Mit dem Mund schob sie seine Vorhaut zurück. Ihre Zunge bohrte sich unter die Haut, dann in die kleine Öffnung auf der Penisspitze. Sachte saugte Naomi an der Eichel und genoss es, Sam zu schmecken und ihn auf eine Weise zu spüren, wie er es nur ihr erlaubte und sonst niemandem. Es war das Privileg der Sub, den Schaft ihres Gebieters oral zu verwöhnen, denn nicht nur sie gehörte vollkommen ihm, sondern er ihr auch.

Sam wurde immer unruhiger. Er rutschte im Sitz herum, verzog versehentlich den SUV und lenkte ihn fluchend zurück auf die Ideallinie. Als er den Wagen kaum noch in der Spur halten konnte, zog er Naomi von seiner Erektion weg.

»Genug«, befahl er atemlos.

Vielleicht wäre die Klimaanlage doch keine so schlechte Idee gewesen, dachte Naomi grinsend und spürte schon wieder Sams Hand an ihrer Scham. Er zupfte und kniff ihre Schamlippen, rieb kreisend über ihre empfindsamste Stelle und dehnte mit den Fingern ihre feuchte Öffnung. Zwischendurch brachte er immer wieder die Glöckchen zum Klingeln und erinnerte Naomi wieder an den Lustschmerz.

Den ganzen Weg über, fast eine Stunde lang, spielte Samuel an ihr herum. Er heizte ihre Lust an, gab ihr Zeit, sich wieder abzukühlen und fing dann von vorne an. Erst als sie über die Golden Gate Bridge fuhren, hörte er auf. Er erlaubte ihr, sich mit ihrem Kleid zu bedecken, damit sie nicht verhaftet wurden.

Als er unerwartet in das erste Parkhaus in Frisco fuhr, krauste Naomi überrascht ihre Stirn, schwieg jedoch. Eine freudige Erwartung versetzte sie in Ekstase. Er steuerte das oberste Parkdeck an, auf dem nur drei weitere Autos standen und das nur vom strahlend blauen Sommerhimmel überdacht wurde, und stellte den SUV ab. Zufrieden lächelnd stieg er aus. Er ging zur Beifahrerseite, half ihr aus dem Wagen und zog ihr das Kleid aus. Fast hätte sie laut gelacht, denn sein Phallus ragte lüstern aus seinem Hosenschlitz heraus und wippte.

Er fasste in ihre Haare und küsste sie hart, um ihr zu zeigen, dass sie sein Eigentum war. Doch er hielt sich nicht lange mit dem Kuss auf, sondern drückte Naomi mit dem Bauch auf die Motorhaube des Cherokees, neben dem sie parkten, da die Motorhaube seines Geländewagens zu heiß war, und stieß mit dem Knie zwischen ihre Beine. Ungeduldig schob er ihren Saum hoch und drang mit einem kräftigen Stoß von hinten in sie ein. Sie bäumte sich vor Lust auf, aber Sam legte seine Hand in ihren Nacken und drückte sie zurück auf das Auto. Sofort begann er, sich in ihr zu bewegen. Er nahm sie hart und ungestüm – besitzergreifend –, bis sie ekstatisch stöhnte und sich unter ihm in einem Lustkrampf versteifte. Während sie ihren Orgasmus herausschrie, nahm er sie weiter, stieß unentwegt in sie hinein, als wäre ihre Lust ein Schwamm, den er beabsichtigte, bis auf den letzten Tropfen auszuwringen. Zwischendurch entfernte er die Glöckchen, eins nach dem anderen, und drehte ihre Brustspitzen gefühlvoll zwischen zwei Fingern. Das Blut floss wieder ungehindert hinein, wodurch der Schmerz aufwallte, doch er wurde vom Höhepunkt rasch weggeschwemmt.

Erst als sie nur noch erschöpft winselte, kam auch er und ergoss sich in sie. Noch immer bebend hob er ihren Oberkörper an und presste sie an sich. Er küsste ihre Schulter, ihren Nacken und ihre Haare, streichelte ihre Brüste und ihren Bauch, entfernte dann seinen erschlafften Schaft aus ihr und drückte ihn zwischen ihre Gesäßhälften.

»Ich gebe dich nie wieder her«, flüsterte Samuel noch berauscht vom Orgasmus in ihr Ohr. »Nie wieder! Hörst du?«

Naomi war im siebten Himmel und zog an der unsichtbaren Kette, mit der Sam sie an sich gefesselt hatte, denn das andere Ende war um sein Herz geschlungen und band ihn ebenso an sie wie sie an ihn.